E-Z DICKENS SUPERHELT BOK ÉN OG TO

TATTOO ANGEL: DE TRE

Cathy McGough

Stratford Living Publishing

Inhaltslitste

Dedikasjon

For Dorothy som trodde.

BOK EN:

TATTOO ANGEL

PROLOGUE

D EN FØRSTE SKAPNINGEN FLØY opp på E-Zs brystkasse og
landet med haken stukket frem og hendene på hoftene.
Han snudde seg én gang med klokken. Han snurret raskere, og
fra vingeslagene kom det ut en sang. Sangen var en lav stønning.
En trist sang fra fortiden som hyllet et liv som ikke lenger fantes.
Vesenet lente seg tilbake med hodet hvilende mot E-Zs bryst.
Snurringen stoppet, men sangen fortsatte å spille.

Det andre vesenet sluttet seg til og utførte det samme ritualet,
mens det snurret mot klokken. De skapte en ny sang, uten pip-pip
og zoom-zoom. For når de sang, var det ikke nødvendig med
onomatopoetikk. Det var det derimot i den daglige samtalen
med mennesker. Denne sangen la seg over den andre og ble en
gledesfylt, høylytt feiring. En ode til det som skal komme, til et liv
som ennå ikke er levd. En sang for fremtiden.

En stråle av diamantstøv sprutet fra de gylne øyehulene deres da
de snudde seg i perfekt synkronicitet. Diamantstøvet sprutet fra

øynene deres ned på E-Zs sovende kropp. Utvekslingen fortsatte til han var dekket av diamantstøv fra topp til tå.

Tenåringen fortsatte å sove tungt. Helt til diamantstøvet gjennomboret ham - da åpnet han munnen for å skrike, men det kom ingen lyd ut.

"Han våkner, pip-pip."

"Løft ham, zoom-zoom."

Sammen løftet de ham opp mens han åpnet de blanke øynene.

"Sov mer, pip-pip."

"Føler ingen smerte, zoom-zoom."

De to skapningene vugget kroppen hans og tok smerten inn i seg.

"Reis deg, pip-pip", kommanderte han.

Og rullestolen reiste seg. Den plasserte seg under E-Zs kropp og ventet. Når en bloddråpe falt ned, fanget stolen den opp. Absorberte den. Fortærte den - som om den var et levende vesen.

Etter hvert som stolens kraft økte, ble den også sterkere. Snart kunne stolen holde sin herre i luften. Dette gjorde det mulig for de to skapningene å fullføre oppgaven sin. Oppgaven med å forene stolen og mennesket. Binde dem sammen for all evighet med kraften fra diamantstøv, blod og smerte.

Mens tenåringens kropp ristet, leget sårene i huden hans. Oppgaven var fullført. Diamantstøvet var en del av essensen hans. Dermed stanset musikken.

"Det er gjort. Nå er han skuddsikker. Og han har superstyrke, pip-pip."

"Ja, og det er bra, zoom-zoom."

Rullestolen havnet på gulvet igjen, og tenåringen ble lagt i sengen.

"Han kommer ikke til å huske det, men de ekte vingene hans vil snart begynne å fungere, pip-pip."

"Hva med de andre bivirkningene? Når vil de begynne, og vil de være merkbare zoom-zoom?"

"Det vet jeg ikke. Han kan få fysiske forandringer ... det er en risiko verdt å ta for å redusere smerten, pip-pip."

"Enig, zoom-zoom."

ÅRSAK

ALLE FAMILIER HAR UENIGHETER. Noen krangler om hver minste ting. Dickens-familien var enige om det meste. Musikk var ikke en av dem.

"Kom igjen, pappa", sa E-Z, tolv år gammel. "Jeg kjeder meg, og akkurat nå spiller de en hel helaften med Muse på satellitten."

"Tok du ikke med deg hodetelefonene dine?" spurte moren Laurel.

"De ligger i ryggsekken min i bagasjerommet." Han sukket.

"Vi kan jo alltids stoppe og hente dem..."

Martin, guttens far, som kjørte, sjekket tiden. "Jeg vil gjerne komme meg til hytta på fjellet før det blir mørkt. Muse er helt i orden med meg. Dessuten er vi snart fremme."

Laurel vrir på satellittanlegget i den splitter nye, røde kabrioleten. Hun nølte et øyeblikk på Classic Rock. "Neste låt er Kiss-hymnen I Wanna Rock N Roll All Night", sa speakeren. Ikke rør den knappen."

"Vent, det er en bra låt!" ropte gutten.

"Hva, ikke mer Muse?" spurte Laurel og holdt hånden på skiven.

"Etter Kiss, ok?"

"Da blir det Kiss", sa Martin mens han satte på vindusviskerne. Det regnet ikke ennå, men tordenen buldret. Kvister og annet rusk pisket inn og ut av bilen mens de kjørte oppover fjellet.

Laurel nøs og satte et bokmerke på siden sin. Hun la armene i kors og skalv. "Vinden hyler virkelig. Er det greit om vi tar opp kalesjen?"

"Jeg stemmer for det", sa E-Z og fjernet kvister fra det blonde håret sitt.

THWACK.

Det var ikke tid til å skrike - da musikken døde.

Det ringte fortsatt i guttens ører etter lyden og eksplosjonen av fire kollisjonsputer. Blodet rant nedover pannen hans da han tok på det han hadde på beina: et tre. Blodet samlet seg i og rundt inntrengeren av tre. Han kjørte fingeren langs trestammen. Det føltes som hud; han var treet, og treet var ham.

"Mamma? Pappa?" hulket han med hevet brystkasse. "Mamma? Pappa? Vær så snill, svar!"

Han måtte ringe etter hjelp. Hvor var telefonen hans? Den var blitt slengt ut av krasjet. Han kunne se den, men den var for langt unna. Eller var den det? Han var catcher, og noen sa at kastearmen hans var som gummi. Han konsentrerte seg, strakk og strakk helt til han fikk tak i den.

Signalet var sterkt da de blodige fingrene hans trykket på nødtelefonen, men så ble forbindelsen brutt. For at de skulle finne ham, måtte han bruke den nye, forbedrede tjenesten. Han tastet inn E9-1-1. Dette ga myndighetene tillatelse til å få tilgang til hans posisjon, telefonnummer og adresse.

"Nødetatene. Hva gjelder det?"

"Hjelp! Vi trenger hjelp! Vær så snill, vær så snill. Foreldrene mine!"

"Si meg først, hvor gammel er du? Hva heter du?"

"Jeg er tolv. De kaller meg E-Z."

"Vennligst bekreft adressen og telefonnummeret ditt."

Det gjorde han.

"Hei, E-Z. Fortell meg om foreldrene dine. Kan du se dem? Er de ved bevissthet?"

"Jeg kan ikke se dem. Et tre falt over bilen, over dem og beina mine. Jeg trenger hjelp. Vær så snill."

"Vi får posisjonen din nå."

E-Z lukket øynene.

"E-Z?" Høyere, "E-Z!"

Gutten våknet. "Unnskyld, jeg..."

"Vi sender et helikopter. Prøv å holde deg våken. Hjelpen er på vei."

"Takk," øynene hans falt i, men han tvang dem opp. "Jeg må holde meg våken. Hun sa at jeg skulle holde meg våken." Han ville bare sove, sove for å få slutt på all smerten.

Over ham blinket to lys, ett grønt og ett gult, foran øynene hans. Et øyeblikk trodde han at han så små vinger som flakset mens de to objektene svevde.

"Han er ille ute", sa den grønne og beveget seg nærmere for å se nærmere på ham.

"La oss hjelpe ham," sa den gule og svevde høyere.

E-Z løftet hånden for å slå mot de flimrende lysene. En høy lyd gjorde vondt i ørene hans.

"Går du med på å hjelpe oss?" sang lysene.

"Ja, det gjør jeg. Hjelp meg."

Så ble alt svart.

EFFEKT

S AM, ONKELEN TIL E-Z, lå på sykehuset da han våknet. Gutten stilte ikke spørsmålet - hvor foreldrene var - fordi han ikke ville høre svaret. Hvis han ikke visste det, kunne han late som om de hadde det bra. At de ville komme inn på rommet hans og slå armene rundt ham når som helst. Men innerst inne visste han, ja, han trodde faktisk at de var døde. Han forestilte seg at han ville kaste dynen tilbake og løpe til dem, og at de ville komme sammen i en gruppeklem og gråte over hvor heldige de var. Men vent litt, hvorfor kunne han ikke vrikke på tærne? Han prøvde igjen og konsentrerte seg, men ingenting skjedde.

Sam, som så på, sa: "Det finnes ingen ukomplisert måte å fortelle deg dette på", mens han kjempet mot et hulk.

"Beina mine", sa E-Z, "jeg kan ikke kjenne dem."

Onkel Sam klemte nevøens hånd. "Beina dine..."

"Å nei. Ikke si noe. Bare la være."

Han rev hånden løs fra onkelen. Han holdt seg for ansiktet og skapte en barriere mellom seg selv og verden mens tårene trillet nedover kinnene.

Onkel Sam nølte. Nevøen var allerede i tårer og i sorg, og likevel måtte han fortelle ham om foreldrene sine. Det var ingen enkel måte å si det på, så han sa det rett ut: "Foreldrene dine. Broren min og moren din ... de overlevde ikke."

Å vite og å høre ordene var to forskjellige ting. Det ene gjorde det til et faktum. E-Z kastet hodet bakover og hylte som et såret dyr, skalv og ville løpe vekk, hvor som helst. Bare bort.

"E-Z, jeg er her for deg."

"Nei! Det er ikke sant. Du lyver. Hvorfor lyver du for meg?" Han kastet seg rundt, knyttet nevene og hamret dem ned i madrassen mens han raste og raste uten tegn til å stoppe.

Sam trykket på knappen ved siden av sengen. Han forsøkte å roe ham ned, men E-Z var ute av kontroll, slo og bannet. To sykepleiere kom til; den ene satte sprøyten, mens den andre sammen med Sam forsøkte å holde ham i ro og hvisket lavt at alt kom til å ordne seg.

Sam så på, mens nevøen hans - i drømmeland eller hvor han nå enn befant seg - fikk frem et smil. Han tok vare på det smilet og tenkte at det ville ta en stund før han fikk se det igjen i nevøens ansikt. Det kom til å bli en lang og vanskelig vei å gå. Nevøen hans ville bli nødt til å se i øynene den dagen livet hans gikk i oppløsning. Når han hadde gjort det, kunne han kjempe, og sammen kunne de bygge opp et helt nytt liv. Nytt - annerledes - ikke det samme. Ingenting ville noensinne bli det samme igjen.

Bare fordi de var på feil sted til feil tid. Offer for naturen: et tre. Et tre som ble naturens våpen på grunn av menneskelig forsømmelse. Trestrukturen hadde ligget død med røttene over bakken og kjempet om oppmerksomheten i årevis. Og da de fortalte ham at det var merket med en X for felling til våren, fikk han lyst til å skrike.

I stedet ringte han den beste advokaten han kjente. Han ville at noen skulle betale - at noen skulle ta regningen for to liv som ble avbrutt for tidlig, og for nevøens ødelagte ben og liv.

Men hva var poenget? Ingenting kunne endre fortiden - men i fremtiden skulle han hjelpe nevøen med å finne veien videre. I det øyeblikket formulerte Sam en plan.

Sam lignet en voksen versjon av Harry Potter (minus arret.) Som E-Zs eneste levende slektning skulle han ta seg av nevøen. En rolle han hadde forsømt tidligere. Han skulle prøve å være som sin eldre bror Martin - ikke erstatte ham.

Han ristet av seg unnskyldningene som boblet innvendig. De prøvde å få ham til å bruke jobben til å frita ham for ansvar. Han ville gå sin vei, viske ut alle forpliktelser. Da kunne han slutte å bebreide seg selv. Hate seg selv for all den tapte tiden.

Mens nevøen sov videre, ringte han administrerende direktør i programvareselskapet sitt. Som en dyktig seniorprogrammerer i toppen av sin bransje håpet han at de ville komme frem til et kompromiss. Han fortalte dem hva han ønsket å gjøre.

"Ja visst, Sam. Du kan jobbe eksternt. Ingenting vil forandre seg. Du gjør det du må gjøre. Vi er med deg. Familien kommer alltid først."

Da han koblet fra, gikk han tilbake til nevøens sykeseng. Inntil videre skulle han flytte inn i familiens hus, slik at E-Z kunne være i nærheten av venner og skole. Sammen skulle de sette bitene sammen igjen og bygge opp livet hans på nytt. Hvis han da ikke fikk fullstendig panikk. Som ungkar hadde han liten eller ingen erfaring med barn - for ikke å snakke om tenåringer.

ETTER AT DE FORLOT sykehuset - tvunget av skjebnen - hadde de ikke noe annet valg enn å skape et bånd som gikk utover blod.

E-Z motsatte seg dette, i fornektelse av at han trodde han kunne klare alt selv. Til slutt hadde han ikke noe annet valg enn å ta imot hjelpen som ble tilbudt.

Sam stilte opp - var der for ham - som om han visste hva nevøen trengte før han spurte.

Og han var der for E-Z på den nest verste dagen i livet hans - da han fikk beskjed om at han aldri ville komme til å gå igjen.

"Kom inn," sa Dr. Hammersmith, en av de beste ortopediske nevrologiske kirurgene.

E-Z kom inn i rullestolen sin, etterfulgt av Sam.

Hammersmith var kjent for å fikse det som ikke kunne fikses, og han skulle fikse ham. Ved tidligere konsultasjoner hadde han lovet unggutten at han skulle få spille baseball igjen.

"Jeg beklager", sa Hammersmith. Etter noen sekunders ubehagelig stillhet fylte han den med å stokke om på noen papirer.

"Hva er det egentlig du er lei deg for?", spurte E-Z. spurte E-Z og forsøkte av alle krefter å bevege seg fremover i stolen. Da han ikke klarte det, ble han sittende der han satt.

"Det han spurte om", sa Sam og beveget seg uanstrengt fremover i setet.

Hammersmith kremtet. "Vi håpet at siden alt fungerte som normalt, ville lammelsen være midlertidig. Det var derfor jeg sendte deg til flere prøver og foreslo fysioterapi. Nå er det ingen tvil om at du aldri kommer til å kunne gå igjen, E-Z."

"Hvordan kan dere gjøre dette mot ham?" spurte Sam.

Det endelige innholdet i ordene hans sank inn. "Få meg vekk herfra, onkel Sam!"

"Vent", sa Hammersmith, ute av stand til å se dem i øynene. "Jeg ba om hjelp fra kolleger over hele verden. Konklusjonen deres var den samme."

"Tusen takk."

"E-Z, det er på tide at du går videre. Jeg vil ikke gi deg flere falske forhåpninger."

Sam reiste seg og la hendene på rullestolhåndtakene.

"Vi skal få en ny vurdering, og en tredje og en fjerde!"

"Det kan dere gjøre," sa Hammersmith, "men det har vi allerede gjort. Hvis det fantes noe nytt der ute - noe vi kunne utnytte - ville vi gjøre det. Ting kan endre seg i løpet av livet ditt, E-Z. Stamcelleforskningen gjør fremskritt. I mellomtiden vil jeg ikke at du skal leve livet ditt på grunn av "hvis" og "kanskje"."

Så henvendte han seg til Sam,

"Ikke la nevøen din kaste bort livet sitt. Hjelp ham med å bygge seg opp igjen og komme tilbake til de levendes land. Jeg liker ikke å nevne dette, men vi trenger rullestolen snart - det ser ut til at vi har en viss mangel på den. Hvis du ikke har noe imot å ordne noe annet."

"Greit", sa Sam da de forlot Hammersmiths kontor uten å snakke sammen. Han la rullestolen i bagasjerommet, festet sikkerhetsbeltene og startet bilen.

"Det kommer til å gå bra."

E-Z, som hadde tårene trillende nedover kinnene, tørket dem bort. "Jeg er lei for det."

"Du trenger aldri å be meg om unnskyldning for at du viser følelsene dine, gutt."

Sam slo nevene i rattet og kjørte ut fra parkeringsplassen med hvinende dekk.

De kjørte videre uten å snakke sammen i noen øyeblikk, før han strakte seg bort og skrudde på radioen. Det brøt stillheten mellom de to og ga E-Z muligheten til å gråte ut uten å føle seg selvbevisst.

Da de svingte inn i oppkjørselen hjemme, var de rolige og sultne. Planen var å se noen serier og bestille pizza.

Noen dager senere ankom en splitter ny rullestol.

$$*\!*\!*$$

To lys, ett gult og ett grønt, blinket i nærheten av E-Zs nye rullestol.

"Denne duger ikke, pip-pip."

"Enig, den duger ikke i det hele tatt. Han trenger noe lettere, sterkere, brannsikkert, skuddsikkert og absorberende, zoom-zoom."

"Du-vet-hvem sa at vi ikke skulle kaste bort tiden - så la oss gjøre det før mennesket våkner, pip-pip."

Lysene danset rundt rullestolen. Den ene skiftet ut metallet og den andre dekkene. Da de var ferdige, så stolen ut som før, men det var den ikke.

E-Z hvisket i søvne.

"La oss komme oss ut herfra! Beep beep!"

"Rett bak deg! Zoom zoom zoom!"

Og det gjorde de, mens ungen sov videre.

$$***$$

ET ÅR SENERE SYNTES E-Z at onkel Sam alltid hadde vært der. Ikke at han hadde erstattet foreldrene. Nei, det ville han aldri kunne gjøre, han ville faktisk ikke prøve - men de kom overens. De var kompiser. De var mer enn det, de var familie. Den eneste familien trettenåringen hadde igjen i verden.

"Jeg vil takke deg", sa han og prøvde å unngå tårene.

"Du trenger ikke å takke meg, gutt."

"Men det gjør jeg, onkel Sam, uten deg ville jeg ha kastet inn håndkleet."

"Du er laget av sterkere stoff enn som så."

"Det er jeg ikke. Etter ulykken har jeg blitt redd, jeg mener virkelig redd. Jeg har hatt mareritt."

"Vi blir alle redde. Det hjelper å snakke om det. Hvis du vil snakke med meg om det, mener jeg."

"Det skjer noen ganger om natten - når du sover. Jeg vil ikke vekke deg."

"Jeg bor ved siden av, og veggene er ikke så tykke. Bare rop på meg, så kommer jeg. Det gjør ikke noe."

"Takk, jeg håper det ikke blir nødvendig, men det er godt å vite."

De fortsatte å se på TV og diskuterte aldri saken igjen.

Helt til en natt, da E-Z våknet skrikende og Sam som lovet var der.

Han skrudde på lyset. "Nå er jeg her. Går det bra med deg?"

E-Z klamret seg til sengekanten som om han var i ferd med å gå utfor et stup. Han hjalp ham opp på madrassen igjen.

"Bedre nå?"

"Ja, takk."

"Har du lyst til å snakke om det? Jeg kan lage kakao."

"Med marshmallows?"

"Det sier seg selv. Straks tilbake."

"Ok." E-Z lukket øynene et øyeblikk, og de høye lydene fortsatte. Han holdt seg for ørene og så på de gule og grønne lysene som danset foran øynene hans. Han tok bort hendene og hørte onkelens bare føtter som smatt langs korridoren.

"Vær så god", sa Sam og stakk et krus varm kakao i hånden på nevøen. Han parkerte seg selv i rullestolen der han nippet og sukket.

Med venstre hånd slo E-Z i luften og sølte nesten ut drinken.

"Hva er det du gjør?"

"Kan du ikke høre det? Den øresønderrivende lyden?"

Sam lyttet intenst, men hørte ingenting. Han ristet på hodet. "Hvis du hører noe rart, hvorfor prøver du da å slå det bort?"

E-Z konsentrerte seg om den varme drikken sin og svelget en mini-marshmallow. "Jeg antar at du ikke ser lysene, da?"

"Lysene? Hva slags lys?"

"To lys: ett grønt og ett gult. Omtrent like store som fingeren din. Her av og på - siden ulykken. De stikker meg i ørene og blinker foran øynene mine. De irriterer meg."

Sam gikk bort til sengegavlen og så på det fra nevøens perspektiv. Han forventet ikke å se noe - og det gjorde han selvsagt heller ikke - det var for å berolige ham. "Nei, men fortell meg mer, så jeg bedre kan forstå hvordan det begynte."

"Ved ulykken så jeg to lys, gult og grønt, og, ikke le, men jeg tror de snakket til meg. Det er derfor jeg har hatt mareritt."

"Hva slags lys? Som julelys, mener du?"

"Nei, ikke som julelys. Det er ingenting. De er borte nå. Sannsynligvis posttraumatisk stresslidelse eller et flashback."

"PTSD og flashback er to vidt forskjellige ting. Jeg lurer på om du burde snakke med noen. Jeg mener noen andre enn meg."

"Som vennene mine, mener du?"

"Nei, jeg mener en profesjonell."

POP.

POP.

De var tilbake igjen. Blinket foran nesen hans og gjorde ham skjeløyd. Han holdt igjen. Prøvde å ikke slå dem bort. Da Sam tok koppen hans med den ene hånden og kjente på pannen med den andre, slo han i luften. "Hold deg unna meg!"

Sam så på mens nevøen frøs til is, som en isskulptur på vinterfestivalen. Sam knipset med fingrene foran øynene hans, men det kom ingen reaksjon. E-Z sukket og lente seg tilbake, trakk pusten dypt, og i løpet av sekunder snorket han som en soldat. Sam trakk opp dynen. Han kysset nevøen på pannen og gikk tilbake til rommet sitt. Til slutt sovnet han inn.

Dagen etter foreslo Sam at E-Z skulle skrive ned følelsene sine, kanskje i en dagbok. I mellomtiden skulle han forhøre seg om å bestille time hos en psykolog.

"Mener du en psykolog?"

"Eller en psykolog. I mellomtiden bør du skrive det ned. Når du ser dem, hvordan de ser ut - skriv ned det du ser."

"En dagbok, jeg mener, hvem ser jeg ut som, Oprah Winfrey?"

"Nei", sa Sam. "Du har mareritt, hører høye lyder og ser lys. Det kan være et tegn på, som du sa, PTSD eller noe medisinsk. Jeg må undersøke saken og snakke med legen din for å få råd. I mellomtiden kan det hjelpe å skrive ned tankene dine og føre dagbok. Det er mange menn som har skrevet dagbok eller dagbok."

"Kan du nevne en som jeg kjenner igjen navnet på?"

"La oss se, Leonardo da Vinci, Marco Polo, Charles Darwin."

"Jeg mener noen fra dette århundret."

"Du har allerede nevnt Oprah."

****

E-Zs psykiske helse ble bedre etter noen timer hos en terapeut/rådgiver. Hun var hyggelig og dømte ikke tenåringen, slik han var redd for at hun ville gjøre. I stedet kom hun med forslag og konkrete strategier for å berolige og hjelpe ham. Hun, i likhet med onkel Sam, foreslo også at han skulle skrive ned alt - i en dagbok.

I stedet skrev han en novelle til en skoleoppgave inspirert av morens favorittfugl: en due. Da han fikk A+ på oppgaven, meldte læreren hans novellen inn til en skrivekonkurranse i hele provinsen. Først ble han opprørt over at hun hadde meldt inn historien hans uten å spørre ham. Men da han vant, ble han utrolig glad. Siden meldte læreren hans historien hans på en landsomfattende konkurranse.

Samtidig som nevøen fordypet seg i skrivekunsten, begynte Sam på en ny hobby: slektsforskning. En kveld da de spiste middag, utbrøt han:

"Nå som du har skrevet en novelle og hatt litt suksess, burde du kanskje prøve å skrive en roman."

"Jeg? En roman? Aldri i livet."

"Du har forfatterblod i årene", avslørte onkel Sam. "Ved å spore opp historien vår har jeg oppdaget at du og jeg er i slekt med selveste Charles Dickens."

"Kanskje DU burde skrive en roman, da." Han lo.

"Det er ikke jeg som har en prisbelønt novelle."

De grønne og gule lysene blinket over tallerkenen hans. I det minste kunne han ikke høre den høye lyden fra onkel Sam.

".... Du og jeg er tross alt fettere og kusiner på tvers av tiden med Charles Dickens. Se på alt du har overvunnet. Du er en fantastisk gutt - hva har du å tape?"

Han heter Ezekiel Dickens, og dette er hans historie.

KAPITTEL 1

I DE FØRSTE TRETTEN årene av sitt liv var han kjent under flere navn. Ezekiel, fødselsnavnet hans. E-Z, kallenavnet hans. Fanger på baseballaget sitt. Novelleforfatter. Sønn for foreldrene. Nevø til onkelen sin. Bestevennen. Nå hadde de gitt ham et nytt na vn.

Ikke at han hadde noe imot k-ordet. Faktisk var det noen av alternativene han foretrakk mindre. Som kommentarene noen sa fordi de trodde de var politisk korrekte. "Å, der er gutten som sitter i rullestol". De sa dette mens de pekte på ham - som om de trodde at han også var hørselshemmet. Eller de sa: "Det var leit å høre at du sitter i rullestol nå." Det fikk ham til å grøsse. Men det som fikk ham til å grøsse, var: "Å, det er du som bruker rullestol nå." Å se noen, spesielt en yngre person i rullestol, fikk noen til å føle seg ukomfortable. Hvis de følte det slik, hvorfor måtte de da si noe?

Dette vekket et gammelt minne. Et minne om foreldrene hans som så filmen Bambi på TV en regnfull lørdag ettermiddag.

Mamma lagde sine berømte popcornkuler. De hadde brus, M&Ms, marshmallows og pappas favoritt Twizzlers. Kaninen Thumper sa: "Hvis du ikke kan si noe pent, så ikke si noe i det hele tatt." Da moren til Bambi døde, var det første gang han så moren og faren gråte over en film. Fordi han var så sjokkert over oppførselen deres, felte han selv ikke en tåre.

Noen av bøllene på skolen kalte ham "tregutt". Noen få av dem var idrettskolleger som en gang hadde sett opp til ham da han var kongen bak platen. Han hatet referansen til tregutten. Han syntes ikke synd på seg selv (i hvert fall ikke for det meste), og han ville heller ikke at noen skulle synes synd på ham.

Da tiden var inne for å vende tilbake til skolen den aller første dagen, gjorde han det med hjelp av vennene sine. PJ (forkortelse for Paul Jones) og Arden støttet og presset ham etter behov. De ble snart kjent som Tornado-trioen. Mest fordi det ble kaos uansett hvor de gikk. Det var da E-Z lærte seg å forvente det uventede.

Så da vennene dukket opp en morgen for å hente ham på skolen noen måneder senere - for så å si at de ikke skulle dit - ble han ikke så overrasket. Da de sa at de måtte gi ham bind for øynene, var det heller ikke forventet.

I baksetet spurte han. "Hvor skal vi?" Han fikk ikke noe svar. "Kommer jeg til å like det?"

"Ja", sa vennene hans.

"Hvorfor kappe og dolk, da?"

"Fordi det er en overraskelse", sa PJ.

"Og du kommer til å sette mer pris på det når vi først er der."

"Jeg kan jo ikke stikke av." Han fnøs.

Ardens mor parkerte. "Takk, mamma", sa han.

"Ring meg når jeg skal hente deg", sa hun.

De to vennene hjalp E-Z inn i rullestolen og kjørte av gårde.

"Er det bare meg, eller virker denne stolen lettere for hver gang vi tar den ut?", spurte Arden. spurte Arden.

"Det er deg!" svarte PJ.

Mens de gikk over det ujevne terrenget, kjente E-Z lukten av nyslått gress. Da vennene tok av ham bindet for øynene, var han på baseballbanen. Han fikk tårer i øynene da han så sine tidligere lagkamerater, motstanderlaget og trener Ludlow. De var i full uniform og sto på rekke og rad langs den nykalkede grunnlinjen.

"Velkommen tilbake!" jublet de.

E-Z børstet bort tårene med ermet mens stolen beveget seg nærmere banen. Siden ulykken hadde tatt fra ham drømmen om å bli profesjonell baseballspiller, hadde han unngått å spille. Med en klump i halsen var han så fylt av følelser at han ikke fikk puste.

"Han mangler ord", sa PJ og ga Arden et dytt med albuen.

"Det er første gang."

"Takk, folkens. Dere tok ikke feil da dere sa at dette var en overraskelse."

"Vent her", instruerte vennene hans.

E-Z ble stående alene og nyte utsikten over baseballbanen. Stedet som en gang hadde vært favorittstedet hans på jorden. Han fikk tårer i øynene igjen da han så det grønne gresset glitre i sollyset. Han tørket tårene bort da vennene kom tilbake med en pose med utstyr.

Arden lente seg inn: "Overraskelse, kompis, du skal fange i dag!"

"Hva mener du? Jeg kan ikke spille i denne!" sa han og slo med hendene på rullestolarmene.

"Her, se på dette mens vi gjør deg klar", sa PJ mens han ga ham telefonen og trykket på play.

E-Z så forundret på at spillere som ham selv kom inn på baseballbanen. Han så nærmere på stolene deres, som hadde modifiserte hjul. En spiller rullet opp til platen, traff ballen og suste rundt basene.

"Jøss, dette er fantastisk!"

"Hvis de kan gjøre det, kan du også!" sa Arden mens han satte knebeskytterne på beina til vennen sin og PJ festet brystbeskytteren. På vei ut på banen kastet vennene hans til ham catchermasken og hansken.

"Batter up!" ropte trener Ludlow.

Kasteren kastet den første ballen rett i sonen, og han grep den.

Det andre kastet var en pop up. E-Z gikk etter den, suste bortover og løftet seg opp. Han strakk seg. Han overrasket til og med seg selv da han tok den. De hadde ikke lagt merke til det, men han hadde løftet seg opp. Rumpa hadde forlatt stolsetet, og han ante ikke hvordan han hadde gjort det.

"Jøss", sa PJ, "det var et utmerket grep."

"Ja, du ville nok ha bommet hvis det ikke hadde vært for stolen."

E-Z smilte og fortsatte å spille. Da kampen var over, følte han seg bra. Han følte seg normal. Han takket gutta for at de hadde fått ham i gang igjen.

"Neste gang er det du som slår", sa PJ.

E-Z fnøs mens Ardens mor kjørte dem gjennom drive through og tilbake til skolen. Hvis de skyndte seg, ville de rekke det før neste time begynte. Elevene stimlet sammen i korridorene mens han trillet bort til skapet sitt. Klassekameratene hørte den slaskende lyden av dekkene mot linoleumsgulvet - og de skilte vei.

E-Z var den første eleven som hadde behov for rullestol på skolen sin, men han var allerede en legende før han mistet bruken av beina. Det hadde krevd mye av ham å be om hjelp, men da han først gjorde det, fikk han det. Han hadde allerede respekten deres som idrettsutøver, han hadde vunnet en rekke trofeer selv og som en del av laget. Nå måtte han vinne respekten igjen som sitt nye jeg.

Etter kampen dro de tilbake til skolen og avsluttet dagen. Siden det bare hadde vært en halv dag, var E-Z ganske trøtt da Ardens mor og vennene hans slapp ham av etter skolen.

Etter å ha takket dem gikk han inn.

"Jeg er hjemme, onkel Sam."

"Jeg ser det, har du hatt en fin dag?", sa Sam.

"Ja, det var en fin dag." Han strakte seg og gjespet.

"Kom, jeg har noe å vise deg. Jeg har noe å vise deg. En overraskelse."

"Ikke en til", sa E-Z mens han fulgte etter onkelen nedover gangen. Han passerte først foreldrenes rom på høyre side - som skulle bli gjesterom en dag. Inntil da var det akkurat slik de hadde forlatt det - og slik skulle det forbli til E-Z bestemte seg for noe annet.

Av og til tilbød onkel Sam seg å hjelpe ham med å gå gjennom rommet, men nevøen sa alltid det samme.

"Jeg gjør det når jeg er klar."

Sam gikk motvillig med på det. Han var fast bestemt på at nevøen skulle komme seg videre. Dette var det første skrittet mot det målet. Siden da hadde han snakket med rådgiveren sin, som sa at Sam burde oppmuntre E-Z til å snakke mer om foreldrene sine. Hun sa at hvis han gjorde dem til en del av hverdagen, ville det hjelpe ham til å leges raskere. De fortsatte langs korridoren, forbi toalettet, og stoppet ved boksen eller lagerrommet.

"Ta-dah!" sa onkel Sam og dyttet ham inn.

E-Z var målløs da han så det nyforvandlede kontoret. I midten, foran vinduet som vendte ut mot hagen, sto et skrivebord. På det sto en splitter ny spill-PC med lydanlegg. Han skjøv stolen sin inn under skrivebordet - den passet perfekt - og lot fingrene gli over tastaturet. Ved siden av sto en skriver, stablet med papir og en søppelbøtte - alt planlagt innenfor rekkevidde.

Til venstre for ham sto en bokhylle. Han rullet seg nærmere. Den første hyllen inneholdt bøker om skriving og klassikere. Han kjente igjen flere av foreldrenes favoritter. Den andre hyllen inneholdt trofeer, blant annet prisen han hadde fått for sitt forfatterskap. Den tredje og fjerde inneholdt alle favorittbøkene fra barndommen hans. De to nederste hyllene var tomme. Øynene hans løp mot toppen av bokhyllen, og han måtte rygge stolen for å se hva som var der oppe.

Sam kom inn i rommet ved siden av ham. Han la en hånd på nevøens skulder.

"De der, jeg var ikke sikker på om det var for tidlig. I..."

Kronen på verket: et familiebilde. En tåre trillet nedover kinnet hans da han husket dagen for fotograferingen. Det var i et lite fotostudio i sentrum. Alle var pyntet. Pappa i sin blå dress. Mamma i sin nye blå kjole med et rødt skjerf rundt halsen. Han i sin grå dress - den samme som han hadde på seg i begravelsen.

Han holdt tilbake et hulk da han husket oppstillingen i fotografens studio. Studioet inneholdt alt som hører julen til - selv om det bare var juli. Han smilte når han tenkte på den teite julepynten og den falske peisen. Uker senere kom kortet med posten, men for foreldrene hans ble det aldri jul. Han snudde stolen mot utgangen og gikk nedover gangen med onkelen i hælene.

"Jeg vet at det vil ta tid. Jeg beklager hvis jeg gikk for langt for tidlig, men det har gått over et år, og vi, jeg og rådgiveren din, syntes det var på tide."

E-Z fortsatte å gå. Han hadde lyst til å komme seg vekk. Flykte inn på rommet sitt og stenge verden ute, men så var det noe som slo ham. Noe avgjørende. Onkelen kunne ikke ha kjent til fotografiets historie. Hvis han hadde visst det, ville han ikke ha lagt det der. Etter alt han hadde gjort for ham, skyldte han ham en forklaring. Han stoppet.

"Vi brukte det aldri, det var ment til julekortet vårt, men de kom aldri frem til jul."

"Jeg er så lei for det. Jeg visste det ikke."

"Jeg vet at du ikke visste det, men det gjør det ikke mindre vondt av den grunn."

Utmattet både fysisk og mentalt gikk han nærmere rommet sitt. Den indre dialogen fortsatte med positiv forsterkning. Han ble påminnet om at alt ville se bedre ut i morgen. For det gjorde det nesten alltid.

"Det var meningen at det skulle være et sted der du kunne skrive. Husk at du er en prisbelønt forfatter nå, og du har forfatterblod i årene."

Han var nesten på rommet sitt - hvorfor hadde ikke onkelen latt ham slippe unna? Temperamentet hans blusset opp.

"Jeg har skrevet én novelle, men det betyr ikke at jeg kan eller vil skrive mer. Du sier at jeg har Charles Dickens-blod i årene, men det jeg vil, er å bli catcher for L.A. Dodgers. Selv om de kaller meg "tregutt", betyr ikke det at jeg må slå meg til ro. Hvorfor skulle jeg måtte slå meg til ro?"

"Jeg skulle ønske du ikke lot dem påvirke deg."

"Jeg er en tregutt! Hadde det ikke vært for det jævla treet!" utbrøt han mens han gjorde en brå vending og slo albuen i veggen. Det ikke så morsomme, morsomme beinet hans gjorde vanvittig vondt.

"Går det bra med deg?"

E-Z gryntet et svar og fortsatte til rommet sitt. Han hadde tenkt å smelle igjen døren bak seg. I stedet kilte han seg halvt inn og halvt ut av døråpningen. Så låste hjulene på stolen hans seg.

"FRICK!"

Sam slapp stolen uten å si et ord. Han lukket døren på vei ut.

E-Z tok noen uknuselige gjenstander og kastet dem mot veggen. For å roe seg ned visualiserte han foreldrene sine som fortalte ham hvor stolte de var av ham. Han savnet det. Men hvis faren hans var her nå, ville han ha kjeftet på ham fordi han var en sånn drittunge. Moren ville også ha skjelt ham ut, men på en snillere og mildere måte. Han tørket bort tårene. Han kjente skammen svi, og kroppen sank sammen i rullestolen av ren utmattelse.

"Går det bra?", spurte onkel Sam gjennom den lukkede døren.

"La meg være i fred!" svarte E-Z. Selv om han trengte hans hjelp. Uten ham kunne han ikke få på seg pyjamasen eller legge seg. Han måtte sove i stolen, i klærne sine. Innerst inne visste han alltid sannheten. Hvis han sluttet å bry seg, ville alle andre også slutte å bry seg. Da ville han virkelig være helt alene.

Han trillet stolen bort til vinduet og så ut på nattehimmelen. Musikken. Det hadde vært det eneste som virkelig knyttet dem sammen som familie. Riktignok hadde de ulike musikksjangre, men når det kom en god sang på radioen, la de det til side.

En skabbete svart katt gikk over plenen. Moren hans hadde alltid ønsket at de skulle dra til New York og se Cats på Broadway. Han skulle ønske at de hadde dratt sammen. Skapt et minne. Nå ville de aldri gjøre det. Den sangen, noe med minner, fikk ham til å gripe etter telefonen. Han valgte en hardrocklåt og skrudde opp volumet. Han brukte nevene til å tromme takten på stolarmene mens han raste og skrek ut teksten.

Helt til han rocket så hardt at han rullet ut av stolen og falt i gulvet. Da han så rommet sitt fra grunnen av, fikk han først lyst til å gråte. I stedet begynte han å le og klarte ikke å slutte.

"Går det bra der inne?" spurte Sam.

"Jeg trenger litt hjelp." Han hadde vondt i magen av å le så mye.

Sams første reaksjon var bekymring da han så nevøen ligge på gulvet og holde seg for magen. Da han skjønte at han holdt seg i magen av latter, sank han sammen på gulvet ved siden av ham.

Senere, da Sam skulle gå, sa han: "Det kommer til å gå bra, gutten min."

"Vi klarer oss."

Det var da de inngikk en pakt om å tatovere seg.

KAPITTEL 2

"B EKLAGER, JEG KAN IKKE spille baseball med dere i dag."

"Kom igjen," sa Arden. "Du var ikke så dårlig sist."

"Dra til helvete", svarte E-Z. Han satte opp farten for å komme onkelen i møte og kolliderte med Mary Garner, leder for heiagjengen.

"Å, unnskyld, Mary."

Det var første gang han så henne siden ulykken. Han så opp, mens håret hennes falt som en gardin over øynene hans: Det luktet kanel og honning.

"Idiot", sa hun. "Se deg for!"

Hun rygget tilbake og marsjerte bort. Følget hennes fulgte etter.

Han smilte, bøyde nakken for å se på henne. Vennene hans kom ved siden av og gjorde det samme. Arden plystret.

Hun kikket seg over skulderen og gjorde en liten vending i deres retning.

"Herregud, hun er fantastisk", sier PJ.

"Hun er sexy", sa Arden.

"Veldig."

Da de nå forlot skolen, spurte PJ: "Fortell oss hvorfor du ikke vil spille i dag."

"Ja, hjelp oss å forstå", sa Arden og la øynene i kors. "Vi er ubrukelige uten deg."

"Hør her, onkel Sam og jeg inngikk en pakt. Å gjøre noe sammen - noe stort - etter skolen i dag."

Vennene hans la armene i kors og sperret veien for stolen hans.

"Du har fortsatt tenkt å ekskludere oss - og du vil ikke engang fortelle oss hvorfor?", sa den rødhårede PJ.

"Du er en skikkelig drittsekk."

"Det ville vi aldri gjort mot dere."

De gikk sin vei og økte tempoet.

E-Z akselererte, men det var ikke nok. "Vent! Vi skal tatovere oss!"

Vennene hans stoppet opp.

"Jeg skal tatovere meg til minne om moren og faren min - duevinger, en på hver skulder."

"Vi blir med deg!"

"Jeg trodde kanskje dere ville synes at jeg var sentimental."

De fortsatte å gå uten å snakke sammen en stund.

"Onkel Sam skal møte meg på tatoveringsstedet."

KAPITTEL 3

DA SAM SÅ NEVØEN sammen med vennene sine, ble han overrasket.

"Jeg trodde denne pakten var mellom oss, altså en hemmelighet."

"Gutta ville ta meg med på kamp - jeg måtte fortelle dem det."

"Ok, greit nok. Men jeg har ikke for vane å ta foreldrenes plass eller gi tillatelse på foreldrenes vegne." Så til PJ og Arden: "Det er greit at dere er her, men bare foreldrene deres kan godkjenne tatoveringene deres."

"Vent!" sa PJ. "Jeg har aldri tenkt på at vi skulle tatovere oss."

"Mine vil helt sikkert si nei", sa Arden. Foreldrene hans hadde problemer, noe han utnyttet til fulle. Han lot som om de stadige kranglene deres ikke plaget ham det meste av tiden. Av og til, når han ikke orket mer, søkte han tilflukt hos en venn.

"Hos meg også." PJ var eldst og hadde to søstre på fem og sju år. Foreldrene oppfordret ham til å gå foran med et godt eksempel, og det gjorde han stort sett. Ved å fokusere på en fremtid innen idrett holdt han seg selv på rett spor.

Tenåringene delte et lysglimt og ga hverandre high fives.

"Hva?" spurte Sam.

"Vi forteller dem hvorfor E-Z gjør det, og at vi vil ha tatoveringer for å støtte ham", sier PJ.

Arden nikket.

"Vent nå litt. Så dere vil bruke mine foreldres død som en unnskyldning for å tatovere dere?"

Sam åpnet munnen, men ordene slapp ut.

PJ og Arden var røde i ansiktet og stirret ned i asfalten.

E-Z lot dem slippe unna. "Greit for meg."

Sam lukket munnen mens han og de to guttene dannet en halvsirkel rundt rullestolen.

"Men lov meg én ting - ingen sommerfugler."

"Hva har dere imot sommerfugler?", spurte Sam. spurte Sam.

KAPITTEL 4

For å gjøre en lang historie kort: PJ og Arden overtalte foreldrene sine til å la dem tatovere seg.

"Kommer straks", sa tatovøren og kastet et blikk på de fire. Overfor speilet sto en kraftig mannlig kunde som var i ferd med å legge enda en tatovering til samlingen sin. Den nye var mellom tommelen og pekefingeren. "Er du Sam?", spurte mannen som tatoverte.

Sam fikk litt vondt i magen, for han hadde lest at hånden var et av de mest smertefulle stedene å tatovere seg. "Ja, jeg snakket med deg på telefonen. Dette er nevøen min, E-Z, og vennene hans, PJ og Arden."

"Vil dere alle fire ha tatoveringer i dag? Jeg hadde bare ventet to av dere."

"Beklager. Vi kan utsette det hvis det er nødvendig, eller så kan jeg få gjort min en annen dag", sier Sam med et ønske.

"Heldigvis kommer datteren min inn for å hjelpe meg snart. Så velkommen til Tattoos-R-Us. Du kan vente der borte. Ta deg et glass vann. Det er også noen brosjyrer som du kanskje vil ta en titt på. De kan hjelpe deg med å bestemme hvor du vil ha tatoveringen. Hvert område på kroppen har en smerteterskel." Den kraftige fyren som skulle tatoveres, fniste.

"Takk", svarte Sam mens de beveget seg mot venteområdet. Da de satte seg i en sofa, fikk PJ og Arden frysninger av det hoppende kneet hans. De gikk gjennom rommet og så på oppslagstavlen. For å roe ned nervene fortsatte Sam å prate. "Jeg sjekket dem på Internett, de har vært i bransjen i 25 år, og mannen vi snakket med, er eieren. De har utmerket omdømme hos Better Business Bureau. I tillegg har de massevis av femstjerners anmeldelser på nettsiden si n."

Alle vendte seg om da en slående kvinne kledd i goth-lignende klær kom inn i lokalet. Hun var i trettiårene, og etter utseendet å dømme var hun eierens datter. Hun hadde tatoveringer på alt som var synlig, og sporadiske piercinger overalt ellers.

"Beklager at jeg er sen", sa hun og tok faren på skulderen. Hun kastet et blikk mot venteområdet og hvisket noe til ham. Hun smilte bredt og snudde seg mot kundene.

"Hei, jeg heter Josie." Hun rakte frem hånden og håndhilste på hver og en av dem. "Det er Rocky der borte. Han er eieren, og jeg er datteren hans."

"Jeg heter Sam, og dette er nevøen min E-Z og de to vennene hans, PJ og Arden." Han falt i stedet for å sette seg ned igjen.

Josie gikk for å hente et glass vann til ham.

E-Z tenkte på hvor vondt piercingen på tungen hennes må ha gjort, men så sa han til onkelen: "Det trenger du ikke."

"Kaller du meg en kylling?" sa han og skalv i hele kroppen da Josie satte glasset i hånden hans. Da han løftet det mot leppene, sølte han litt vann.

"Dere er tatoveringsjomfruer, ikke sant?" spurte Josie.

E-Z syntes hun hadde en søt stemme, som Stevie Nicks, farens favorittvokalist i Fleetwood Mac, som sang om heksen Rhiannon.

De trengte ikke å svare, for stillheten deres sa alt.

"Du er i gode hender hos Rocky. Han er den beste tatovøren i byen. Det kommer til å gjøre vondt. Ja, det kommer til å gjøre vondt. Men det er den typen smerte som John Cougar synger om. Du vet - Hurts So Good."

Sam skar en grimase. "Hvor vondt gjør det egentlig?"

"Det kommer an på smerteterskelen din - og hvor du velger å få det. Det ligger en brosjyre der borte som kartlegger de ulike områdene på kroppen og gir en smertevurdering."

E-Z kjente at han ble varm i ansiktet, og vennene hans fikk samme farge. Han kastet et blikk i Sams retning og la merke til hudfargen hans, som hadde fått et grønnaktig skjær.

Josie fortsatte. "Etter den første tatoveringen vil du kanskje like den og ønske deg flere."

Sam reiste seg, og kroppen dirret av frykt.

"Han trenger kanskje litt frisk luft", sa E-Z og fikk onkelen med seg mot døren.

Vel ute gikk Sam opp og ned på fortauet med hjertet hamrende som om det skulle hoppe ut av brystet på ham. "Jeg skulle ønske ved Gud at jeg røykte."

"Jeg setter pris på at du ble med meg ned hit, men ærlig talt, du trenger ikke å gjennomføre det. Jeg vet at vi inngikk en pakt, og at dette er noe jeg vil gjøre - til minne om mamma og pappa - men du skylder meg ingenting. Vi kan gå en tur og ta en kaffe, så sender vi deg en melding når vi er ferdige, ok?"

"Jeg sa at jeg alltid ville være der for deg. Jeg er her for deg nå. Jeg hater nåler. Og øvelser. Jeg trodde jeg kunne gjøre det, men nå innser jeg at frykten er sterkere enn meg. Jeg er en pyse."

"Du har alltid stilt opp for meg, onkel Sam. Du trenger ikke å bevise det for meg eller noen andre ved å få en tatovering du ikke engang vil ha. Stikk nå. Jeg ringer deg når vi er ferdige." Han trillet seg opp rampen igjen, og vennene stilte seg i kø bak ham. Han kastet et blikk over skulderen på Sam. Stakkaren var stiv som en s tatue.

"Jeg klarer meg. Kom deg av gårde nå."

Sam lo. "Men før jeg går, er det best du gir meg brevet jeg skrev i går kveld, så jeg kan legge til navnene til PJ og Arden. For uten min tillatelse får ingen av dere tatoveringer."

"Godt tenkt", sa E-Z mens han ga lappen videre. Nå signerte han den og kom opp igjen. Han stakk den i lommen, og de gikk inn der Josie ventet.

"Nå er det din tur. Hvis du skal pisse i buksa, skal jeg vise deg hvor toalettet er nå."

"Lkke faen", sa E-Z mens han trillet stolen på plass.

ENS ROCKY GJORDE SEG ferdig ved disken, ga Josie E-Z en bok med tatoveringer.

"Jeg vet det allerede uten å se etter. Jeg vil ha en duevinge på hver skulder." Der var de igjen, de grønne og gule lysene. Han hadde så lyst til å slå dem bort, men han ville ikke at Josie skulle tro at han også var gal.

Josie bladde i boken. "Var det disse du hadde i tankene?"

Han nikket og så på henne i speilet mens hun vasket hendene og tok på seg et par svarte hansker. Hun tok blekkbegrene ut av den sterile emballasjen og satte dem på bordet.

"Har du en lapp fra foreldrene dine eller vergen din? Jeg antar at du ikke er 18 år?"

E-Z smilte og ga henne lappen.

"Alt ser bra ut. Nå til viktigere ting. Har du hår på ryggen?" Hun smilte. "I så fall må vi rengjøre og barbere den først. Jeg mener hele ryggen din."

"Definitivt ikke."

Lyden av vennene hans som fniste fra venteområdet, fikk ham også til å smile. I mellomtiden forsvant Josie inn på bakrommet, og det ble musikk. Et øyeblikk var det Another Brick in the Wall, men så var det ingen musikk.

"Hvorfor gjorde du det?", spurte han.

"Jeg avskyr alt av Pink Floyd." Hun fortsatte å sette opp ting.

"Det kan du ikke si, med mindre du aldri har hørt på Dark Side of the Moon."

"Jeg hørte på den, og den var noe dritt", sa hun mens hun trakk skjorten hans over hodet. "Åh!"

POP.

POP.

Og de to lysene forsvant.

Rocky gikk bort og stilte seg ved siden av henne. "Hva i all verden?"

"Ja, hva i all verden", sa Josie.

Det fikk PJ og Arden til å komme bort.

"Jeg skjønner det ikke, E-Z. Hvorfor skulle du lyve?"

"Selvfølgelig ville han ikke lyve - E-Z lyver aldri", sa Arden.

"HVA!?" spurte E-Z og prøvde å manøvrere stolen sin slik at han kunne se hva de så. "Løgn? Om hva da? Fortell meg hva det enn er. Jeg tåler det."

Josie spurte: "Hvorfor løy du om at du var tatoveringsjomfru?"

***

"Det gjorde jeg ikke!" E-Z stotret og hadde ingen anelse om hva hun mente.

"Vent litt," sa Arden. "Kom igjen, kompis, hvis du løy, må du ha en god grunn."

"Nå er det slutt!" sa PJ. "Men han kan jo ikke ha fått tak i dem uten tillatelse fra en voksen."

Rocky tok et håndspeil og plasserte det slik at E-Z kunne se hva de så. To tatoveringer, en på høyre skulder og en på venstre. Vinger.

"Hva i?"

"Han sa at han ville ha vinger", sa Josie. "Jeg trodde du var en snill gutt."

"Det er jeg også! Ærlig talt aner jeg ikke hvordan de havnet der, og det var ikke slike vinger jeg ville ha. Jeg ville ha duevinger. Disse ser mer ut som englevinger."

"Kom igjen, kompis", sa Rocky. "Disse ble laget av en proff. For en stund siden. Og det er helt eksepsjonelle englevinger. Mine komplimenter til den som har laget dem. Be dem komme til meg hvis de noen gang er på utkikk etter en jobb."

"Jeg sverger på at jeg ikke har tatoveringer. Dette er første gang jeg har vært på et tatoveringssted. Spør onkelen min. Han vil støtte meg. Han vet det."

"Ingenting av dette gir mening", sa Arden.

Rocky ristet på hodet. "Innrøm det i det minste, gutt."

"Vil dere to ha tatoveringer?" spurte Josie med hendene på hoftene.

"Nei", svarte de.

"Menn er slike løgnere", sa Josie da de lukket døren bak seg.

"Glem det, vennen, det er på tide å spise middag uansett", og så satte han STENGT-skiltet på døren.

****

DA SAM KOM TILBAKE, ventet de tre guttene utenfor studioet. Kroppsspråket deres var merkelig. Den rødhårede PJ hadde armene i kors, mens den olivenfargede Arden hadde hendene på hoftene. Samtidig var nevøen på gråtens rand.

"Gudskjelov, onkel Sam, gudskjelov at du er tilbake."

Han skyndte seg nærmere. "Å nei, var det fryktelig smertefullt? Det blir bedre om noen dager. Det kommer til å gå bra. La meg ta en titt." Han plystret da nevøen lente seg forover slik at han kunne løfte opp skjorten. "Det må ha gjort jævlig vondt."

"Det gjorde de nok", sa PJ.

"Da han først fikk dem."

"Første gang? Hva for noe?"

"Han hadde dem allerede da hun tok av ham skjorten."

"Det vi ikke skjønner, er hvordan?"

"Hva mener du? Jeg kan forsikre deg om at han ikke hadde dem i går."

"Jeg sa jo at onkel Sam ville støtte meg." Hvis de ikke trodde på ham, ville de tro på onkelen, men hvorfor skulle de tro at han løy om det? De visste at han ikke løy.

"Ifølge Rocky har han hatt disse tingene en stund."

"Ser du hvordan de har grodd?" sa PJ. "Rocky og Josie var irriterte, og det har de all grunn til å være siden E-Z virket like overrasket som oss over å se dem."

"Og dere to," spurte Sam, "hvordan gikk det med tatoveringene?"

"Vi bestemte oss for ikke å gjøre det", sa PJ.

"Det føltes ikke riktig."

Sam sa: "Fortell oss hva som skjedde. Forklar deg, for jeg blir ikke klok på det."

"Det kan jeg ikke. Onkel Sam, du vet at de ikke var der i går. Jeg har ingen forklaring. Alt jeg vil, er å dra hjem." Han begynte å bevege seg, klimpret på hjulene på stolen, raskere, enda raskere. Han ville bort, hvor som helst. Hvis de ikke trodde ham, kunne de dra til helvete.

Da han nærmet seg enden av gaten, skiftet lysene fra grønt til rødt. En liten jente som gikk alene, var allerede på vei over. Hun gikk ut fra fortauskanten da en bobil rundet hjørnet. Rullestolen hans løftet seg fra bakken og skjøt mot henne. Han strakte ut hånden og grep tak i henne. Akkurat tidsnok til å redde henne fra å havne under hjulene på bilen.

Nå var hun utenfor fare, rullestolen landet igjen, og han bar henne i sikkerhet. Foran ham sto en hvit svane som var større enn vanlig. Den viste ham tommelen opp med vingen og fløy bort.

"Svane", sa den lille jenta mens han så seg om etter foreldrene.

E-Z benyttet anledningen til å gli inn i folkemengden og forsvinne rundt hjørnet, så klimpret han eikene på hjulene sine hardere enn han noen gang hadde gjort før og var snart noen kvartaler unna.

"Så du det?" utbrøt Arden da han stanset på hjørnet. "Au", sa han da kvinnen bak ham dultet borti ham. "Au" hørte han bak seg, og andre fotgjengere bak ham kolliderte.

PJ holdt stand da fyren bak kjørte inn i ham. Til Arden sa han: "Ja, jeg så det ... men jeg er ikke sikker på hva jeg så. Tatoveringsvingene var én ting, dette var... hva? Et mirakel?"

"Det var en optisk illusjon", sa Sam da telefonen vibrerte. Det var en melding fra E-Z som ba ham hente ham så fort som mulig på parkeringsplassen ved jernvarehandelen. "E-Z trenger meg. Klarer dere to å komme dere hjem igjen?"

"Ja visst, ikke noe problem, Sam."

"Jeg håper det går bra med ham."

Sam gikk tilbake til bilen og forsøkte å holde hodet kaldt mens han prøvde å forstå hva som nettopp hadde skjedd.

Ingen av guttene ville snakke om det de hadde sett - E-Zs rullestol i flukt.

"Så du det?" hvisket andre bak dem mens en folkemengde samlet seg.

"Skulle ønske jeg hadde hatt telefonen klar", sa en kvinne.

En annen kvinne med mikrofon og kamera presset seg frem. Da lyset skiftet, krysset hun veien, fulgt av et par i tårer - foreldrene til de små jentene. Bak dem sto sjåføren av bobilen.

"Gudskjelov at du var der", ropte han. "Jeg så henne ikke. Du er en helt, gutt. Takk skal du ha."

"Mamma!" ropte barnet mens moren trakk henne inn i armene sine. Hun og ektemannen klemte henne tett inntil seg, mens journalisten kom til, og kameraoperatøren filmet øyeblikket.

I nærheten gråt mannen som nesten hadde kjørt på henne. Reporteren og fotografen snakket med ham. "Han reddet henne og meg. Gutten, gutten i rullestolen."

De prøvde å finne ham, men han var borte. Han gjemte seg, som en kriminell. Han ventet på at Uncle Sam skulle komme og redde ham. Han prøvde å forstå hva som hadde skjedd. Prøvde å ikke få panikk.

Tilbake på åstedet slettet to lys, ett grønt og ett gult, bevisstheten til alle i nærheten. Deretter ødela de alle opptak.

"Hva gjør vi her?" spurte reporteren.

"Aner ikke", svarte kameramannen.

På vei hjem følte E-Z seg på en måte som en helt. Men han visste at den virkelige helten var stolen hans, rullestolen som hadde tatt flukt.

E-Z Dickens var en Tattoo Angel.

"**J**EG FLØY ONKEL SAM. Jeg fløy virkelig."

Sam kjørte inn i oppkjørselen og parkerte.

"Du så det, ikke sant? Du så meg redde den lille jenta. Jeg rakk det ikke i tide, og rullestolen min visste det, så den løftet seg fra bakken og fløy mot henne."

"Ja, jeg så det. Det var eksepsjonelt. Jeg mener måten du reddet den lille jenta på. Men stolen din løftet seg ikke. Det var fremdriften som drev deg fremover. Med adrenalinkicket og hvor raskt du måtte bevege deg for å komme dit, føltes det som om du fløy - men det gjorde du ikke."

"Jeg fløy. Stolen forlot bakken."

"E-Z, kom igjen. Både du og jeg vet at du ikke fløy. Det må du da vite. Jeg mener, hva tror du at du er? En jævla engel?"

Sam gikk ut av bilen, hentet rullestolen fra bagasjerommet og gikk rundt for å hjelpe nevøen inn i den. Idet han gjorde det, skrapte E-Zs høyre skulder mot dørkanten, og han skrek av smerte.

"Vann!" skrek han. "Det føles som om jeg kommer til å gå opp i flammer."

Sam løp ut på kjøkkenet og kom tilbake med en flaske vann.

E-Z tømte den på skulderen hans. Det lettet litt, men så føltes det som om den andre skulderen brant. Han helte resten av flasken på den. Sam dyttet ham inn i huset, mens E-Z prøvde å rive av seg skjorten. Sam hjalp ham med å trekke den over hodet.

"Å nei!" ropte Sam og holdt seg for nesen. Nevøens skulderblad så nå ut og luktet som forkullet grillkjøtt. Han skyndte seg ut på kjøkkenet etter mer vann.

På veien skrek E-Z og fortsatte å skrike helt til han besvimte.

KAPITTEL 5

D ET VAR MØRKT, OG han var helt alene, bare skyggen fra månen spredte seg over ham på himmelen.

Armene lå i kors over brystet, slik han hadde sett lik i åpen kiste i en begravelse. Han ristet dem ut. Nå var han avslappet og la dem på armlenene på rullestolen, men oppdaget at han ikke satt i den. Han var redd for å velte og krysset armene over brystet på nytt. Men vent, han falt ikke overende da han løsnet armene før - han gjorde det igjen og holdt seg oppreist.

E-Z holdt den ene armen fast mot brystet, mens den andre, den høyre, strakte seg så langt den rakk. Fingertuppene hans fikk kontakt med noe kaldt og metallisk. Med venstre arm gjorde han det samme, og fant igjen metall. Han lente seg fremover og tok på veggen foran seg, og gjorde det samme bak seg. Etter hvert som han beveget seg rundt, beveget setet under ham seg som et fjæringssystem. Det var dette systemet som holdt ham oppreist, eller var det?

PFFT.

Lyden av tåke som stiger opp i luften. Den var varm og forsterket luktesansen hans og badet ham i en duft av lavendel og sitrus.

Han falt inn i en dyp søvn der han drømte drømmer som ikke var drømmer, for de var minner. Ulykken - den skjedde om igjen - i loop. Han kastet hodet bakover og hylte.

"Et øyeblikk, takk", sa en kvinnestemme.

Det var en robotstemme som man kan høre på et opptak når det ikke er noe menneske i nærheten.

Han var for redd for å sovne igjen og spurte: "Hvem er det? Vær så snill, vær så snill. Hvor er jeg?"

"Du er her", sa stemmen og fniste. Latteren klang i den silolignende beholderen og dunket ham i ørene mens den kom og gikk.

Da den stoppet, bestemte han seg for å bryte seg ut. Han brukte alle krefter på å strekke ut armene og dytte til. Det føltes godt. Å gjøre noe, hva som helst - til å begynne med - helt til klaustrofobien tok overhånd.

PFFT.

Sprayen, nærmere denne gangen, gikk rett i øynene hans. Sitronsyren sved, tårene trillet som om han hadde hakket en løk, og han reiste seg opp.

Vent nå litt...

Han falt ned igjen. Han vrikket på tærne. Han gjorde det igjen. Han strakte ut høyre ben. Så det venstre beinet. De virket. Beina hans fungerte. Han løftet seg...

En mannlig stemme sa denne gangen: "Vennligst bli sittende."

Han kløp seg i høyre lår og deretter i venstre. Hvem hadde trodd at et klyp eller to kunne føles så godt? Ingen kunne stoppe ham. Så lenge han kunne bruke beina, ville han reise seg opp igjen.

Det hørtes en lyd over ham, som en heis som beveget seg. Lyden ble høyere. Han så opp. Silotaket var på vei ned. Det ble større og større. Til slutt stoppet det helt opp.

"Sett deg ned", forlangte mannsstemmen.

E-Z reiste seg opp, men taket trakk seg stadig lenger ned - helt til han ikke lenger kunne stå. Han satt tålmodig og ventet på at tingen skulle trekke seg tilbake som en heis som stiger til toppen - men den rørte seg ikke.

PFFT.

"Slipp meg ut!"

"Tilsett laudanum", sa kvinnestemmen.

Veggene tok en pause og sprøytet så ut en ekstra lang dose.

PPPFFFTTT.

Det var den siste lyden han hørte.

✳✳✳

TILBAKE I SENGEN - og lurte på om han hadde gått fra vettet og innbilt seg at hele silohendelsen var E-Z. Det føltes ekte, det luktet ekte. Og de to stemmene - hvorfor viste de seg ikke? Han klødde seg i hodet og så to lys foran øynene. Som før var det ene grønt og det andre gult.

"Hallo?" hvisket han, mens en høyfrekvent hvining som en myggplage angrep ham. Han kastet høyrehånden bakover og slo til med et kraftig slag. Men før den traff, stivnet han med hånden i luften. Øynene hans ble blanke, som en hypnotisert kylling.

POP.

POP.

Lysene forvandlet seg til to skapninger. De dyttet hver sin skulder, og E-Z falt ned på puten der han lukket øynene og sov.

"Vi bør gjøre det nå, pip-pip", sa det førstnevnte gule lyset.

"La oss først forsikre oss om at han sover, zoom-zoom", sa det tidligere grønne lyset.

"Ok, da setter vi i gang, pip-pip."

"Har vi hans samtykke, zoom-zoom?"

"Han sa at han ville det, men han husker det ikke. Jeg er redd det ikke er en bindende avtale. Kanskje det bare er en delavtale, og du-vet-hvem hater delavtaler. For ikke å snakke om at de menneskelige partialtallene ville bli fanget opp mellom pip-pip-pip."

"Ja, jeg liker ham for godt til å la ham bli en mellomting zoom-zoom."

"Liker har ingenting med saken å gjøre. Ikke glem hva som skjedde med svanen. For ikke å snakke om - hvorfor sier mennesker det de ikke skal si før de sier det de ikke vil si?" Uten å vente på svar. "Vi ville vært i en knipe, og du-vet-hvem ville vært veldig sur pip-pip."

"Men mennesket har allerede tatovert vingene sine. Rettssakene begynner ikke før forsøkspersonen har sagt ja." Hun knipset med fingrene, og en bok dukket opp. Hun flagret med vingene og skapte en bris som snudde sidene. "Se her, det står at vingene først installeres ETTER at forsøkspersonen har blitt godkjent. Så da han sa ja, må det ha beseglet avtalen zoom-zoom." Hun løftet armene, og boken fløy opp, som om den skulle treffe taket, men i stedet forsvant den gjennom det.

De fløy, én landet på skulderen til E-Z og én på hodet hans.

"Det var ikke jeg som gjorde det", sa han uten å åpne øynene.

"Sov mer, zoom-zoom", sa hun og rørte ved øynene hans.

"Hysj, pip-pip."

"Mamma, kom tilbake. Vær så snill, kom tilbake!"

"Han er veldig urolig, zoom-zoom."

"Han drømmer, pip-pip."

E-Z åpnet munnen og snorket som en elefantunge. Brisen holdt dem oppe - ingen grunn til å baske med vingene. De fniste, helt til han lukket munnen. Da begynte de å falle fritt. Ved å baske voldsomt med vingene kom de seg raskt opp igjen.

"Å nei, han skjærer tenner, pip-pip."

"Mennesker har merkelige vaner, zoom-zoom."

"Dette menneskebarnet har vært gjennom nok. Ved å gi ham disse rettighetene vil han føle mindre smerte, pip-pip."

Den første skapningen fløy opp på E-Zs brystkasse og landet med haken fremover og hendene på hoftene hans. Vesenet snudde seg én gang med klokken. Den snurret raskere, og fra vingeslagene kom det ut en sang. Sangen var en lav stønning. En trist sang fra fortiden som hyllet et liv som ikke lenger fantes. Vesenet lente seg tilbake med hodet hvilende mot E-Zs bryst. Snurringen stoppet, men sangen fortsatte å spille.

Det andre vesenet sluttet seg til og utførte det samme ritualet, mens det snurret mot klokken. De skapte en ny sang, uten pip-pip og zoom-zoom. For når de sang, var det ikke nødvendig med onomatopoetikk. Det var det derimot i den daglige samtalen med mennesker. Denne sangen la seg over den andre og ble en gledesfylt, høylytt feiring. En ode til det som skal komme, til et liv som ennå ikke er levd. En sang for fremtiden.

En spray av diamantstøv sprutet ut av de gylne øyehulene deres. De snudde seg i perfekt synkronisering. Diamantstøvet sprutet fra øynene deres ned på E-Zs sovende kropp. Utvekslingen fortsatte til han var dekket av diamantstøv fra topp til tå.

Tenåringen fortsatte å sove tungt. Helt til diamantstøvet gjennomboret ham - da åpnet han munnen for å skrike, men det kom ingen lyd ut.

"Han våkner, pip-pip."

"Løft ham, zoom-zoom."

Sammen løftet de ham opp mens han åpnet de blanke øynene.

"Sov mer, pip-pip."

"Føler ingen smerte, zoom-zoom."

De to skapningene vugget kroppen hans og tok smerten inn i seg.

"Reis deg, pip-pip", kommanderte han.

Og rullestolen reiste seg. Den plasserte seg under E-Zs kropp og ventet. Når en bloddråpe falt ned, fanget stolen den opp. Absorberte den. Fortærte den - som om den var et levende vesen.

Etter hvert som stolens kraft økte, ble den også sterkere. Snart kunne stolen holde sin herre i luften. Dette gjorde det mulig for de to skapningene å fullføre oppgaven sin. Oppgaven med å forene stolen og mennesket. Binde dem sammen for all evighet med kraften fra diamantstøv, blod og smerte.

Mens tenåringens kropp ristet, leget sårene i huden hans. Oppgaven var fullført. Diamantstøvet var en del av essensen hans. Dermed stanset musikken.

"Det er gjort. Nå er han skuddsikker. Og han har superstyrke, pip-pip."

"Ja, og det er bra, zoom-zoom."

Rullestolen havnet på gulvet igjen, og tenåringen ble lagt i sengen.

"Han kommer ikke til å huske det, men de ekte vingene hans vil snart begynne å fungere, pip-pip."

"Hva med de andre bivirkningene? Når vil de begynne, og vil de være merkbare zoom-zoom?"

"Det vet jeg ikke. Han kan få fysiske forandringer ... det er en risiko verdt å ta for å redusere smerten, pip-pip."

"Enig, zoom-zoom."

Utmattet la de to skapningene seg inntil E-Zs bryst og sovnet. Han visste ikke at de var der, og da han strakk seg ut om morgenen, falt de ned på gulvet.

"Oi, unnskyld", sa han til de bevingede skapningene før han snudde seg og sovnet videre.

"Er du våken?" spurte Sam før han åpnet døren et lite stykke. Nevøen snorket, men stolen hans sto ikke der han hadde satt den da han hjalp ham i seng. Han trakk på skuldrene og gikk tilbake til rommet sitt der han leste noen kapitler av David Copperfield. Noen timer senere kom han tilbake til nevøens rom.

"Bank, bank."

"Øh, god morgen," sa E-Z.

"Er det greit at jeg kommer inn?"

"Klart det."

"Har du sovet godt?"

"Jeg tror det." Han strakte seg og lente seg tilbake mot sengegavlen.

"Hvordan havnet stolen din her? Jeg trodde jeg hadde parkert den mot veggen."

Han trakk på skuldrene.

"Og se på armlenene - har du malt dem?"

Han bøyde seg frem, så det røde skjæret og trakk på skuldrene igjen. "Hva skjedde med meg?"

"Du besvimte. Det jeg ikke forstår, er hvorfor. Du sa at det føltes som om skuldrene dine brant. Jeg søkte på nettet ut fra beskrivelsen din, og et homøopatisk middel dukket opp. Det er utrolig hva man kan finne der. Jeg blandet litt lavendelolje med vann og aloe i en sprayflaske og pumpet det rett på huden din. De sa at det ville gi umiddelbar lindring. De tullet ikke, for du slappet av og sovnet."

"Takk, jeg føler meg mye bedre nå." Han prøvde å stå opp av sengen, men zzzzz'ene fløy rundt i hodet hans som om han var Wile E. Coyote. "Jeg tror jeg blir i sengen en stund til."

"God idé. Vil du ha noe?"

"Litt ristet brød? Med jordbærsyltetøy?"

"Klart det, gutten min." Han forlot rommet og sa at han snart skulle komme tilbake. Da han kom tilbake med mat på et brett, prøvde nevøen å spise, men klarte ikke å holde noe i seg.

"Kanskje bare litt vann."

Sam kom med en flaske som E-Z forsøkte å drikke av, selv om han ikke klarte å holde det i seg.

"Jeg tror jeg fortsetter å hvile." Øynene hans forble åpne og stirret frem mot ingenting. "Hva er klokken?"

"Klokken er fem om morgenen, og i dag er det lørdag. Du har vært ute i tolv timer. Du skremte meg."

Forbindelsen, lavendel begge steder, slo E-Z som merkelig. Hadde han opplevd en krysning i virkeligheten? Det var for mye av et sammentreff, i hvert fall hvis siloen virkelig eksisterte. Eller hadde det vært en drøm? Snarere et mareritt. Men beina hans fungerte inne i metallbeholderen. Han ville straks gå tilbake - koste hva det koste ville - for å kunne bruke beina igjen.

"E-Z?"

"Hva? Jeg tror ærlig talt at jeg vil lukke øynene og hvile litt mer."

Sam forlot rommet og lukket døren bak seg.

E-Z drev inn og ut av bevissthet mens ulykken gikk i loop. Stevie Nicks, iført hvite vinger, leverte det tilhørende soundtracket. I bakgrunnen hoppet to lys - ett grønt og ett gult - opp og ned.

$$\text{✳✳✳}$$

I LØPET AV DE neste dagene forsøkte han å sette sammen brikkene i tankene sine ved å lage en liste over fellestrekk:

Hvite vinger - hvite vinger tatovert på skuldrene. Stevie Nicks hadde hvite vinger i drømmen.

Lavendel - Onkel Sam brukte lavendel og aloe for å lindre brannsårene. I siloen var det lavendel i luften for å berolige ham.

Gule og grønne lys. Han så dem etter ulykken og på rommet sitt.

Rullestol - hadde fløyet så han kunne redde den lille jenta. Da han var catcher, hadde rumpa hans forlatt stolen slik at han kunne fange ballen.

Armlener - var nå røde. Ingen lignende hendelser. Ingen forklaring.

Brennende følelse på skuldrene/tatoveringer på skuldrene. Ingen forklaring.

Han trodde ikke på Gud lenger, ikke etter ulykken. Ingen gud ville latt et tre knuse foreldrene hans. De var gode mennesker som aldri gjorde noen noe vondt. Hva som skjedde med beina hans, var uvesentlig. En gud som var verdt noe, ville ha grepet inn og stoppet det før det skjedde.

Hvis det da ikke fantes en gud, var han kanskje ute til lunsj. Ja, det stemmer.

Kroppen hans forandret seg, og han ville ha svar. Innerst inne visste han at den eneste måten han kunne få dem på, var å gå tilbake til den fordømte siloen - hvis den fantes.

KAPITTEL 6

NESTE MORGEN SVEVDE E-Z i luften over sengen siden vingene hadde vokst ut. Da han skulle se på de nye vedhengene sine i garderobespeilet, holdt han på å krasje i veggen.

"Er alt i orden der inne?" ropte Sam fra naborommet sitt.

"Ja", sa han og flakset sidelengs mens han beundret sin nyvunne flygeevne. De fjærlette fjærene fascinerte ham. Spesielt måten de drev ham fremover på, som om de var ett med kroppen hans. Han følte seg mer som en fugl enn en engel og prøvde å huske hva han hadde lært om ornitologi på skolen. Han visste at de fleste fugler hadde primærfjær, kanskje ti. Uten primærfjærene kunne de ikke fly. Han hadde mer enn ti primærfjær på vingene, og flere sekundærfjær også. Han prøvde å svinge til venstre og deretter til høyre for å vurdere manøvreringsevnen. Han følte seg vektløs og fløy rundt i rommet sitt. Han svevde over rullestolen - som han ikke lenger trengte. Med disse vingene kunne han sveve over hele verden. Med hendene på hoftene, som Supermann, pekte han i retning døren. Han var fremme da Sam åpnet den.

"Du skremte vettet av meg!" sa Sam og holdt på å hoppe ut av seg selv.

Overrumplet forsøkte tenåringen å få kontroll over situasjonen. Han byttet retning og hadde tenkt å gå bort til sengen. Overgangen gikk imidlertid ikke så lett som han hadde håpet, og han falt i fritt fall.

Sam løp etter rullestolen og flyttet den frem og tilbake for å holde den under nevøen.

E-Z kom seg opp igjen.

"Kom ned hit, med en gang!" ropte Sam og svingte nevene i luften.

Han fløy mot sengen og landet trygt. Vingene lukket seg som et trekkspill uten musikk. "Det var så gøy. Jeg gleder meg til å fly til skolen."

Sam falt ned i nevøens stol. "Hva var det for noe? Og tror du virkelig at du kan fly de greiene til skolen? Du ville blitt til latter."

"De ville venne seg til det, og i stedet for å kalle meg "tregutten" kunne de kalle meg "fluegutten". Ja, det liker jeg."

"Ut fra det jeg så, var det et ubehjelpelig forsøk. Og fluegutt høres latterlig ut."

"Det var mitt første forsøk. Jeg skal nok få teken på det."

Sam ristet på hodet da nysgjerrigheten tok overhånd og fikk følelsene til å flykte.

"Kan jeg få ta en nærmere titt? Jeg mener uten at du stikker av?" spurte han og reiste seg da E-Z snudde kroppen mot ham. "De er borte. Helt borte. Jeg mener tatoveringene. De er erstattet av ekte vinger - og du kan fly. Jøss!" Han satte seg ned før han falt.

"Jeg våknet, vingene kom ut, og før jeg visste ordet av det, fløy jeg."

"Det er magi. Det må det være. Eller kanskje vi drømmer, du er i min drøm eller jeg i din, og snart våkner vi opp og..." Sam prøvde å holde seg rolig for nevøens skyld, men inni seg hamret hjertet.

"Det er ingen drøm."

"Hvordan kom de ut? Måtte du si noe? Jeg mener, er det noen magiske ord du må si?"

"Jeg husker ikke at jeg sa noe. Men jeg kan jo prøve." Han tenkte seg om i noen sekunder og poserte som Rodins Tenkeren. "Vent litt, la meg prøve noe." Han svingte luften i en stavløs bevegelse: "Autem!"

"Når lærte du latin?"

"Det finnes en gratis app på telefonen min."

"Jeg også, jeg lærer meg fransk. Prøv en haut."

"En haut!" Fortsatt ingenting. "Løft meg opp! Qui exaltas me!" Irritert la han armene i kors. "Det var vel bra at du kom inn og så meg fly, ellers hadde du ikke trodd meg!" Han lurte på hva PJ og Arden holdt på med - han hadde ikke sett dem på flere dager. Før han visste ordet av det, åpnet vingene seg og han svevde over sengen.

"Ro-ro", sa Sam da vingene trakk seg inn og E-Z traff gulvet.

"Det hadde vært et kult tidspunkt for deg å ta stolen min på."

Sam smilte. "Lettere sagt enn gjort. Jeg er lei for det. Går det bra med deg?"

"Jeg er ikke skadet. Jeg mener fysisk, men psykisk, hvem vet?" Han lo. "Kan du hjelpe meg opp i stolen?"

Sam løftet ham opp og satte ham trygt ned i stolen. Da han lente seg bakover, sprang vingene ut igjen med full kraft i stedet for å trekke seg helt inn. E-Z fløy opp og flakset rundt som Tingeling.

"Så det er sånn det er, hva?" sa Sam.

"Jeg må få teken på det - jeg vet ikke helt hvorfor, men..."

"Vel, når du er klar, kan du komme ned, så går vi ut og spiser frokost. Jeg tar med laptopen min, så kan vi gjøre litt research."

"Det er en smart idé. Vi kan gå på Ann's Cafe. Og jeg blir gjerne med ned - hvis jeg kan." Vingene trakk seg inn da E-Z var rett over rullestolen hans. "Det kaller jeg service", sa han og satte seg forsiktig ned i stolen.

De småpratet mens han kledde på seg. Så gikk E-Z på toalettet mens Sam gjorde seg klar.

Da de gikk ut av huset og mot Ann's Café, var E-Z delt i to tanker. For det første savnet han å gå dit, og for det andre: "Jeg har ikke vært der på evigheter. Ikke siden..."

"Jeg vet det, gutt. Sikker på at det ikke er for tidlig?"

Frokost på Ann's Café hadde vært en tradisjon for familien hans. I tillegg til at den åpnet tidlig kl. 06.00, lå den i gangavstand. Inne var det private båser i kunstskinn med rødrutede duker. Faren hans sa alltid at stedet hadde et "far out"-tema. Sekstitallsmusikk ble spilt på jukeboksene - de var rigget opp slik at folk ikke trengte å betale. Og plakater av Marilyn Monroe, James Dean og Marlon Brando fylte veggene. Menyen var enorm med alt fra Club Sandwiches til

Cheeseburgere og Fondues. Men hans personlige favoritter var de ekstra tykke shakene og eplepannekakene.

Så snart hun fikk øye på dem, kom eieren Ann bort. "Jeg har savnet deg." Hun slo armene rundt ham.

"Dette er onkel Sam, Ann." De tok hverandre i hånden. "Takk for kortet og blomstene forresten, det var veldig omtenksomt."

Øynene hennes ble fylt med tårer. "Kom hit bort. Jeg har et perfekt bord til deg."

Det var i et stille hjørne, så han trengte ikke å bekymre seg for at stolen hans skulle komme i veien for kjøkkenpersonalet eller gjestene.

"Jeg skal lage den vanlige retten din med en gang. Vet du hva du vil ha, Sam, eller skal jeg komme tilbake?"

"Hva vil du ha?"

"Eplepannekaker a la mode. De er verdens beste, og Ann tar alltid med ekstra sirup og kanel."

"Det høres godt ut, men jeg tror jeg velger kjedelig bacon og egg med sopp."

"Greit", sier Ann. "Og skal du ha en tykk sjokoladeshake?" Han nikket. "Kaffe til deg, Sam? "

"Svart", svarte han. "Og takk for at jeg er så velkommen."

"Alle onkler av E-Z er velkomne her."

Da Ann gikk for å hente drikkevarene, utbrøt han: "Onkel Sam, jeg tror jeg er i ferd med å bli en engel."

"Da må du dø først", sa han mens Ann satte drinkene på bordet og gikk tilbake til kjøkkenet.

"Kanskje jeg døde i bilulykken. I noen minutter. Hvem vet hvor lang tid det tar å bli en engel? I filmene, hvis du kommer til Perleporten, kan den store mannen snu alt og sende deg rett ned hit igjen. Hvis man da tror på sånt - noe jeg ikke gjør."

"Ikke jeg heller. Engler finnes ikke. Heller ikke djevler. Bortsett fra inne i hver og en av oss. Vi har alle noe godt og noe ondt i oss. Det er det som gjør oss til mennesker. Når det gjelder de døende, ville de ha fortalt meg det hvis de måtte gjenopplive deg. De sa ikke noe slikt."

"Hvordan forklarer du da at tatoveringene plutselig dukket opp, og at de nå har blitt til ekte vinger? Jeg hadde dem ikke i går. Så hva skjedde mellom i går og i dag? Ingenting som skulle tilsi at det vokste frem nye vedheng."

"Ikke som du kan komme på", sa Sam. Han lo.

E-Z stakk en pannekake i munnen og lot sirupen renne nedover haken. Ann gjorde seg rar.

"Du ser i hvert fall ikke særlig engleaktig ut for øyeblikket", sa Sam og tok en gaffel med eggerøre. "Mm, disse er virkelig gode." Etter noen flere biter tok han opp den bærbare PC-en fra stresskofferten. Han klikket på den og skrev inn "define angel". Han snudde skjermen slik at de kunne lese informasjonen mens de spiste.

"En budbringer, spesielt fra Gud", leste Sam, "en person som utfører et oppdrag fra Gud eller opptrer som om han er sendt av Gud."

"Oppfører seg som om", gjentok E-Z mens han stappet flere pannekaker i munnen.

Sam leste: "En uformell person, spesielt en kvinne, som er snill, ren eller vakker. Du er ganske pen, med ditt blonde hår og dine blå øyne."

"Hold kjeft."

"En konvensjonell fremstilling", han tok en pause. "Av et av disse vesenene avbildet i menneskeskikkelse med vinger." Sam tok en ny slurk kaffe, tidsnok til at Ann kunne fylle på koppen hans.

"Dere får fordøyelsesbesvær av å lese og spise samtidig."

E-Z lo.

Sam sa: "Nei, jeg jobber med IT, så jeg er ganske flink til å multitaske."

Ann fniste og gikk sin vei.

"Hva mener de med "disse vesenene"?" spurte E-Z.

"I middelalderens englelære sto det at englene var inndelt i klasser. Ni ordener: serafer, kjeruber, troner, herredømmer (også kjent som dominions)," han tok en pause og tok en slurk vann. Deretter fortsatte han: "Dyder, fyrstedømmer, erkeengler og engler."

"Jøss! Prøv å si det raskt ti ganger." Han smilte. "Jeg ante ikke at det fantes så mange slags engler."

"Ikke jeg heller. Denne maten er så god at jeg stadig lurer på om vi to drømmer."

"Mener du at du skulle ønske at vi drømte - og at vingene mine ville forsvinne?"

"De kunne forsvinne like fort som de kom." Han flyttet den bærbare datamaskinen nærmere og skrev inn "Human grows angel wings." E-Z fnøs, men lente seg nærmere for å se hva som dukket opp. Sam klikket på en vitenskapelig artikkel.

"Som jeg sa, ingen bevis for englevinger i arkivet. Jeg trodde ikke det. Jeg tror at hendelsen da jeg reddet den lille jenta, hadde noe å gjøre med at de dukket opp. Det var en utløsende faktor, for det begynte å brenne rett etter at jeg kom hjem, og så, ja, du vet resten."

"Hvordan har dere det her?" spurte Ann.

"Jeg har bestilt to pannekaker til, E-Z, som vanlig. Med mindre du kan spise mer?"

"Perfekt."

"Og hva med deg, Sam?"

"Bare påfyll", sa han og rakte frem det tomme kruset sitt, som hun tok og kom tilbake med fylt til randen. Det ringte på kjøkkenet, og hun gikk for å hente pannekakene.

E-Z helte lønnesirup på dem, etterfulgt av en klatt smør. "Du er den beste", sa han til Ann. Hun smilte og lot dem spise ferdig.

Onkel Sam fulgte nøye med på nevøen sin. Han skulle ønske han hadde bestilt eplepannekaker, men han var allerede mett.

"Hva er det?"

"Jeg vet ikke, det er som om ansiktet ditt lyser opp som en engel på et juletre når du smaker på maten."

E-Z la fra seg gaffelen. "Veldig morsomt. Du er en skikkelig komiker."

Da de var ferdige med å spise, spurte Sam: "Har du ombestemt deg etter å ha lest om engler? Jeg mener, tror du fortsatt at du kommer til å bli en? Og hvis ja, hva har du tenkt å gjøre med det?"

"Hva mener du med "gjøre"? Jeg har vinger, jeg kan like gjerne bruke dem."

"Slik jeg ser det, er det slik at hvis du ikke bruker dem, hvis du fornekter deres eksistens - da vil de forsvinne."

E-Z ristet på hodet. "Det er ikke noe alternativ. Du så hva som skjedde. De kom ut uten at jeg gjorde noe som helst, og da jeg våknet i morges, fløy jeg over sengen min. Jeg SVEVET."

"E-Z, jeg tenker på fremtiden. Kanskje du må snakke med noen, vi må snakke med noen om dette."

"Ulykken skjedde for over et år siden, rådgiveren sa at det går bra. Dessuten er alt dette nytt."

"Det kan være forsinket. Noe kan ha utløst det."

"La oss gå gjennom fakta. For det første hadde jeg tatoveringer da jeg ikke tatoverte meg. For det andre løftet stolen min seg fra bakken, og jeg reddet en liten jente - pluss at jeg løftet meg fra stolen for å fange en ball under en kamp. Jeg fornektet det helt til nylig... Nummer tre: Tatoveringene brant som faen. Nummer fire, ekte vinger dukket opp. Nummer fem: Jeg kan fly. Høres noe av dette kjent ut? Jeg mener i andre tilfeller."

"Det er det jeg ikke forstår. Hvordan dette kunne skje, men hjernen er en enormt kraftig datamaskin. Det er det som skiller oss fra dyreriket, og det er derfor mennesket har overlevd så lenge. Jeg har hørt historier der en person var i ekstrem fare og fikk hjelp. Eller hvor en person satt fastklemt under en bil - og en forbipasserende klarte å løfte bilen for å redde livet."

"Jeg har lest om det, det kalles hysterisk styrke - men jeg har aldri hørt om et tilfelle der det vokste ut vinger."

"Kanskje vingene dukket opp for å redde deg."

"Fra hva? For mye søvn?" lo han. "Det hadde vært fint med vinger ved ulykken. Jeg kunne ha fløyet mamma og pappa for å hente hjelp i stedet for å vente der med en blodig stokk på meg. Og holdt meg nede. Det er ikke noe mirakel. Jeg vet ikke hva det er, onkel Sam, jeg vet bare at det er det."

"Vi snakker sammen. Vurderer. Utveksler ideer. Prøver å finne svar."

"Det hadde vært fint å få svar, men ... hvem er eksperten vi kan spørre i denne situasjonen?"

"Hva med en pastor eller en prest?"

E-Z ristet på hodet. Han hadde ikke vært i en kirke siden begravelsen til foreldrene.

"Hva har vi å tape?"

"Det er vel verdt et forsøk, men... Å, å."

"Hva er det?"

"Jeg føler at det presser mot skulderbladene mine. Jeg må gå, og vi kjørte ikke hit. Beklager at jeg må skynde meg. Vi ses hjemme." Han skyndte seg ut av kafeen og fortsatte helt til vingene sprang ut av hettegenseren og han løftet seg fra bakken. Hjemme innså han at han ikke hadde nøkkel, men han kunne ikke bli på verandaen - ikke med vingene ute. Han prøvde med latin for å få dem inn igjen, men ingenting fungerte. Så han fløy opp og klarte å komme seg inn gjennom soveromsvinduet uten å bli sett av noen.

"E-Z!" ropte Sam da han kom hjem. "E-Z!"

"Jeg er her oppe."

"Går det bra med deg? Jeg kom så fort jeg kunne."

"Kom inn og sett deg. Ingen tegn til at de har trukket seg tilbake - ennå."

Jeg ser det åpne vinduet. "Jeg antar at du fløy opp hit?"

"Ja, bra at jeg glemte å låse vinduet i går kveld. Vi kan like gjerne fortsette diskusjonen til jeg kan gå ut igjen."

"Jeg kjenner en prest. Hvis noen kan hjelpe, så er det ham."

To timer senere var de på vei til presten med musikk på radioen. Hoziers Take Me to Church fylte radioen. Tilfeldigheter? De trodde ikke det, og sang med av full hals. Med vinduene oppe var det heldigvis ingen som kunne høre dem.

Kirken var ikke tilgjengelig for rullestolbrukere, og det var mange trapper å gå opp.

"Gå bort i skyggen av det store eiketreet, så går jeg og finner fader Hopper", foreslår Sam.

"Er det det han egentlig heter?" E-Z lo.

"Så vidt jeg vet. Bli her, så kommer jeg straks tilbake."

"Skal bli."

Tenåringen tok frem telefonen. Selv om han likte skyggen som treet ga ham, var det umulig å se skjermen. Han flyttet stolen og la merke til en uvanlig summing i luften. En lyd som så ut til å komme fra selve treet.

Han så opp og forsøkte å høre om det var en fugl, men så steg tonehøyden og volumet økte. Han satte telefonen på lydløs. Lyden tok slutt, og en ny lyd begynte. Denne var melodisk, fascinerende, og han falt inn i en drømmeaktig tilstand.

Hodet hans hang forover, helt til en ny lyd fikk ham til å våkne. Hvisking som kom over hodet hans. Stemmer som strømmet fra treets løvverk. Han la armene i kors, mens en frysende følelse gikk gjennom ham og fikk vingene til å sprette ut. Før han visste ordet av det, løftet stolen hans seg fra bakken. Han dukket under grenene mens han steg opp i hjertet av det massive eiketreet.

"Sett meg ned!" kommanderte han.

Han fortsatte å stige. Da lemmene hans traff treet, dryppet det blod nedover underarmene og hodet hans.

"Stopp! Din dumme..."

"Det var ikke særlig pent, pip-pip," sa en liten, høy stemme.

"Jeg syntes du sa at han var herlig når han var våken zoom-zoom," sa en annen stemme.

"Whoa!" sa E-Z og forsøkte å ta seg sammen for å unngå å flippe helt ut. Han trakk pusten dypt noen ganger. Roet seg ned. "Hvem, hva og hvor er dere?"

"Hvem er vi egentlig, pip-pip."

Nok en gang danset de samme lysene, grønne og ett gult, foran øynene hans.

Nysgjerrig sa han: "Hei."

Det gule lyset forsvant.

Et skrik.

Så forsvant det grønne.

"Hva i...? Dere to, hva enn dere er, slutt med det der. Dere skylder meg en forklaring. Jeg vet at dere har forfulgt meg. Kom ut og konfronter meg!"

POP.

En liten, grønn, englelignende tingest landet på nesen hans. En underlig, lite tiltalende, nesten limburgeraktig stank steg i hans retning. Han holdt seg for nesen.

"God dag, E-Z, pip-pip-pip", sa tingen og bukket.

Da den sa navnet hans, mistet han kontrollen over vingene. Han vinglet og svaiet i luften som en fugl som skal lære å fly. Han ville at vingene skulle komme ut igjen, men de ignorerte ham. Han klamret seg til stolarmene mens han falt.

POP!

Nå var det to av dem. De tok tak i hvert sitt øre og senket ham og stolen trygt ned på bakken.

"Au", sa E-Z og gned seg på ørene da presten og onkelen kom rundt hjørnet. "Takk, tror jeg."

POP.

POP.

De to skapningene forsvant.

"E-Z, dette er fader Bradley Hopper, og han vil gjerne hjelpe deg."

Hopper strakte ut hånden, E-Z gjorde det samme. Tenåringen forsvant i det kjøttet deres kom i kontakt med hverandre.

Hopper og Sam sto igjen side om side med blanke øyne. Begge stirret ut i intet, som to utstillingsdukker i et butikkvindu.

KAPITTEL 7

E -ZS FØTTER NÅDDE BAKKEN, og først ble han blendet av det hvite. Han satte den ene foten foran den andre, først gikk han, så jogget han på stedet, før han satte full fart. Han kastet seg inn i veggen og hoppet, som om han befant seg i en hoppeslott.

POP

POP

Han var ikke lenger alene. Foran ham sto to flervingede ting med blomster. Den ene var grønn, den andre gul. Etter hvert som han kom nærmere, vendte vingene deres seg som et kaleidoskop rundt gylne øyne.

Han tok først på kronbladvingene på den grønne blomsten. Han hadde aldri sett en helt grønn blomst før, langt mindre en med øyne. Øynene han kjente igjen fra møtet deres tidligere. Vingene kilte ham på fingeren, og den grønne blomsten lo. Han unngikk å komme for nær med nesen, for han forventet at det skulle komme en osteaktig lukt - men det gjorde det ikke.

Den andre blomsten, gul, hadde flere kronbladvinger enn den andre. Kronbladene reagerte på berøringen hans, som koraller som beveger seg i havet. De gylne øynene på denne blomsten hadde markerte øyevipper. Han lente seg frem for å ta en nærmere titt.

Mens han fortsatte å observere de to, fylte et PFFT luften. En kraftig og kvalmende søt stank kom frem og fikk ham til å føle seg kvalm. Han rygget unna, holdt seg for nesen og tørket stanken fra øynene.

Den gule blomsten snakket. "Jeg heter Reiki, og vi brakte deg hit pip-pip."

"Hvor er dette egentlig? Og hvorfor fungerer beina mine?"

"Det spiller ingen rolle hvor, E-Z Dickens, og heller ikke hvorfor du er som du er, pip-pip."

Han krysset rommet og plukket opp den gule blomsten med høyre hånd og den grønne med venstre. WHOOSH! Denne gangen traff en skarp tåke ham, og han begynte å nyse og fortsatte å nyse.

"Vær så snill å sette oss ned, før du slipper oss, pip-pip."

"Det står en eske med lommetørklær der borte, zoom-zoom."

"Å, unnskyld." Han satte dem fra seg, plukket opp et lommetørkle - men han trengte det ikke lenger. Han holdt avstanden og lente ryggen mot en hvit vegg.

"Vi tok deg med hit nå, pip-pip."

"Jeg heter Hadz, forresten zoom-zoom."

"Fordi du trengte å vite det, pip-pip."

"At du ikke må snakke med presten om vingene dine, zoom-zoom."

"Du må faktisk ikke snakke med noen om noe som helst, pip-pip."

Han satte hånden på veggen og gikk mens han tenkte. "For det første, hvorfor sier du pip-pip og zoom-zoom?"

Reiki og Hadz himlet med øynene. "Har du ikke hørt om onomatopoeia?"

"Selvfølgelig har jeg det."

"Da burde du vite det, pip-pip."

"At det skaper spenning, action og interesse, zoom-zoom."

"For å sikre at leseren hører og husker, pip-pip."

"Det du vil at de skal vite, zoom-zoom."

Han lo. "Det er sant hvis du leser noe, men det er ikke nødvendig i en samtale. Jeg husker hva Reiki sier fordi han sier det, og jeg husker hva Hadz sier fordi hun sier det. Jeg antar at en av dere er jente og en er gutt - stemmer det?"

"Ja", bekrefter Hadz. "Jeg er jente. Puh, jeg er glad jeg slipper å si zoom-zoom hele tiden."

"Og jeg er gutt. Jeg kommer til å savne å si pip-pip."

"Du kan si det hvis du vil, men det er litt irriterende, og i en samtale kan det bli kjedelig med gjentagelsene."

"Vi ønsker ikke å være kjedelige!"

"Det ville motvirke hensikten med å ta dere med hit."

"Ok", sa E-Z. "Så la oss nå gå tilbake til det du sa før vi begynte å snakke om et litterært virkemiddel." De nikket. "Hvis jeg ikke kan fortelle noen om det som skjer med meg, er jeg alene om dette - hva det nå enn er. Jeg reddet en liten jente. Jeg antar at det hadde noe med deg å gjøre?"

"Ja, du har rett i den antakelsen pip, oops, beklager."

"Jeg vil vite hva dette er og hvorfor det skjer med meg?"

"Lukk øynene," sa Hadz.

"Det skal jeg, men ikke noe tull."

Blomstene fniste.

Føttene hans forlot bakken, og han landet i et annet rom. Også i dette rommet ble han først blendet av hvitt. Etter hvert som øynene ble vant til omgivelsene, la han merke til bøkene. Hyller og hyller var stappet himmelhøyt med bøker.

"Ikke vær redd", sa Hadz.

Han var ikke redd. Faktisk var han i ekstase. For i dette rommet kunne han ikke bare bruke beina, han kunne også kjenne blodet pulsere gjennom dem. Sansene hans ble skjerpet, den gamle boklukten svevde i hans retning. Han snuste inn den søte parfymen av prunus dulcis (søtmandel). Sammen med planifolia (vanilje) skapte den en perfekt anisol. Hjertet slo, blodet pumpet - han hadde aldri følt seg mer levende. Han ville bli her, for alltid.

Inne i skoene kjente han bevegelsen av hver tå som ga ham nytelse. Han husket en lek han pleide å leke som liten gutt. Han tok av seg skoene og sokkene og rørte ved hver tå mens han sa: "Denne lille grisen gikk på markedet."

"Han har gått fra vettet", sa Reiki, mens E-Z utbrøt "Wee!".

"Gi ham et øyeblikk. Dette er et ganske fantastisk sted."

E-Z tok på seg sokkene igjen. Han gled rundt i rommet på det hvite gulvet som var blankt som en isflate. Han lo da han kastet seg inn i først den første og deretter den andre veggen, hoppet og landet på gulvet. Han kunne ikke slutte å le før han la merke til at det skjedde noe merkelig med bøkene over ham. Han ristet på hodet da en av dem fløy ned fra hyllen og opp i hånden hans. Det var en bok av hans forfader, Charles Dickens. Boken åpnet seg av seg selv, bladde fra begynnelse til slutt og fløy så tilbake dit den kom fra.

"Velkommen til englebiblioteket", sa Reiki.

"Jøss! Bare jøss! Så dere to er altså engler?"

"Ja, det stemmer", sa Hadz. "Og dere er her fordi vi er utnevnt til å være mentorene deres."

"Utnevnt? Utnevnt av hvem? Gud?" spottet han.

Hadz og Reiki så på hverandre og ristet på de blomstrete hodene sine.

"Vår oppgave."

"Er å forklare oppdraget ditt for deg."

"Og å vise deg veien. For å hjelpe deg", sa de sammen.

"Oppdrag? Hvilket oppdrag?" Tankene hans forsvant. I hodet hørte han temaet fra Mission Impossible. Han så Tom Cruise bli sluppet ned i et datarom. "Hei. Vent litt! Dere to var på rommet mitt, ikke sant? Og dere har fulgt etter meg siden ulykken."

"Vi ventet på det rette tidspunktet for å presentere oss", sa Reiki. "Vi hadde håpet å gjøre det på en mindre formell måte, men da du...."

"... skulle snakke med presten, måtte vi skynde oss."

"Vel, dere tok dere god tid. Jeg trodde jeg hallusinerte", sa han høyere enn han hadde lyst til.

POP.

Reiki forsvant.

"Se nå hva du har gjort!" sa Hadz.

POP.

De var borte, og han ante ikke hvor, når eller om de ville komme tilbake. Likevel hadde han ikke tenkt å kaste bort et minutt. Han satte seg på gulvet og tok tjue armhevinger, etterfulgt av like mange spensthopp. Han fikk vondt i øynene av det skarpe lyset og ønsket at han hadde solbriller.

TIKK-TAKK.

Et par solbriller dukker opp fra løse luften. Han tok dem på seg mens magen knurret. Han tok en selfie og sjekket deretter tiden. Det var noe rart med klokken. Den gikk helt amok. Og tallene sluttet aldri å endre seg. Magen knurret igjen.

TIKK-TAKK.

En cheeseburger og pommes frites dukket opp, nå hadde han hendene fulle. Han tenkte på en tykk sjokoladeshake med maraschino-kirsebær på toppen.

TICK-TOCK.

En ekstra stor shake med kirsebær på toppen kom på et hvitt bord som ikke hadde stått der før. Eller hadde det det? Kanskje han ikke hadde lagt merke til det, siden begge var hvite.

Før han begynte å spise, nøt han først lukten og deretter smaken for hver bit. Det var som om han aldri hadde spist en cheeseburger eller pommes frites før. Og kirsebæret smakte så søtt, etterfulgt av sjokoladen. Han slukte måltidet stående. Mat smaker alltid bedre når den spises stående. Denne bestillingen smakte så godt at det var latterlig.

Da han var ferdig, takket han ingen for maten. Så vendte han oppmerksomheten mot biblioteket og en hvit stige som han ikke hadde lagt merke til før. Bare tanken på den fikk stigen til å bevege seg nærmere ham, som om den ville være til nytte. Han klatret opp, og den beveget seg, som en skive på et Ouija-brett, forbi hylle etter hylle med bøker. Så stoppet den.

Mens han klatret opp, leste han titlene på bokryggene. Bøkene rett foran ham var av Charles Dickens, og hvert bind hadde hvert sitt par vinger.

En av dem fløy mot ham, En julefortelling. Den bladde gjennom et par sider for å vise ham at det var førsteutgaven, utgitt 19. desember 1843. Mens den fortsatte å flytte på sidene, beundret han illustrasjonene. Så detaljerte de var, og i farger i tillegg. Og i bakgrunnen, bak Lille Tim og familien hans på en av tegningene, var det noe som beveget seg. Øyne. To par. Hadz og Reiki! Han holdt på å slippe boken. Siden den hadde vinger, ble den lagt tilbake på hyllen. I mellomtiden mistet han balansen, falt ned stigen og holdt seg fast for harde livet. Da han var stabil igjen, kom han gradvis ned og satte føttene godt ned på bakken. Han undret seg over at vingene ikke hadde sprunget ut for å hjelpe ham. Alt annet her hadde vinger som fungerte, og englene hadde faktisk flere par vinger. I verden der ute fungerte ikke beina hans, og han hadde vinger som fungerte. Her, uansett hvor han befant seg, fungerte beina hans, men vingene var nå ute av funksjon.

Han klødde seg i hodet. Hvis bare onkel Sam var her. Men han kunne ikke snakke med ham. Det var forbudt. Men hvorfor? Hva kunne de gjøre med ham? Englene hadde forfulgt ham siden ulykken. Han antok at de var gode engler, siden de ikke hadde gjort ham noe vondt - ennå. Hjemlengselen kom over ham som en kjempebølge og truet med å ta ham med seg.

"Jeg vil hjem!" ropte han da telefonen vibrerte. Før han rakk å låse den opp...

POP.

Reiki grep den og kastet den til...

POP.

Hadz, som kastet den mot den ytterste hvite veggen. Den spratt, traff gulvet og ble knust i småbiter.

"Du skylder meg fire hundre dollar for en ny telefon! Jeg håper dere engler har kontanter."

Hadz strakte seg bort og slo E-Z i ansiktet med vingen sin. Fjærene kilte i stedet for å skade ham. "Nå kan du, E-Z Dickens, sette deg her." En hvit stol presset mot bena hans og tvang ham til å sette seg.

"Og slutt å oppføre deg som en drittsekk", sa Reiki.

"Jøss! Kan engler si det? Hva slags engler er dere egentlig? Engler under opplæring? Er det jeg som skal hjelpe dere med å få vinger?"

Han innså at de allerede hadde vinger. Faktisk flere par av dem. Så poenget han prøvde å få frem, virket irrelevant da de svevde over ham.

"Er det jeg som skal hjelpe deg, eller er det meningen at du skal hjelpe meg? For hvis du er det, som du sa at du var, så gjør du en elendig jobb. Jeg kommer ikke til å legge inn et godt ord for noen av dere med det første."

"Vi venter på en unnskyldning."

"Vel, den kommer dere til å vente på lenge. For jeg er tørst."

TIKK-TAKK.

Et krus med root beer i et frostet glass dukket opp. Han drakk det i én slurk. "Fordi du tok meg med hit uten mitt samtykke. Og..."

"HOLD KJEFT!" sa en drønnende stemme da hun dukket opp fra en av de hvite veggene.

Hun var like høy som taket. Faktisk høyere. Hun var skjev, men likevel enorm i størrelse og vekst. Vingene hennes strøk mot veggene og taket. "HOLD TUNGEN!" krevde den overdimensjonerte engelen og trakk vingene sine mot E-Z med et SUSJ til han var rett opp i ansiktet hans.

✳✳✳

"E-Z Dickens, du har blitt tilkalt hit til meg," sa den enorme engelen. "Jeg er Ophaniel, månens og stjernenes hersker. Og dette er mine undersåtter. Du SKAL IKKE behandle dem uforskammet. Dere SKAL behandle dem med vennlighet og respekt, for de er mine ØYNE og mine ØRE for dere. Uten dem er du INGENTING."

Han stotret frem en uforståelig setning mens han kjempet mot trangen til å flykte.

"IKKE avbryt før jeg har snakket ferdig," befalte Ophaniel.

Han nikket med skjelvende kropp, for redd til å si et ord.

"E-Z," tordnet stemmen hans. "Du har blitt reddet. Vi har reddet deg av en grunn."

Reiki og Hadz flakset nærmere og satte seg på Ophaniels skuldre.

"Vær stille," kommanderte Ophaniel.

De foldet sammen vingene og lente seg inn for ikke å gå glipp av et ord.

E-Z noterte seg i tankene at han skulle spørre dem hvordan han kunne folde sammen vingene sine like effektivt som de gjorde. Hvis han da fikk vingene tilbake.

Ophaniel fortsatte. "Da foreldrene dine døde, E-Z Dickens, burde du også ha dødd. Det var din skjebne. En skjebne som vi endret for vårt formål. Vi argumenterte for din sak. Vi lovet at du skulle gjøre bemerkelsesverdige ting. At du skulle hjelpe andre. Vi reddet deg, og du sto i gjeld til oss. En gjeld som du betalte mesteparten av ved å overgi beina dine."

Overga seg? Det hørtes ut som om han hadde et valg. At han hadde tatt den endelige beslutningen om aldri å gå igjen, noe som var løgn. Han åpnet munnen for å si noe, men Ophaniels stemme dundret videre.

"Du står fortsatt i gjeld, en gjeld du skylder oss."

E-Z tok en stor slurk luft. Han ville snakke, men klarte det ikke. Leppene beveget seg, men ingen lyd kom ut. Hvordan våger denne engelen å ta avgjørelser for ham og fortelle ham at han har en gjeld?

"Vi ga deg verktøy - en mektig stol. Dette for å hjelpe deg. Slik at du en dag kan være her sammen med foreldrene dine og vandre sammen med oss, sammen med dem, i evigheten." Ophaniel nølte noen sekunder for å la det synke inn. "Du kan stille meg ett spørsmål i dag, men bare ett. Gjør det på en god måte."

I stedet for å tenke over spørsmålet sitt, brøt E-Z ut: "Når får jeg se foreldrene mine igjen?"

"Når du har betalt hele gjelden din."

"Ett spørsmål til, takk."

"Det vil bli tid til spørsmål, og det vil bli tid til svar. Inntil videre er du i mine underordnedes varetekt. Du kan stille dem spørsmål, og de kan velge å svare. Eller de kan velge å la være. Det er deres valg å svare ja eller nei. På samme måte kan du velge om du vil svare dem når de stiller deg spørsmål. Behandle dem slik du selv ønsker å bli behandlet, og ikke avslør detaljer om dette stedet eller møtet vårt. Ikke snakk om dette, ikke noe av dette til noe menneske. Jeg gjentar: Hold dette for deg selv."

Han klarte fortsatt ikke å snakke. Uten å spørre, fortsatte Ophaniel med å svare på hans neste spørsmål.

"Hvis du bryter dette løftet, vil vingene dine bli som pasta - svake - og du vil aldri kunne betale tilbake gjelden din."

Han kom på et nytt spørsmål.

"Ja, da du reddet den lille jenta - brenningen - var en del av prosessen. Vingene dine trenger å brenne, for å bli sterkere, for å binde seg til deg, slik at du er forberedt på neste utfordring."

Hva om jeg ikke vil, tenkte han.

Ophaniel lo og fløy til den høyeste delen av rommet. Så forsvant hun gjennom taket.

KAPITTEL 8

FØR HAN VISSTE ORDET av det, satt han igjen i rullestolen med ansiktet vendt mot presten.

"Onkel Sam, vi må gå. NÅ."

"Å," sa Sam mens han så nevøen trille av gårde. "Jeg ber om unnskyldning for at jeg har kastet bort tiden din, men han må hjem." Sam skyndte seg videre mens Hopper fulgte etter ham. Han økte tempoet, tok igjen nevøen og tok kontroll over håndtakene og dyttet rullestolen. Hopper løp og gikk snart ved siden av dem, om enn andpusten.

"Jeg skjønner, du har virkelig ikke vinger, E-Z."

Han kastet et blikk over skulderen, løftet et liksomglass til leppene og himlet med øynene.

"Jeg har ikke noe alkoholproblem", sa Sam trassig.

Igjen himlet tenåringen med øynene da de nærmet seg parkeringsplassen. Presten fulgte ikke etter.

Da de nådde frem til bilen, sa Sam, mens han prøvde å få igjen pusten, "Hva i helvete var det der?" mens han åpnet døren og hjalp nevøen inn.

"La oss komme oss ut herfra først." Han prøvde å vinne tid fordi han ikke kunne fortelle ham hva som hadde skjedd. Han måtte finne på en overbevisende løgn - og han var aldri god til å lyve. Moren tok ham alltid på fersken fordi ørene hans alltid ble røde når han løy.

"Jeg venter på en forklaring", sa Sam og strammet grepet om rattet.

Don't Look Back av Boston rocket ut gjennom bilens høyttalere.

"Beklager, jeg måtte gå. Jeg tror ikke Hopper kunne hjelpe, og jeg ville ikke at han skulle få vite noe mer enn det du allerede har fortalt ham."

"Du har fortsatt ikke forklart hvorfor du antydet at jeg hadde et alkoholproblem."

"Å, det. Det falt meg inn, og jeg sa det uten å tenke meg om. Jeg er lei for det."

"Jeg er stolt av at jeg ikke drikker alkohol. Jo da, jeg tar en øl i ny og ne. For å være sosial på en jobbfest. Men jeg er ikke som de andre IT-drankerne. Og det kommer jeg aldri til å bli."

E-Z tenkte ikke på hva onkel Sam sa. I stedet gikk han gjennom informasjonen Ophaniel hadde fortalt ham. Han sto i gjeld til englene for at de hadde reddet ham, og han hadde byttet beina sine mot livet. Englenes handel var for deres egen skyld - og nå forventet de at han skulle betale gjelden, men hvordan?

Det eneste han visste med sikkerhet, var at han måtte vinne. Uansett hvilke oppgaver de stilte ham overfor, måtte han overvinne dem. Med hjelp fra Reiki og Hadz - hvor små de enn var - skulle han betale det han skyldte. Om ikke annet ville han få se foreldrene sine igjen. Han antok at det betydde at han ville dø, og at de ville møtes i himmelen, hvis det fantes et slikt sted. Det ville han finne ut snart nok.

KAPITTEL 9

H JEMME IGJEN GIKK TENÅRINGEN rett inn på rommet sitt.

"Hvis du trenger hjelp," var alt Sam rakk å få ut før nevøen smalt igjen døren.

E-Z dekket ansiktet med hendene. Det hadde vært fantastisk å få beina tilbake igjen. Han slo nevene ned i armlenene mens vingene kom ut og fløy ham bort til sengen. "Takk," sa han til dem, som om de var separate og ikke en del av ham.

"Pass deg", sa Hadz, som hadde hvilt på puten sin. Engelen fløy opp til lysarmaturen og sa: "Våkn opp, han er hjemme."

E-Z lå nå komfortabelt henslengt i sengen med lukkede øyne og sov nesten.

"I natt skal du fly", sang englene.

"Hør her, jeg har hatt en slitsom dag, som du vet, og alt jeg vil er å sove."

"Du kan ta en lur på fem minutter", sa Reiki.

"Så er det opp og i gang!"

Han hadde nesten sovnet igjen da Sam braste inn. "Beklager at jeg forstyrrer, men PJ og Arden sier at de har prøvd å få tak i deg i hele dag. Er batteriet ditt dødt?"

"Nei, jeg har bare mistet telefonen", sa han og så surt på de to hjelperne sine.

"Løgner, løgner, buksene brenner", sa de. Siden Sam ikke reagerte, hørte han ikke de høye stemmene deres. E-Z jaget dem bort.

"Det er derfor jeg alltid kjøper forsikring sammen med planen min. Slapp av, du får en ny i morgen. Det er på tide at du oppgraderer uansett. Du kan beholde det samme telefonnummeret. Jeg skal si fra til gutta at du tar kontakt da."

"Takk, onkel Sam. God natt."

"God natt, E-Z."

KAPITTEL 10

I DRØMMEN VAR HAN på skitur med foreldrene sine. Det var faktisk et minne, men han gjenopplevde det som en drøm.

E-Z var seks år gammel. Han og moren ble lært opp av en skiinstruktør. Imens tok faren - som ikke var nybegynner som dem - seg nedover den snøfylte bakken.

De lærte å stå på ski i babybakken - som de kalte testbakkene.

"Er dere klare", sa instruktøren, "til å kjøre en av de store bakkene?".

De sa at de var det. De trodde de var det. Men å si og å gjøre er to forskjellige ting.

På første forsøk kom de ikke langt før en av dem falt. Det var moren hans, og da hun falt, satt hun og lo i den kalde snøen. Han hjalp henne opp, og så var de i gang igjen.

Denne gangen var det E-Z som krasjet og slo ansiktet ned i den kalde, hvite snøen. Han ristet det av seg, ble hjulpet opp av instruktøren, mens moren gikk forbi og sprutet snø på veien. Han tok det som en utfordring og kjørte forbi henne med et smil.

Før han visste ordet av det, kom hun opp bak ham. Hun kjørte inn i litt tettpakket puddersnø - og etterlot ham som støv - og fant farten. Likevel ga han alt han hadde og tok henne igjen. De drev nedover, side om side, så fra hverandre, og så sammen igjen. Samtidig lo de som to små barn.

I bunnen av bakken sto faren hans, kledd i himmelblått fra topp til tå. Han skilte seg ut; en blå stripe omringet av jomfruelig snø - med en rullestol i hendene.

"Snøen", sa E-Z og inhalerte en marshmallow til. Den smeltet og smakte enda bedre. Så ble han iskald og våknet opp omringet av is i badekaret. Onkel Sam satt ved siden av ham.

"E-Z, du skremte meg virkelig denne gangen."

"Hva? Hva var det som skjedde?

"Jeg hørte noen lyder, så jeg gikk inn for å se til deg. Vinduet ditt sto på vidt gap og gardinene flagret. Jeg kjente på pannen din, og du var brennende varm. Jeg var redd for at du skulle få et anfall. Til og med vingene dine så visne ut.

"Jeg vurderte å ringe 911, men bestemte meg for å la være. Jeg kunne ikke ta deg med til legevakten, ikke med de vingene. Jeg måtte få deg opp i rullestolen, fylle badekaret med is og se om jeg kunne få ned temperaturen din. Jeg har gått ut og hentet is og bedt om donasjoner fra venner i nabolaget. De har vært svært hjelpsomme."

"Jeg føler meg bedre nå, takk", sa han og prøvde å reise seg. Han kom ikke langt før han falt ned igjen.

"Du må fortelle meg hva som foregår."

"Det kan jeg ikke, onkel Sam. Du må stole på meg."

Tenåringen forsøkte å reise seg igjen. "Vent her", sa Sam mens han gikk ut av badet og kom tilbake med rullestolen. "Her", sa han og stakk termometeret inn i nevøens munn. "Hvis det er normalt, kan du sette deg i stolen."

Det var normalt, så med en morgenkåpe rundt seg ble E-Z løftet opp av badekaret og inn i stolen. Vingene utvidet seg og slappet deretter av, og det føltes ikke lenger som om de sto i brann.

Da han gikk forbi stuen, fikk han et glimt av nyhetene.

"I går kveld ble en flyulykke avverget", sa talspersonen. "De kaller det en mirakellanding, men her er noen råopptak, tatt av en av seerne våre mens det skjedde."

Han så på klippet, som viste flyet som landet, men det var ikke noe mer - ingen bilder av ham. Han følte seg lettet og gikk tilbake til rommet sitt.

"Jeg kommer straks tilbake og hjelper deg med å kle på deg."

Han ønsket så gjerne at han kunne fortelle onkelen alt - men det kunne han ikke. "Takk", sa han da han hadde kledd på seg.

"Jeg passer alltid på deg."

"I like måte", sa tenåringen. "Jeg tror jeg går ned på kontoret mitt og skriver litt."

"God idé, jeg har oppgaver i huset som jeg gjerne vil få gjort i dag." Han begynte å gå, men snudde seg så tilbake. "Du trenger ikke å skrive en roman med en gang. Du kan føre dagbok eller en dagbok. Skrive ned ting du kanskje en dag glemmer. Som dyrebare minner."

"Jeg tenkte jeg skulle skrive noe og kalle det Tattoo Angel."

"Det liker jeg."

På kontoret satt han et øyeblikk og tenkte på flyet og lurte på hvordan han hadde klart å gjøre det han ble bedt om. Han hadde ikke klart det uten hjelp fra svanen og fuglevennene hans, eller uten hjelp fra stolen. Til og med de to "wanna-be"-englene hadde hjulpet til på sin måte ved å heie på ham i bakgrunnen.

Han konsentrerte seg om å skrive og skrev inn tittelen: Tattoo Angel.

Fingrene ville skrive mer, men tankene ville vandre. Han lente seg tilbake i stolen og stirret på den tomme skjermen. Han trengte en fantastisk første setning, som hans forfader Charles Dickens hadde skrevet - "Jeg er født".

Da han etter en stund ikke lenger orket å se den hvite skjermen, skrev han - "Jeg er født".

Jeg skulle ønske jeg aldri hadde blitt født.

Og han fortsatte å skrive.

Jeg kan ikke gå lenger.

Jeg kommer aldri til å spille profesjonell baseball eller hockey eller få et idrettsstipend.

Jeg kan ikke løpe.

Jeg kan ikke hoppe.

Det er så mange ting jeg ikke kan gjøre.

Som jeg aldri kommer til å gjøre.

Han sluttet å skrive og så noe øverst til høyre på skjermen som beveget seg nedover. Flytende.

Tårer. Små, bitte små tårer.

De føyer seg sammen. Vokste seg større og større.

Renner nedover skjermen.

Han syntes han hørte noe - skrudde opp volumet.

"WAH! WAH! WAH!" sang en høy stemme.

En annen stemme sluttet seg til.

"WAH-WAH!

WAH-WAH!

WAH-WAH!"

E-Z slo av datamaskinen.

Det hadde bare vært en skjennepreken, og han følte seg bedre etter det. Alle trengte å synes synd på seg selv av og til. Nå var han ute av systemet.

Én ting visste han med sikkerhet - som forfatter var han ingen Charles Dickens.

Men Charles Dickens kunne ikke fly.

$$***$$

"**V**ÅKN OPP, DET ER på tide å dra!" sa Reiki og fløy mot vinduet.

Hadz ventet ved det åpne vinduet. "Klar?"

De forventet altså at han skulle hoppe fra tredje etasje i huset sitt. "Jeg går ikke ut dit! Se hvor høyt oppe vi er."

"Du glemmer at du har vinger."

"Og hvis du faller, finner du ut av det."

Han hadde i det minste fortsatt klærne på seg da de satte ham ned i rullestolen. Han skalv, så ned og lurte på hvordan vingene skulle holde både ham og stolen oppe i luften.

"Hva med rullestolen min?"

"Husker du hva Ophaniel sa? Nå - ut med deg!"

Da han var ute, foldet han ut vingene helt. Over skuldrene kunne han se vingene i aksjon.

De små, men sterke vesenene løftet ham opp, høyere og høyere, og førte tenåringen over nattehimmelen mens de klare stjerneøyne stirret ned på ham. Da de mente at han var klar, slapp de ham.

"Jeg kan fly", sa han. "Jeg kan virkelig fly!"

"Slutt å skryte," sa Reiki, "og følg programmet."

"Det ville jeg gjort hvis jeg visste hva det var," fniste han.

Hadz fløy videre. E-Z og Reiki løftet seg over skolen ved baseballbanen. Videre mot bykjernen. Lysene på rullebanen nær flyplassen konkurrerte direkte med stjernene over ham.

"Du gjør det veldig bra", sa Reiki.

"Takk skal du ha."

Lyden av en motor som sviktet i en jumbojet foran dem, tiltrakk seg oppmerksomheten hans.

"Se der, det flyet har problemer. Skulle ønske jeg hadde hatt telefonen for å ringe etter hjelp." Motoren sprutet, og flyet sank litt, før det flatet ut.

"Du trenger ingen telefon. Velkommen til din andre prøveperiode."

"Hva forventer du at jeg skal gjøre? Bære flyet på ryggen? Jeg kan ikke redde et fly, jeg har ikke styrke nok. Jeg klarer det ikke."

"Greit, da", sa Hadz, som de nå hadde tatt igjen.

"Men én ting skal du vite: Hvis du ikke redder dem, vil alle om bord omkomme."

"Alle de 293 passasjerene. Menn, kvinner og barn."

"Pluss to hunder og en katt", la Reiki til.

Hodet hans ble fylt av skrik fra menneskene inne i flyet. Hvordan kunne han høre dem gjennom de tykke metallveggene? Hunder bjeffet og en katt mjauet. En baby gråt.

"Slutt, slå den av, så gjør jeg det."

"Vi slår den ikke av."

"Men det vil ta slutt når dere har satt flyet trygt ned på flyplassen der borte."

"Vi tror på deg", sa Hadz.

"Men vil de ikke se meg? Hvis de ser meg, er det over, jeg mener med Ophaniels betingelser - jeg får aldri se foreldrene mine."

"Se deg?"

"Det er den minste av dine bekymringer!"

"Nå må du gå," sa Hadz. "Og dette kan du trenge."

Nå hadde han et sikkerhetsbelte som skulle holde ham fast i rullestolen mens han suste over himmelen mot det stupende flyet.

"Vi følger med", ropte de.

"Vil dere hjelpe meg, hvis jeg trenger det?"

"Dette er dine egne prøvelser, som bare du kan gjøre. Vi er her for å heie på deg. Lykke til."

"Vent litt, har dere ikke tenkt å gi meg noen skikkelige leksjoner? Vise meg hva jeg må gjøre?"

POP.

POP.

"Takk for ingenting!" ropte han.

I kontrolltårnet på flyplassen oppdaget en flygeleder at flyet hadde problemer. Da han ikke fikk kontakt med piloten, oppdaget han et uidentifisert flygende objekt på radaren.

Med Supermann og Mighty Mouse som inspirasjon løftet E-Z armene. Han plasserte seg under kroppen til det mektige metallbeistet og mobiliserte all sin styrke.

"Jeg tenkte du kunne trenge litt hjelp", sa en svane som var større enn normalt. Han nikket, og fugler fløy inn fra mange retninger. Da jumbojetflyet kom i kontakt med ham, stilte de ekte fuglene seg på linje. De hjalp ham med å holde flyet stødig. For å stabilisere det, slik at han og stolen kunne bære hele vekten.

Inne i flyet rullet ting rundt som klinkekuler. Han måtte skynde seg og ønsket at han hadde et annet sett med vinger, eller kraftigere vinger. Hvis han bare var i det hvite rommet. Han fokuserte på oppgaven og forberedte seg mentalt på nedstigningen. Han kastet et blikk ned og oppdaget at stolen hans også hadde vinger, både på fotstøttene og hjulene. "Takk", hvisket han til ingen. Så til fuglene: "Jeg klarer det nå, takk for hjelpen."

Nå var han klar og førte jumboen ned, mens han holdt den stødig og i vater. Han satte fronten av flyet ned på asfalten. Siden landingsstellet ikke hadde gått ned, måtte han komme seg ut av veien. Han strakk ut høyre arm så langt den rakk, og plasserte stolen vekk fra midten av flyet. Han senket først midten av flyet og deretter halen. Han klarte det! Han klarte det! Han beveget seg bort til den skremmende lyden av skrikende sirener i form av brannbiler, ambulanser og politibiler som nærmet seg fra alle retninger.

Før de fikk øye på ham, fløy han av gårde. Takknemlige passasjerer jublet, tok bilder og filmet ham på telefonene sine. Snart var han tilbake hos Hadz og Reiki.

"Du gjorde det veldig bra. Vi er stolte av deg, protesjé."

Han smilte, helt til det føltes som om noen satte fyr på vingene hans. Før han visste ordet av det, brant han, og det gjorde så vondt at han ønsket å dø. Han ønsket seg døden. Han lengtet etter den. Nå i fritt fall, med stolen vendt nedover, holdt han øynene vidåpne og ventet på at leppene skulle kysse bakken. Så ble han båret bort av de to englene, som tok ham med hjem og la ham til sengs.

Smertene ble ikke mindre, men E-Z visste at han ikke ville dø i dag. Han ville være trygg en dag til. En ny prøvelse. Alt han trengte å gjøre, var å overleve denne.

"NÅR KOMMER DIAMANTSTØVET TIL å begynne å virke?" spurte Hadz. "Han har fortsatt veldig vondt."

"Det var en ny behandling, så jeg kan ikke si når - men den vil begynne å virke etter hvert."

"Håper han holder ut så lenge!"

"Med onkel Sams hjelp kommer han seg gjennom det. Når den begynner å virke, vil vi se tegn. Noen fysiske forandringer."

E-Z fortsatte å snorke

POP.

POP.

Og nok en gang var de borte.

KAPITTEL 11

DAGEN ETTER HADDE E-Z planlagt dagen sin. Først måtte han gjøre sekken klar til lørdagsturen til parken. Han skulle spise frokost, skrive litt og så dra ut. Mens han gjorde klar sekken, hørte han de høye stemmene til Hadz og Reiki før han så dem.

"Jeg kan høre dere", sa han.

POP.

Hadz dukket opp først.

POP.

Så Reiki - begge i sin fullstendig forvandlede engleprakt.

"God morgen", sang de i sykelig søt samklang.

E-Z stappet en notisbok i ryggsekken og et par penner uten å tenke på dem. Han håpet å finne noe inspirerende å skrive om i parken. Han strakte seg ned for å lukke glidelåsen på sekken da han oppdaget at de to englene satt på glidelåsen.

"Å, unnskyld. Jeg så dere nesten ikke."

"Puh, det var nære på", sa Reiki.

Hadz skalv for mye til å si et eneste ord.

De fløy opp på skuldrene hans mens han pekte stolen mot den lukkede døren.

"Vi må snakke med deg", sa Hadz.

"Det er... viktig. Vi har gjort noe..."

"Mot meg?"

De svevde foran øynene hans.

"Ja. Mens du sov for noen uker siden."

"For noen uker siden! Ok, jeg lytter..." I virkeligheten prøvde han å ikke gå i taket. Tanken på at de skulle gjøre noe med ham. Mens han sov. Uten hans tillatelse. Det var et forferdelig tillitsbrudd. Han knyttet nevene. Stille. Han la armene i kors. Han hadde ikke tenkt å gjøre det lett for dem.

Sam banket på døren. "Frokost E-Z, trenger du hjelp?"

"Nei, det går bra. Kommer om noen minutter." Det ble stille, bortsett fra lydene utenfor da Sam kom tilbake til kjøkkenet.

"For det første", sa Hadz, "gjorde vi bare det vi gjorde for å hjelpe deg."

"Med prøvene. Vi gjorde noe for å hjelpe deg med å nå målene dine."

"Mener du at dere kunne ha hjulpet meg med flyet? Jeg kunne virkelig ha trengt hjelp. Heldigvis klarte vi det takket være svanen og fuglene."

"Ja, angående det, hjelp er ikke tillatt - verken fra venner eller fugler. Vi rapporterte hendelsen til de rette myndighetene."

E-Z ristet på hodet, han kunne ikke tro det han hørte. "Ikke si at noen har skadet svanen eller fuglene? Det bør du ikke si... Og hvorfor snakket svanen til meg på engelsk? Han gjorde det, vet d u."

"Den saken er konfidensiell," sa Hadz og flagret nær ansiktet hans med hendene på hoftene. Reiki inntok samme stilling, og vingene deres berørte øyelokkene hans.

"Hei, kutt ut", sa han, høyere enn han hadde tenkt.

"Er alt i orden der inne?" spurte Sam gjennom den lukkede døren.

"Det går bra", sa han og viftet med hånden foran ansiktet for å kaste skapningene ut i rommet. Reiki traff veggen og skled ned. Hadz, som allerede var lenger nede, forsøkte å fange opp Reiki, men for sent. Begge englene falt og landet på gulvet.

"Unnskyld", sa tenåringen. Han flyttet rullestolen sin nærmere dem. Han lurte på om de hadde stjerner som gikk rundt i hodet som i gamle tegneseriefigurer. Han elsket det når det skjedde med Wile E. Coyote. De vaklet litt, så han satte dem opp på sengen. Da englene hadde kommet seg, sa han: "Unnskyld igjen. Det var ikke meningen å klaske dere. Vingene deres kilte meg i øynene."

"Jo, det gjorde du!" sa Reiki.

"Og vi kommer ikke til å glemme det."

Han fikk dårlig samvittighet. De var så små at han ikke ante at et lite slag kunne få dem til å fly på den måten. Det var som om han hadde slått dem ut av parken, og han hadde knapt rørt dem.

"Apropos det..." sa Reiki.

Hadz supplerte: "Mens du sov, utførte vi et ritual på deg."

E-Z holdt hodet kaldt igjen, men bare så vidt. "Et ritual, sier du?" De så på ham, skyldige som synder. "Hvis dere var mennesker, ville dere blitt anmeldt for å ha gjort noe med meg uten min tillatelse. Det er overgrep mot en mindreårig. Du ville havnet i fengsel..."

Englene skalv og holdt rundt hverandre.

"Vi hadde ikke noe valg."

"Vi gjorde det for deres eget beste."

"Jeg skjønner det, men akkurat nå godtar jeg IKKE unnskyldningen deres."

"Greit nok," sa englene. "Inntil videre." De messet: "Vi tilkalte krefter, de store og illusoriske kreftene over og rundt deg. Vi ba dem om å hjelpe deg ved å øke styrken, motet og visdommen din. For å si det enkelt: Vi mente at du trengte mer, så vi manet det frem for deg."

"Jeg skjønner. Unnskyldningen er fortsatt ikke godtatt."

"Vi gjorde det med minst mulig ubehag for deg", sa Hadz.

E-Z vurderte denne siste informasjonen. Samtidig så han på rullestolen sin. Den virket annerledes nå, bortsett fra den åpenbare fargeendringen på armlenene.

"Hva har skjedd med stolen min i det siste?" spurte han. "Det er som om den har sin egen vilje."

Englene skalv igjen.

"Hva har du gjort? Nøyaktig hva? For jeg mistenker at dere ikke bare angrep meg, men også stolen min."

Til slutt forklarte englene alt om diamantstøvet og blodet. Om kreftene de hadde gitt ham selv og stolen. "Etter hvert som oppgavene blir vanskeligere, må du trappe opp."

"Det vet jeg allerede, det er derfor vingene mine har brent. Temperaturen øker for hver oppgave. Men jeg sier til meg selv at det er verdt det når jeg får se foreldrene mine igjen."

"Hvis du fullfører prøvene i løpet av den tildelte perioden. Og følger retningslinjene til punkt og prikke", sier Hadz.

"Vent nå litt", sa E-Z og slo armene ned på armlenene. "Ingen sa at det var noen tidsfrist. Ikke i Det hvite rommet. Ikke når som helst. Og hvis det finnes en regelbok som det er meningen at jeg skal følge, så gi meg den, så jeg kan lese den. Det har heller ikke vært noen forpliktelser fra noen av sidene. Ingen har sagt hvor mange fullførte forsøk som kreves for å besegle avtalen. Må vi ha alt skriftlig? Finnes det noe som heter Angel Lawyer, eller enda bedre, Angel Legal Aid?"

Hadz lo. "Selvsagt har vi engleadvokater, men du må være en engel for å kvalifisere til å få en."

Reiki sa: "Du løste den første oppgaven uten hjelp fra noen. Du reddet livet til den lille jenta med stolens initiativ, viljestyrke og flaks. Det er grenser for hvor langt du kan komme med disse tre tingene, så vi har skaffet deg mer ildkraft. Det meste vi kunne be om
"

"Det meste vi kunne risikere å gi deg."

"Hva mener du med risiko? Mener du at dette ritualet kan skade meg?"

"Vi gjorde deg en tjeneste. Vi satte oss selv i fare for å hjelpe deg. Hvis du ikke kan tilgi oss nå, kommer du til å gjøre det en dag."

"Snakk om å unngå spørsmålet mitt! Har du noen gang vurdert å gå inn i englepolitikken - hvis det finnes noe slikt?"

sa Hadz. "Folk rundt deg vil kanskje legge merke til visse endringer i utseendet ditt."

"Ja, det kan hende", sa Reiki med et smil.

"Hva mener du med fysiske endringer?" ropte han.

POP.

POP.

Og så var de borte.

E-Z var helt alene igjen. Mens han gikk mot døren, lurte han på hva de mente. Hva det enn var, ville han snart finne ut av det. I mellomtiden tenkte han på hvordan stolen nå hadde hans blod i seg. Hvordan stolen var en forlengelse av ham selv. Han gikk inn på kjøkkenet der onkel Sam ventet.

$$***$$

"Vel, det gikk ikke helt som vi hadde planlagt", sa Reiki. "Han var ganske sint på oss. Jeg tror aldri han kommer til å stole på oss igjen."

"Han trenger oss mer enn vi trenger ham."

"Vi kan slette sinnet hans, som vi gjorde med de andre."

"Hvis han ikke tilgir oss, kan vi ikke gjøre noe med det. Å slette sinnet hans er ikke et alternativ. Uten hans samtykke og hvis, nei når han får vite det, vil vi støte ham fra oss for alltid. Og du vet hvem som ikke ville like det."

"Du har rett som alltid", sa Hadz.

"Tror du noen vil legge merke til endringene i utseendet hans i dag?"

"Vi la jo merke til det!"

"Kanskje vi burde ha fortalt ham det, i hvert fall det med håret. Det kunne ha gjort ham mer elsket av oss. Hvis vi forklarte det."

"Jeg tror endringene ville vært bedre hvis de kom fra noen andre enn oss."

"Mennesker er veldig merkelige", sa Reiki.

"Det er de. Men å jobbe med dem er den eneste måten vi kan bli forfremmet til ekte engler på."

"Heldigvis for oss er han ganske hyggelig."

KAPITTEL 12

E-Z STAKK GAFFELEN NED i en tallerken fylt med pannekaker. Han var skrubbsulten, som om han ikke hadde spist på flere dager. Og tørst. Han skjenket i seg det ene glasset med appelsinjuice etter det andre. Han fylte opp tallerkenen med pannekaker og spiste helt til de var borte.

Sam lo da han så nevøen og fortsatte å dyppe en skive ristet brød med smør i kaffen.

"Hva er det som er så morsomt?" spurte E-Z.

"Ingenting, antar jeg."

De eneste lydene på kjøkkenet var slurping, skjæring og tygging. Foruten klokken som tikket på veggen bak dem.

"Hva?" krevde E-Z, og la merke til at onkelen smilte og skjulte det bak hånden.

"Det er noe som er annerledes med din, du vet, denne morgenen. Er det noe du vil fortelle meg? For eksempel hvorfor?"

De to skapningene kom inn og satte seg på hver sin av E-Zs skuldre. De tyvlyttet, og han likte ikke den ubudne innblandingen i det hele tatt, så han viftet dem bort.

POP.

POP.

De forsvant.

"Jeg er ikke sikker på hva du mener."

Sam skjenket seg en ny kopp kaffe. "Er det til en jente? For enhver jente burde akseptere deg som du er."

E-Z lo. "Ingen jente. Du tar helt feil."

Begge var stille i noen øyeblikk til, mens klokken tikket.

"Jeg har pakket en veske og skal dra til parken etter at jeg har skrevet litt i morges. Jeg tar med meg en blokk og noen penner i tilfelle parken inspirerer meg."

"Høres ut som en god plan, men først må du hjelpe meg med å rydde", sa Sam og reiste seg fra bordet.

Tenåringen skjøv stolen sin tilbake, og sammen ryddet de raskt opp. E-Z gikk inn på kontoret sitt og lukket døren bak seg da det ringte på ytterdøren.

Sam slapp inn Arden og PJ. "Han jobber på kontoret sitt. Venter han dere? I så fall har han ikke sagt noe til meg om det."

"Jeg sendte ham en SMS, men han svarte ikke", sa PJ.

"Så vi tenkte vi skulle ta ham med ut i dag. Sørge for at han hadde det litt gøy. Han jobber for mye. Mamma sa at hun skulle kjøre oss dit. Vi må bare sjekke med E-Z og ringe henne."

"Nevøen min er opptatt av boken han skriver. Han vil kanskje protestere."

"På en eller annen måte tar vi ham med ut herfra i dag", sier PJ.

"Han hadde tenkt å gå i parken etter at han har skrevet litt. Men gå ned, så kan han møte deg der senere?" Sam gikk tilbake til kjøkkenet og tok kjøttdeig ut av fryseren. Han sjekket skapet for saus, spaghetti, egg, løk, rasp og spinat. Han hadde alt han trengte for å lage spagetti og kjøttboller senere.

Etter å ha hengt fra seg yttertøyet, gikk de to guttene ut i korridoren.

Sam trakk på seg frakken. Han hadde utsatt plenklippingen en stund nå. I dag var dagen han skulle ta seg av den.

E-Z prøvde å skrive, men kreativiteten fløt ikke. Da vennene kom, var han glad for avbrytelsen. Han åpnet Facebook og lot som om han sjekket oppdateringene. "Hei, folkens." Han snudde stolen mot dem.

"Jøss, hva pokker har skjedd med håret ditt? Har du vært på skjønnhetssalongen uten oss?"

"Viste du dem et bilde og ba om en omvendt Pepe Le Pew-look?"

"Og øyenbrynene dine også! Jeg visste ikke engang at de kunne farge dem?"

E-Z kjørte fingrene gjennom håret og ante ikke hva de snakket om. Vent litt - var det det Sam hadde referert til?

"Og øynene hans er også annerledes."

Arden bøyde seg ned: "Ja, de har gullflekker. Fantastisk!"

"Hold deg unna, er du snill", sa E-Z. "Dere to skremmer meg. "Dere to skremmer meg. Det er ikke kult å invadere mitt område."

"Han lukter i hvert fall ikke som Pepe", sier Arden og trekker seg unna. PJ ble med ham over på den andre siden av rommet, der de hvisket til hverandre.

"Kan vi ta et bilde?"

E-Z smilte og sa: "Mozzarella."

PJ viste bildet han hadde tatt til Arden. "Se!" sa de og gjorde den store avsløringen.

E-Z kunne ikke tro hva han så. Det blonde håret hans hadde en svart stripe i midten og grå flekker i tinningene. Grått! Han zoomet inn, de hadde rett, øynene hans hadde gylne flekker. Tankene gikk tilbake til diamantstøvet, var det slik diamantstøv så ut? De to idiotiske englene gjorde dette! Og det er best de vet hvordan de skal fikse det! Neste gang han så dem, skulle de få svi. I mellomtiden forsøkte han å avdramatisere situasjonen.

"Hva så? Jeg har hatt en tøff natt."

"Hva er det du ikke forteller oss?", spurte Arden.

PJ la til: "Håret ditt begynner å bli grått, og du går fortsatt på videregående. Synes du det er normalt?"

"Jeg tror han har rett, vi gjør en stor sak ut av ingenting. Hva sa onkelen din om det?"

"Han la ikke merke til det - eller hvis han gjorde det, sa han ingenting."

"Hva? Mener du at Sam ikke engang la merke til det?"

"Var øynene hans åpne?"

E-Z prøvde å huske. Først hadde onkel Sam spurt om han hadde noe å fortelle ham. Var det det han mente?

"Et øyeblikk", sa E-Z mens han gikk ut på badet. Han brukte speilets ti ganger forstørrelse for å ta en nærmere titt. Han gispet. Stjernene eller flekkene i øynene hans var annerledes. De var ikke skadelige, de fikk ham faktisk til å se kul ut. Han undersøkte de grå hårene langs tinningene.

Hva så? Han hadde vært gjennom mye etter at foreldrene døde. I tillegg til det daglige presset på videregående. Og å venne seg til rullestolen. For ikke å snakke om erkeenglene og prøvelsene.

At håret ble for tidlig grått, var ikke noe problem. Han flyttet speilet rundt og kjørte fingrene gjennom håret. Teksturen var annerledes da han tok på den svarte stripen. Det føltes grovt og bustete. Ikke noe problem, han smurte på litt gelé og...

Utenfor gikk gressklipperen i gang. Sam var endelig i gang med den fryktede jobben. Før ulykken hadde gressklipping vært E-Zs mest forhatte oppgave.

"YEOW!" ropte Sam da gressklipperen hostet og stoppet.

E-Zs stol slingret mot inngangsdøren, som fløy opp av seg selv. Han tok av, bommet på trappetrinnene og landet på plenen bak Sam.

"Pokker!" utbrøt Sam. Han hadde truffet en stein med gressklipperen, og den fløy opp og traff ham nær øyet. Bloddråper dryppet nedover kinnet og samlet seg på gresset.

Rullestolen kjørte bort til blodflekken og slurpet den opp med hjulene.

"Går det bra med deg?"

"Jeg har det bra", sa Sam. Han gravde i lommen, tok opp et lommetørkle og holdt det mot såret.

Arden og PJ ankom. "Vi hørte skriket."

"Det går bra, virkelig", sa Sam. "Et lite uhell. Ingen grunn til bekymring. La oss gå inn igjen."

Han tok tak i håndtakene på rullestolen og dyttet. Det var ekstremt vanskelig å manøvrere den på gresset.

Imens hentet Arden gressklipperen og stuet den inn i skuret.

"Har du lagt på deg?" spurte PJ og la merke til hvor vanskelig Sam hadde det.

"Jeg spiste omtrent tjue pannekaker i morges."

"Kanskje den svarte stripen er tyngre enn det vanlige håret ditt?" sa Arden og kom tilbake til dem med et smil.

"Å, de har lagt merke til det", sa Sam.

"Ja, de har kjeftet på meg om det siden de kom. Hvorfor har du ikke sagt noe?"

Inne tok E-Z frem et plaster og satte det på onkelens sår.

"Det var en liten forandring", sa Sam. "Nei!" smilte han. "Å, og har du noen gang vurdert å bli sykepleier? Du har et fint håndlag."

PJ og Arden hånflirte.

KAPITTEL 13

E-Z OG VENNENE HANS dro tilbake til kontoret. Han bestemte seg for å holde seg i nærheten av hjemmet i tilfelle Sam trengte ham. Sam var for opptatt med å lage middag til å tenke på hva som kunne ha skjedd med gressklipperen.

"Middagen er klar", ropte han noen timer senere. "Kom og hent den."

E-Z viste vei: "Det lukter kjempegodt!"

De satte seg ned og sendte rundt maten og tilbehøret.

"Du har litt av en shiner allerede", sa Arden til Sam.

Sam, som til nå ikke hadde visst at han hadde et synlig sår, bar det nå med stolthet. Han stakk i seg enda en kjøttbolle og la den på tallerkenen.

"Hva var det som skjedde der ute?", spurte PJ.

"Det var en stein. Den satte seg fast i gressklipperen og traff meg." Han fortsatte å dytte maten rundt på tallerkenen.

"Hvordan går det med skrivingen?" spurte han nevøen for å få oppmerksomheten bort fra seg selv.

"Jeg hadde ikke tid til å sette meg inn i det i morges."

Sam byttet tema og spurte om det skjedde noe på skolen eller på laget.

"Vi har en trening i kveld", sa PJ.

"Og vi håper at E-Z kan spille kampen i morgen."

E-Z ristet på hodet og fortsatte å spise.

"Én omgang, bare én, og hvis du ikke vil fortsette å spille, er det greit for oss", sa Arden.

"Flott idé", sa onkel Sam. "Prøv deg frem. Hvis det ikke føles riktig, kan du trekke deg ut. Hva har du å tape?"

PJ åpnet munnen for å si noe, men bestemte seg for å la være. Han stakk en kjøttbolle i munnen. Han tygget og tok en slurk. "Når du er der, E-Z, løfter du moralen til alle. Gutta har høye tanker om deg. Det har de alltid gjort og vil alltid gjøre."

"Ok", sa E-Z. "Jeg kan sitte på benken hvis du tror det hjelper. Etter middag går vi ned i parken og trener litt. Så får vi se hvordan det går."

"Greit nok", sa PJ.

De takket Sam for en fantastisk middag.

"Du har laget maten, så vi kan rydde opp", tilbød Arden.

E-Z og PJ vekslet blikk.

Da Sam var utenfor hørevidde, sa PJ: "Du er så sleip."

Arden sprutet litt vann i PJs retning, men E-Z fikk det meste i ansiktet.

PJ returnerte en skvett som sprutet utover kjøkkengulvet og traff Sams sko.

"Moppen og bøtten står i skapet", sa han og tok frakken sin på vei ut.

De vasket ferdig, og da var de stort sett tørre, bortsett fra E-Z som skiftet skjorte. Endelig kom de frem til baseballbanen, og den var allerede opptatt.

"Flott", sa E-Z. "Da setter vi i gang."

På sidelinjen sto noen jenter fra motstanderlagets heiagjeng. En av dem, en rødhåret jente, kastet et blikk i E-Zs retning. Hun gjorde en saltomortale og landet med letthet.

"Vi kan vel bli her en stund", sa E-Z.

De gikk over banen og bort til benkene. De måtte i det minste hilse, ellers ville de fremstå som idioter.

Den lille rødhårede jenta hvisket noe til venninnen, og de fniste.

E-Z var sikker på at de lo av ham.

"Vi har fått selskap", sa den rødhårede jenta.

"Ja, en rullestolfyr med sebrahår og to nerder", ropte tredje basemannen. Han forventet at alle skulle le av den dårlige vitsen hans, men det var det ingen som gjorde.

"Ikke bry deg om ham", sa venninnen til den rødhårede jenta. "Han er patetisk."

"Drit og dra", ropte den venstre feltspilleren. "Det er ikke plass til en krøpling her."

E-Z ignorerte alle kommentarene. Det gjorde imidlertid ikke stolen hans. Den dyttet og gira som en okse som prøver å bryte seg ut av en innhegning. "Jøss!" sa han da stolen vaklet som en villhest.

Arden grep tak i stolhåndtakene, og stolen gjenopptok sin normale funksjon.

Bak platen mistet fangeren en flue og kastet feil. "Jeg ser at dere trenger en skikkelig catcher", sa E-Z.

Cheerleaderne fniste.

"Gi meg fem minutter bak platen, bare fem. Hvis jeg klarer å fange alle kastene dere sender i min retning, gjør vi dere en tjeneste og blir."

"Og hvis ikke?" spurte pitcheren.

Catcheren tok av seg masken. "Da spanderer du burgere og pommes frites på oss."

"Og shakes", la førstebasemannen til.

"Avtale", sa E-Z mens stolen hans ble skjøvet frem.

Han satt tålmodig mens Arden spente på seg knebeskytterne. PJ trakk brystbeskytteren over hodet og satte catchermasken på ansiktet. E-Z stappet knyttneven inn i fangervanten.

"Greit, kast ballen til meg", kommanderte E-Z.

"Jeg håper du vet hva du gjør, kompis", sa Arden og PJ.

"Stol på meg", sa E-Z. Han trillet seg i posisjon bak platen. "Batter up!"

Kasteren gjorde tegn til Arden om å slå. Han valgte et balltre og gikk frem til platen.

E-Z signaliserte til kasteren at han skulle kaste en høy hurtigball. I stedet kastet kasteren en kurveball, og den var midt i sonen. Arden gikk glipp av slaget, men ikke helt, for han traff ballen et øyeblikk, og den slo tilbake. E-Z reiste seg i stolen og grep tak i den.

"Jøss!" ropte kasteren. "Fin redning."

"Flaks", sa førstebasemannen.

Cheerleaderne rykket nærmere.

Andre kast til Arden, og han poppet opp på høyre banehalvdel.

PJ gikk opp til battet og slo ut. E-Z fanget alle ballene enkelt, men den siste kastet gikk vilt, og han holdt på å miste den. PJ var på vei ned til første base, men E-Z kastet ballen ned, og han var ute.

De spilte til det var for mørkt til å se ballen lenger.

Etter kampen bestemte de seg for at det var uavgjort. De gikk til en restaurant i nærheten, og alle betalte for maten selv.

"Vi kommer til å knuse dere i morgendagens kamp", skrøt Brad Whipper, lagkapteinen.

"Spiller dere E-Z?" spurte Larry Fox, førstebasemannen.

"Å, han skal definitivt spille", sa Arden og PJ.

"Absolutt."

Den rødhårede jenta het Sally Swoon og hvisket noe til Arden, som ristet på hodet. "Spør ham selv," sa han.

"Spør meg om hva?"

Hun ble rød i kinnene.

"Du vil vite hva som skjedde, ikke sant?"

Hun nikket. "Ba du frisøren din om å gjøre det, eller gjorde de..."

"Gjorde de en feil?" sa han.

Hun nikket.

"Jeg våknet i morges, og det var slik. Punktum."

"Ta den andre", sa en spiller. "Fortell oss nå hvorfor du sitter i rullestol."

E-Z fortalte historien sin. Alle var stille mens han gjorde det. Ingen spiste eller drakk. Da han var ferdig, var han redd for at alle skulle behandle ham annerledes, men det gjorde de ikke.

De snakket om den kommende World Series og annet sportsrelatert småprat.

Da vennene hans fulgte ham hjem senere, var alle stille. Han sa god natt til gutta og gikk tilbake til rommet sitt. Han prøvde å se på TV og skrive litt, men uansett hva han gjorde, tenkte han på alt han hadde mistet. Han falt tilbake i sengen, stirret i taket og sovnet til slutt.

KAPITTEL 14

E-Z SOV OG DRØMTE.

"Våkn opp, E-Z! Våkn opp!" sa Reiki og hoppet opp og ned på brystet hans.

"Kutt ut!" utbrøt han.

Hadz sprutet litt vann i ansiktet hans.

Han ristet det av seg. "Dere to har litt å forklare og litt å reparere. Sett håret mitt tilbake slik det var. Og øynene mine også!"

"Vi har ikke tid!" sa de, mens stolen hans veltet, slapp ham ned i den og fløy ut av det åpne vinduet.

"Jeg er ikke engang påkledd!" utbrøt E-Z.

Reiki og Hadz fniste og ba E-Z ønske seg det han ville ha på seg. Da han så ned igjen, hadde han på seg jeans, belte og t-skjorte. Han så på føttene, der joggeskoene var i ferd med å knyte sine egne lisser. Mens de svevde over himmelen, takket E-Z dem.

"Så du tilgir oss?" spurte Hadz.

"Gi det tid", sa Reiki.

E-Z nikket, mens stolen hans steg høyere og høyere. Over et fly, forbi flyet. Det var åpenbart ikke målet deres. De fløy videre, helt til rullestolen stanset helt, og deretter pekte den nedover.

"Der er det", sa Reiki.

Nedenfor sto en gruppe mennesker i en klynge utenfor en høy kontorbygning.

"Kjenner du det?" spurte E-Z og la merke til at luften rundt hendelsen var annerledes. Den vibrerte av energi.

"Ja", sa Hadz.

"Bra at du la merke til det denne gangen", sa Reiki.

"Mener du at det også var vibrasjoner de andre gangene?"

"Ja, men etter hvert som kreftene dine vokser, vil du kunne peile deg inn på stedene."

"Og ikke bare du, stolen din kan også fange dem opp."

"Mener du at jeg har en superduper smart stol? Jeg visste at den var modifisert, men dette er fantastisk!"

Englene lo.

Stolen kjørte videre mens skuddene smalt under dem. De så folk løpe, skrike og falle.

Mot kaoset fløy E-Z og stolen hans, inn i den møtende kuleregnet. Han rykket til da rullestolen avbøyde dem. Han lurte på hva som ville skje hvis stolen ikke traff.

"Vi er ganske sikre på at du er skuddsikker," sa Reiki uten at han spurte. "Det var en del av ritualet."

"Og diamantstøvet burde virke."

"Ganske sikker?" sa han og håpet at de hadde rett. "Hvis det virker, er det et godt bytte for hårsituasjonen min!"

De vordende englene lo.

KAPITTEL 15

R ULLESTOLEN HANS KJØRTE VIDERE nedover og siktet seg
inn på en mann på taket av bygningen. Han hadde skutt
inn i folkemengden nedenfor og mot dem da de nærmet seg ham.
Rullestolen slingret fremover, og E-Z hørte en merkelig lyd, som
når et fly legger ned landingsstellet. Det kom fra rullestolen, og
en metallkasse falt ned og landet oppå fyren. Pistolen fløy ut
av hånden hans og over taket før innretningen tok tak. Mannen
forsøkte å vippe E-Z og rullestolen av ryggen, men ingenting hjalp.

En sirene lød i det fjerne og ble høyere og høyere etter hvert som
den kom nærmere.

"Hvis jeg slipper deg opp," spurte E-Z, "vil du da oppføre deg
ordentlig?"

Mannen nikket samtykkende, men rullestolen nektet å bevege
seg.

E-Z måtte uskadeliggjøre pistolen og komme seg ut derfra før
politiet kom. Han lurte på om noen nedenfor var skadet. Han

regnet med at ambulanser var på vei. Men han og stolen hans kunne fly de alvorlig skadde til sykehuset mye raskere.

Han stirret på pistolen på den andre siden av taket. Han konsentrerte seg og strakte ut hånden. Som om hånden hans var en magnet, fløy pistolen inn i den, og han deaktiverte pistolen ved å slå en knute på den. E-Z tok av seg beltet og brukte det til å binde skytterens hender bak ryggen.

Stolen løftet seg og fløy av gårde som en rakett, mens dørene på taket fløy opp. Den modifiserte innretningen svevde i luften mens E-Z så et SWAT-team rykke inn mot skytteren og pågripe ham. Ansiktsuttrykket til betjenten som fant pistolen i knuten, var ubetalelig.

I et sekund eller to nølte han med å vurdere mandatet sitt, men det var mennesker som var skadet der nede, og han kunne hjelpe dem raskere enn noen andre, så det var det han gjorde. Han ville bekymre seg for konsekvensene senere og håpe at de ville forstå.

E-Z landet i nærheten av folkemengden. Han samlet opp de fire som var mest alvorlig skadet, og siden de var bevisstløse, brukte han en del av vingen til å holde dem trygt på stolen sin mens de fløy over himmelen.

Stolen absorberte blodet fra de skadde passasjerene etter hvert som det dryppet fra sårene deres. Blodet deres ble blandet med blodet til E-Z og Sam Dickens. Denne blandingen presset kulene ut av kroppene deres, og sårene begynte å gro.

Det tok flere minutter før de nådde frem til sykehuset. Da de kom frem, var alle pasientene leget, som om skadene deres aldri hadde skjedd. De kastet armene rundt E-Z og takket ham.

På parkeringsplassen ved sykehuset hoppet de av hver sin rullestol.

Ved inngangen sto pleiepersonalet klar med bårer.

E-Z kastet et blikk i deres retning. Han vinket og fløy så opp i luften. Under ham vinket de han hadde reddet, tilbake. Han håpet at de ventende vaktene ville bli altfor irriterte over at det ikke var behov for dem likevel.

"Takk", ropte en ung mann og vinket.

"Jeg håper å se deg igjen", utbrøt en middelaldrende kvinne.

"Du er en ekte helt!", sa en mann som minnet ham om Onkel Sam.

"Du minner meg om barnebarnet mitt - bortsett fra den rare stripen i håret ditt!" sa en eldre kvinne.

Vaktene kom mot de fire og spurte: "Er det noen som trenger hjelp?".

Den unge mannen sa: "Dere vil ikke tro det, men jeg ble skutt - to ganger for litt siden. Jeg tror jeg besvimte. Da jeg våknet", sa han og trakk opp den blodflekkete skjorten foran, "var sårene borte."

Den eldre kvinnen, som hadde blodflekker på kjolen, forklarte at hun hadde blitt skutt nær hjertet.

"Jeg hadde vært død hvis ikke gutten i rullestolen hadde reddet livet mitt."

De to andre pasientene hadde lignende historier å fortelle. De lovpriste E-Z og takket ham igjen. Selv om han ikke lenger var blant dem.

"Jeg synes dere fortsatt bør komme inn på sykehuset", sa den første pleieren.

Den andre pleieren sa: "Ja, dere har vært gjennom en traumatisk opplevelse. Dere bør oppsøke lege og få klarsignal."

Alle de fire tidligere skadde lot seg hjelpe inn. De forsøkte å få den eldste av de fire opp på båren.

"Jeg er frisk som en fisk!" utbrøt den eldre kvinnen.

De fulgte etter henne inn på sykehuset.

✳✳✳

"DET ER BEST VI gjør det nå", sa Reiki.

"Men det er trist. Han gjorde så utrolige ting, og nå vil ingen huske det."

De tørket tankene til alle i nærheten.

"Han gjorde en fantastisk jobb."

"Ja, han var velvalgt", sa Hadz.

E-Z fløy hjem så fort han kunne. Han visste at smerten ville komme, men ikke hvor ille den ville bli denne gangen. Han rakk så vidt å komme seg gjennom vinduet og opp på sengen før skuldrene hans begynte å brenne og han besvimte.

Englene kom tilbake og hvisket beroligende ord når han skrek i søvne. Når smerten ble for stor, lindret de den ved å ta den på seg selv.

"Prøve nummer tre er fullført", sa Reiki. "Han kommer seg lett gjennom dem."

"Det er sant, men vi må sørge for at han ikke blir identifisert. Han kan bli sett, men vi må slette minnene. Men jeg er bekymret for at vi kan gå glipp av noen."

"Hvis vi sletter minnene til alle som befinner seg i nærheten, burde alt gå bra."

KAPITTEL 16

NESTE MORGEN SATT E-Z og spiste frokostblanding da Sam kom inn på kjøkkenet.

"Kaffen lukter jammen godt", sa Sam.

Tenåringen skjenket opp et helt krus til onkelen. "Hva?" spurte han med en følelse av déjà vu.

"Hva, hva?" spurte Sam mens han tilsatte litt fløte i koppen.

"Du stirrer på meg", sa E-Z. Han ristet på hodet. Var han med i Groundhog Day? Filmen om en dag som gjentar seg selv om og om igjen, med Bill Murray?

"Å, den. Er det noe du vil fortelle meg?" Han la en sukkerbit i kaffen.

Han ignorerte onkelen og puttet cornflakes i munnen. "Jeg er ikke sikker på hva du mener."

Sam ventet til nevøen var ferdig med frokosten. "Jeg så inn til deg i går kveld, og da var sengen din tom og vinduet åpent. Hvordan du kom deg ut med stolen din, vet jeg ikke. Uansett, hvis du skal ut, bør du fortelle meg det. Jeg er ansvarlig for deg og hvor du er. Neste gang lover du å si fra hvor du skal og når du kommer tilbake. Det er vanlig høflighet."

"I..."

POP.

POP.

Hadz og Reiki dukket opp. Reiki fløy bort til Sam og flagret foran øynene hans. I noen sekunder virket Sam som om han var zombifisert. Så fortsatte han å nippe til kaffen. Løftet glasset, nippet, satte det fra seg. Gjenta.

E-Z kom til å tenke på en fuglelek - der fuglen dypper hodet ned i glasset og drikker. Hva het den egentlig?

"Dippy bird", sa Sam. Han så på klokken.

Hva i all verden? Kunne onkelen lese tankene hans nå?

"Hvem kan ikke lese tankene hans?" sa Hadz med et glis.

Sam reiste seg, og med blanke øyne og robotaktige bevegelser gikk han til vasken, skyllet koppen og satte den i oppvaskmaskinen. Deretter tok han bilnøklene og gikk uten å si et ord.

E-Z var målløs mens han fordøyde informasjonen, og så krevde han: "Ok, dere to. Hva gjorde dere med onkel Sam? Dere hadde ingen rett til å gjøre det dere gjorde." Han var så sint at han var rød i ansiktet og knyttet nevene.

POP.

POP.

Han hatet det. Hver gang de gjorde noe galt, forsvant de, og han måtte be dem om unnskyldning for å få dem til å komme tilbake når han ikke hadde gjort noe galt.

"Unnskyld", sa han. "Vær så snill å komme tilbake."

POP

POP.

"Gjort er gjort", sa han rolig. "Leste han virkelig tankene mine?"

Reiki sa: "Det gjorde han, men det var en isolert hendelse."

"Det er bra. Jeg ville aldri ha sluppet unna med noe som helst."

"Vi er reserven din under prøvene. Det er opp til oss å beskytte deg og vennene dine, inkludert onkel Sam."

"Hva gjorde dere med ham?" spurte han igjen da det ringte på døren. Han rørte seg ikke, han ventet på at de skulle svare på spørsmålet hans. Det ringte på igjen. "Et øyeblikk," sa han. "Fortell meg hva dere gjorde med ham. NÅ!"

"Jeg utslettet sinnet hans", hvisket Reiki.

"Hva gjorde du?"

"Vi var nødt til det, for å beskytte deg og oppdraget ditt", la Hadz til.

PJ og Arden kom inn på kjøkkenet. "Døren var ikke låst," sa Arden.

"Ja, vi sa til Sam i går at vi skulle hente deg i morges."

"God morgen til dere også." Han dyttet seg opp fra bordet.

"Vi må snakke sammen, kompis. Men vi har det travelt."

Han tok ryggsekken og lunsjen sin. De gikk mot inngangsdøren. På toppen av trappen skvatt stolen fremover - som om den ville fly ned. Han ba vennene sine om å hjelpe ham ned rampen. Arden og PJ hjalp ham inn i baksetet på bilen. Arden la rullestolen i bagasjerommet.

"Hei, fru Lester", sa E-Z da de tre guttene satte seg i baksetet.

"God morgen", sa hun og skrudde opp radioen. Speakeren snakket om en ny oppskrift.

"Da de var på vei", hvisket PJ, "hva gjorde du i går kveld?"

"Ikke noe særlig. Spiste. Sov. Det vanlige."

"Vis ham."

PJ rakte ham telefonen og trykket på play.

Det var en YouTube-video. Av ham i rullestolen som flyr over himmelen med skadde mennesker. Stolen var blodrød og beveget seg så raskt at den så ut som en uskarphet i brann. De hvite vingene hans var synlige. Og kontrasten til den svarte stripen i det blonde håret fremhevet utseendet hans.

"Aner ikke", sa E-Z mens han klødde seg i hodet uten noen forklaring. Han ventet på at englene skulle komme og ta livet av vennene hans, men det gjorde de ikke. Han ventet på at verden skulle stoppe helt opp - det gjorde den ikke. Han lurte på om han noen gang ville få se foreldrene sine igjen. Var dette en test? Han klappet igjen røret og la på røret.

"Kompis", sa Arden da moren rygget inn på en parkeringsplass.

"Skynd deg nå, ellers kommer du for sent", sa hun mens hun åpnet bagasjerommet.

"Vi ses senere", sa Arden mens moren kjørte av gårde.

De tre vennene gikk inn på skolen uten å snakke sammen. Den siste varselklokken var klar til å ringe når som helst.

E-Z trillet rundt i korridoren og smilte for seg selv, samtidig som han bekymret seg for hvem andre som ville se klippet. Selv om det var fantastisk å se seg selv i aksjon. Som en kulere Supermann. En ekte helt. Han hadde reddet mennesker. Reddet liv. Han og rullestolen var uovervinnelige. De var en dynamisk duo. Han lurte på om de i det hele tatt trengte hjelp fra de to wannabe-englene. Det hadde føltes godt. Hvert eneste øyeblikk. Redningen. Redningen. Den vellykkede gjennomføringen av nok en prøve. Fantastisk. Hvis han bare kunne fortelle bestevennene sine om hemmeligheten sin.

"E-Z Dickens!" ropte læreren hans, fru Klaus.

"Ja, frue", sa E-Z og bladde om for å lese timen. Han lurte på hvorfor han kastet bort tiden på skolen. Han trengte det ikke lenger.

$$***$$

H AN PRØVDE Å IKKE sovne i timen. Fru Klaus holdt øye
med ham, mer enn vanlig. Hver gang han sovnet, hevet
hun stemmen, som om hun hadde lagt merke til det.

Da det ringte inn og timen var over, skilte elevene lag for å la ham
være den første som gikk ut døren. Han kastet et blikk på noen av
klassekameratene for å si takk. Få fikk øyekontakt. De fleste så bort.
De var ikke vant til hans nye status - ennå.

I korridoren ventet en mengde medstudenter og beundrere. Det
blinket og ble tatt bilder med kameraer og kameratelefoner. Han
håpet at skoleavisen var der. De hadde til og med skrevet en artikkel
om ham. Vent nå litt. Han ville aldri få se foreldrene sine igjen -
ikke hvis alle visste det! Hvordan kunne dette skje? Han presset seg
gjennom. De fortsatte å applaudere, og applausen ble høyere etter
hvert. Noen ropte "Tale!".

PJ gikk bort til ham og spurte: "Har du sett Facebook i det siste?"
E-Z trakk på skuldrene.

"Ta en titt på det siste", sa PJ og viste vennen overskriftene.

"Lokal helt i rullestol." Han stoppet opp og klikket på klippet. Det sto at den lokale helten gikk på Lincoln High i Hartford Connecticut. E-Z skjønte snart at elevene trodde han var helten - det var han også - men det kunne de ikke vite. Det var ikke meningen at de skulle vite noe av det. Det var meningen at de skulle ha slettet tankene sine, slik de gjorde med onkel Sam. Men det spilte ingen rolle - han bodde ikke i Hartford Connecticut. De tok feil. Hvorfor applauderte klassekameratene hans?

Han trengte seg frem, og de flyttet seg. Han gikk rett ut i det øsende regnet. E-Z lurte på om han kunne bruke stolens nyvunne krefter til sin egen fordel. Selv om det ikke var noen krise eller rettssak, kunne han trylle eller ritualisere seg hjem? Han tenkte på dette mens han rullet videre langs fortauet. Stolen hans hjalp ham en gang med å redde en liten jente, før den i det hele tatt hadde noen spesielle krefter.

Han tenkte på magiske ord som bibbidi-bobbidi-boo og expelliarmus. Han prøvde begge på rullestolen, men ingen av dem hjalp. Han kikket seg over skulderen og hørte skritt komme opp bak seg. Han ventet seg en av vennene sine - i stedet var det en yngre elev som spurte: "Hvor er vingene dine?"

E-Z lo: "Jeg har ikke vinger." I det samme kom vingene hans ut og bar ham opp i luften. Først tenkte han å nei, men han bestemte seg for å gjøre det og vinket til gutten på fortauet. Gutten var så begeistret at han ikke engang hadde tenkt på å ta frem telefonen for å forevige øyeblikket. "Hjem!" kommanderte han. Et rødt lysglimt bar ham over himmelen, rett forbi huset hans, for stolen hadde et annet sted å være.

De fortsatte å fly helt til de var rett over et kjøpesenter. Nå kjente han hvordan luften vibrerte og trakk ham nærmere der han skulle være. Stolen pekte nedover og slapp ham ned i en bank, før den stoppet midt i luften. Kundene nedenfor fortsatte å myldre rundt - han var utenfor synsfeltet deres. Han ante fortsatt ikke hvorfor han var her.

Er dette en ny rettssak? spurte han. Han ventet, men fikk ikke noe svar. Hvis dette var en ny rettssak, ble tiden mellom dem stadig kortere. Hvor var de to englene - var det ikke meningen at de skulle beskytte ham? Han tenkte på de andre prøvelsene. De fleste av dem fant sted om natten. I mørket. Hva om wannabe-englene ikke kunne komme ut i lyset, slik som vampyrene? Han lo av den merkelige forbindelsen og håpet at den var sann. På en eller annen måte brydde han seg ikke om at det bare var ham og stolen denne gangen. E-Z kom tilbake til øyeblikket. Kundene skrek inne i kjøpesenteret. Han fløy fremover, ut av banken og inn i et nærliggende varehus. Der var det tomt.

Da han landet, dreide hjulene av seg selv og førte ham videre. E-Z prøvde å ta kontrollen. Men rullestolen ville også ha kontroll. Den satte opp farten, raskere og raskere. Til slutt lot han den dominere, i frykt for å få lemlestet fingrene.

Rullestolen stanset helt opp da det lå kunder på bakken ca. 1,5 meter foran dem. De fleste lå med armene i kors og ansiktet ned på gulvet. Noen hadde hendene på hodet, andre hadde hendene på ryggen.

I ulike posisjoner så han overvåkningskameraer som bare viste statisk bilde. Ikke noe godt tegn.

Rullestolen rykket frem igjen mot en ung kvinne. Hun var kledd i kamuflasjedrakt med en hatt trukket ned over øynene. Hun var lys i huden, sannsynligvis naturlig blond og med blå øyne, som en fotomodell. Hun svingte en rifle i den ene hånden og en jaktkniv i den andre. Stillheten hennes mens hun svingte våpenet, bekymret ham. Det og den overdrevne bruken av kandiseple-rød leppestift. Leppestiften var utflytende og forvandlet et uhyggelig smil til en truende grimase.

E-Z tenkte på dem som var i fare på gulvet. Hvor lenge hadde de ligget der? Hva ventet hun på? Hadde hun krevd penger? Hvem utenfor butikken visste at denne gisselscenen utspilte seg, siden kameraene ikke fungerte?

En av gutta på gulvet fanget blikket hans. E-Z satte fingeren mot leppene. Fyren snudde seg den andre veien, og da fikk han øye på en telefon på gulvet med et rødt lys som pulserte. Den tok opp lyden. Han håpet at jenta ikke la merke til det - hun så ut som om hun kunne miste besinnelsen når som helst.

E-Zs stol skjøt av gårde som et kanonskudd og var snart over jenta. Pistolen hennes fløy i den ene retningen og kniven i den andre. Stolens metallkapsling falt ned.

"Ring 911", ropte E-Z. Og til kundene på gulvet: "Kom dere ut herfra!". De løp uten å se seg tilbake. Nå var han helt alene med den gale jenta. "Hvorfor gjorde du det?" spurte han.

Hun nynnet ordene til en sang han hadde hørt før: "I don't like Mondays", så gliste hun, himlet med øynene og sa: "Dessuten er det bare en lek". Hun fortsatte å nynne sangen i noen sekunder med lukkede øyne. Så åpnet hun dem, og med ville øyne og latter sa hun: "Og hvis du trenger en profesjonell til å farge håret ditt ordentlig, kjenner jeg noen."

"Takk", sa han og kjørte fingrene gjennom håret.

Han husket en sang moren sang. En sann historie om en skyting. Bandet var oppkalt etter mus, eller rotter.

Han ristet på hodet. Jenta foran ham lignet på en figur fra et spill han hadde spilt noen ganger. Helt ned til den uttværede leppestiften. Han husket ikke hvilket, men han var sikker på at hun imiterte en spiller. "Å spille et spill er én ting - ingen blir skadet. Dette er det virkelige livet. Hvis du ikke liker noe - slutt med det! Ikke skad andre."

"Stikk av", svarte hun, "som om jeg hadde noe valg."

Politiet stormet inn, og han måtte gå.

De fant jenta med våpnene bundet i knuter i sikkerhetsgangen ved en spillkonsoll.

Han satte kursen hjemover og ventet på at den fryktede svie fra vingene skulle ramme ham. Han kom seg helt frem, så langt gikk det bra. Men han var så sulten at han ikke kunne vente med å spise hva som helst.

I kjøleskapet lå det en halv kylling som han spiste mens han ventet på at osten skulle smelte i pannen. Han spiste opp den grillede osten. Så lagde han en ny, mens han gumlet på et eple. Da han var ferdig med eplet, spiste han is fra glasset. Smertene kom aldri, men han ville få et alvorlig vektproblem hvis han fortsatte å spise slik.

"Onkel Sam?" ropte han og sjekket om han var i huset - det var han ikke. Han gikk inn på kontoret og gjorde noen lekser, og spilte deretter noen spill. Fortsatt ingen tegn til Sam. Ingen SMS. Ingen samtaler eller talemeldinger. Sam ga ham alltid beskjed når han kom sent hjem. Merkelig. Hvor var han?

KAPITTEL 17

K LOKKEN VAR OVER MIDNATT, og det var fortsatt ingen tegn til onkel Sam. Det var første gang han hadde droppet å lage middag, for ikke å snakke om at han ikke hadde fortalt E-Z hvor han var. Han visste hvor engstelig nevøen ble når han ikke hadde kontroll over situasjonen. Da klødde det i huden på tenåringen, som om blodet hans kokte under overflaten.

Mens han satt i rullestolen, gjorde han det samme som å gå rundt. Han trillet stolen opp korridoren og ned igjen. Det vanskeligste var å snu, noe han gjorde på kontoret. På vei tilbake mot kjøkkenet skrudde han på TV-en for å skape litt hvit støy. Han stoppet for å se på TV-en før han gikk tilbake til gangen, og en ut-av-kroppen-opplevelse tok overhånd.

Han satt i stuen i rullestolen og så på seg selv på fjernsynet i rullestolen. E-Z ristet på hodet og forsøkte å forstå det hele. Hvorfor hadde ikke Hadz og Reiki slettet minnene sine? Så skjedde det - reporteren sa navnet hans og den faktiske adressen, inkludert forstad. Denne gangen fikk han alt riktig - og han stoppet ikke der.

"13 år gamle E-Z Dickens ville bli profesjonell baseballspiller. Og han hadde ferdighetene. Men en ulykke tok foreldrene fra ham - og beina hans. Den foreldreløse superhelten bor nå hos sin eneste slektning, Samuel Dickens."

Han hadde lyst til å sparke inn tv-skjermen. De sa det, bare sånn uten videre. Som om alle superhelter måtte være foreldreløse. Som om det var en forutsetning. Da telefonen ringte, håpet han at det var Sam - det var Arden.

"Ser du det?" spurte han. "De har fortalt ALLE hvor du bor!"

"Jeg vet det", sa E-Z. "Det verste er at onkel Sam er borte. Han ringer meg alltid, uansett hva som skjer."

Arden snakket med faren sin. "Bli der, pappa og jeg kommer med en gang. Du kan bo hos oss til du og Sam finner ut hva dere skal gjøre. Legg igjen en beskjed til ham."

"Takk, men jeg klarer meg her."

"Pappa sier at det ikke er noe hvis, og eller men. Han sier at journalistene kommer til å være etter deg som ris på grøt - hva nå enn det betyr."

"Jeg hadde ikke tenkt på at journalistene skulle komme hit. Ok, jeg skal gjøre meg klar."

Han gikk til rommet sitt, pakket en overnattingspose og gikk deretter til kjøkkenet for å skrive en lapp og henge den på kjøleskapet. En bil stanset brått utenfor med hvinende dekk. En dør smalt igjen, så ble det avfyrt skudd og glasskår blåste ut av vinduene. Inngangsdøren ble sprengt av hengslene, og stolen hans satte seg i bevegelse mot skytteren, som skjøt etter hvert som de nærmet seg.

"Han er bare en guttunge", sa E-Z og utnyttet at han nølte. Han grep pistolen, knyttet en knute på den og kastet den over plenen.

Gutten, som var yngre enn E-Z, brukte sekundene han kastet pistolen, til å takle ham i bakken.

"Ikke kult", sa E-Z, mens stolen hans dyttet ham av og slapp metallburet ned på gutten som hulket og spurte etter mammaen sin. "Hold deg unna", sa E-Z til stolen.

Gutten lå sammenrullet i fosterstilling, skjelvende og gråtende. Stolen trakk buret tilbake, men gutten rørte seg ikke.

E-Z, som nå satt tilbake i rullestolen, spurte: "Hvem kjørte deg hit? Og hvorfor all skytingen?"

"Det er ikke noe personlig", forklarte gutten. "Jeg var nødt til å gjøre det. En stemme i hodet mitt sa at jeg måtte gjøre det. Ellers ville de drepe meg og familien min. Derfor stjal jeg nøklene til faren min og lærte meg å kjøre - fort."

"Har du aldri kjørt bil før?"

"Bare i spill."

Spill igjen. "Hvem snakker du om? Hva heter de?"

"Jeg vet ikke. Jeg spiller noen spill på nettet. En kvinne kom inn i spillet og sa at hun ville drepe søsteren min. Når jeg byttet til et annet spill, sa en annen kvinne at hun ville drepe foreldrene mine. I spillet jeg spilte i dag, sa en tredje kvinne at hvis jeg ikke drepte en gutt som bodde på denne adressen, ville det få alvorlige konsekvenser." Gutten løp mot E-Z, men kom ikke langt. Stolen dyttet ham overende og senket bommen.

"Få meg ut herfra!", krevde gutten.

E-Z lo; gutten hadde baller. "Reis deg", sa han til stolen og hjalp gutten på beina. Gutten takket ham ved å spytte ham i ansiktet. Han knyttet nevene og vurderte å rive hodet av gutten, men lot være. I stedet ga han ham en klem. Gutten begynte å gråte igjen, og tårene falt ned på E-Zs skuldre og vinger.

"Takk, Dude", sa gutten. Han trakk seg tilbake, la hånden over hjertet og forsvant.

Da politiet endelig kom, satt E-Z i stolen sin på fortauskanten. Men så gjorde han det ikke lenger. Han var inne i siloen igjen og følte seg klaustrofobisk i det totale mørket.

✳✳✳

TIDLIGERE, DA HAN SATT i metallcontaineren, var han i stand til å bevege seg. Nå satt han i rullestolen og kunne knapt bevege seg. Han prøvde å vrikke på tærne i skoene, men han kjente dem ikke. Hvis beina ikke fungerte her, var han glad for å sitte i rullestolen. De var et team, som Batman og Batmobilen. Som svar på tankene hans slengte rullestolen seg fremover som en mastiff på line.

"Få oss ut herfra", kommanderte E-Z.

Han kjente en følelse av bevegelse over seg. Et lys som beveget seg som en sky på vei over himmelen. Hvis han bare kunne fly opp og flykte gjennom taket, men vingene hans hadde ikke plass til å strekke seg ut.

Huden hans begynte å boble, og det begynte å klø. Hvor var den beroligende lavendelsprayen nå?

PFFT.

"Øh, takk," sa han. Selv denne tingen kunne lese tankene hans nå.

Han slappet av i skuldrene mens han formulerte en liste med krav:

Nummer én. Han ville fortelle onkel Sam alt. Og han mente alt. Ingenting skulle utelates.

Nummer to. Han ville at PJ og Arden skulle få vite det. Ikke alt, slik onkel Sam ville. Men nok til at de forsto hvilket press han var under. Nok til at de kunne støtte og oppmuntre ham. Han hatet å lyve for dem. Han ville at de skulle vite om forsøkene. Hvorfor han gjorde dem. Som om han hadde noe valg.

Nummer tre. Han ville at de skulle be om hans tillatelse før de kidnappet ham. På den måten ville han vite hva som ventet ham. Han hatet å bli kastet ut i dette.

Nummer fire. Han ville vite hvor han var. Hvorfor han alltid ble sluppet ned i den samme beholderen. Hvorfor beina hans noen ganger fungerte og andre ganger ikke. Hvorfor stolen noen ganger var med ham, andre ganger ikke.

"Ventetiden er tolv minutter", sa en kvinnestemme. "Vil du ha noe å drikke?"

"Vann", sa han da metallet til høyre for ham spyttet ut en hylle med et glass vann på. "Takk." Han kastet det tilbake. Glasset ble fylt helt opp igjen. Han satte det fra seg til senere.

Nå var han mer avslappet, og en sang dukket opp i hodet hans. Faren hans elsket den. Rullestolen gynget frem og tilbake mens han sang teksten. Stolen fikk fart på seg - som om den prøvde å rive seg løs.

Sekunder senere var han hjemme igjen, på soverommet med knust glass overalt. Blått og rødt lys pulserte på veggene. Nå sto han ved det knuste vinduet og så ut.

"Han er der oppe!" ropte en reporter.

"Ikke nå igjen!" ropte han, nå tilbake i metallbeholderen. "Få meg ut herfra!" Han sparket foten mot siloveggen. "Au!" ropte han. Så smilte han, glad for å kjenne beina igjen, og reiste seg opp. Han løftet knyttneven i været: "Hvem tror du at du er som tar meg med hit, etter ditt eget forgodtbefinnende!"

"Ventetiden er nå seks minutter, vennligst bli sittende."

Remmer kom ut av veggene foran ham, bak ham og på hver side av ham. Han ble bundet fast. Han kjempet for å komme seg løs, men lærremmene ble bare strammere og strammere. Snart kunne han bare bevege hodet og nakken.

PFFT.

"Ah, lavendel," sa han. Rullestolen under ham begynte å riste og skjelve. "Det kommer til å gå bra." "Er dere feiginger for redde til å komme ned hit og møte meg?"

PFFT.

PFFT.

Han sovnet inn.

H AN SOV GODT HELT til taket på siloen åpnet seg som Astrodome i Houston. Og noe slukte lyset. Han kunne føle det før han kunne se det. Den tok lyset ut av hans verden. Under ham skalv rullestolen da tingen over ham gikk i fritt fall.

Den stanset helt opp, som en edderkopp som ikke lenger kunne holde seg fast.

Lucifer?

Satan?

Han ventet, for redd til å snakke.

"Hallo - o - o - o - o," brølte det bevingede vesenet, og stemmen prellet av mot veggene.

Han skulle ønske han kunne holde seg for ørene.

Vesenet gliste og blottla barberbladlignende tenner mens det slapp ut en illeluktende, råtten stank.

Han ble kvalt, hostet og ønsket at han også kunne holde seg for nesen.

Dyret lo i et brøl som dundret opp og ned i metallfengselet som om det poppet popcorn. Han lente seg nærmere tenåringens ansikt og spydde ut: "Snakker jeg ikke språket ditt, sir?"

E-Z svarte ikke. Han kunne ikke. Han følte seg ikke særlig heltemodig. Det faktum at rullestolen hans dirret under ham, styrket ikke selvtilliten hans.

"FORSTÅR DU MEG IKKE?" brølte tingen og fikk metallfengselet til å riste i grunnvollene. Den beveget seg enda nærmere: "DO. DU. IKKE. HØR. MEG?"

Det var som en snakkende sky med et hode i midten som forberedte seg på å slå ned på ham med lyn og torden. Han boret neglene ned i armlenene og tok mot til seg og sa: "Ja." Han gikk gjennom listen med krav i hodet.

Udyret brølte, og ild fløy ut av munnen på det. Heldigvis for E-Z stiger varme til værs. Plutselig følte han seg veldig sulten på bacon.

"Jeg liker bacon", tilsto skapningen.

E-Z lurte på om han hadde sagt det med bacon høyt. Selv med tanke på det akselererende fryktnivået visste han at han ikke hadde sagt det. Det betydde én ting: Alle kunne lese tankene hans! Han rettet seg opp og forsøkte å beskytte seg ved å lukke tankene. Tankene gikk til mat, pannekaker på Ann's Café, en tykk sjokoladeshake med smøraktig sirup. Hva som helst for å holde frykten i sjakk og angsten nede. Dette var tortur, tingen kunne lese tankene hans og holde ham fanget for alltid. Fantes det en superheltforening han kunne melde seg inn i?

"Bah, ha, ha!" brølte tingen av latter.

E-Z skulle ønske han kunne nå ørene hans, men siden han ikke kunne det, trøstet han seg med at den i det minste hadde humoristisk sans. "Hvorfor er jeg her?"

Vesenet svarte ikke umiddelbart, så han forsøkte å psyke ham ut med et blikk. Det var spesielt vanskelig å holde blikket fast, siden stolen hele tiden prøvde å kaste ham ut av det. Han knyttede nevene, så blodet rant.

Vesenet beveget seg med slangeaktig smidighet, og den skummende tungen spratt frem og tilbake mens den slikket E-Zs knyttnever.

"Æsj!" ropte han. "Det er så ekkelt!"

"Mer, vær så snill!" krevde tingen, mens blodet på tungen skimret som regndråper.

E-Z hadde vært redd før, men nå var han langt mer enn redd. Snarere forstenet - men han var jo en superhelt. Han måtte hente styrke fra et sted - selv om stolen var ubrukelig.

"Nah, nah, nah, nah, nah, nah, nah," sang tingen mens den sveipet nærmere, så zappet lenger bort, så nærmere igjen. Det spratt mot veggene.

Etter noen øyeblikk slo skapningen seg til ro. Den krysset beina i luften. Så plasserte han den lange, benete fingeren på kinnet. Det virket som om han forventet en vennskapelig prat.

"Hadz og Reiki er fjernet fra kofferten din," hvisket skapningen. "De to var idioter. Mindre enn ubrukelige. Jeg er din nye mentor."

Det mørke vesenet løste seg opp. Han flakset opp, gjorde en halv bue og steg høyere opp i beholderen.

E-Z tenkte seg om i noen sekunder før han svarte. De to skapningene hadde vært lojale mot ham. De hadde hjulpet ham og passet på ham - og viktigst av alt, de drakk ikke menneskeblod.

"Kan vi diskutere dette?" spurte E-Z. Han prøvde å smile. Han visste ikke hvordan det så ut på den andre siden.

"NEI!" sa tingen og beveget seg nærmere utgangen.

E-Z så på mens den drev oppover. Hjelpeløs. Håpløs.

"Vent!" skrek han, tingen var halvt inne og halvt ute av beholderen. "Jeg befaler deg å vente!" sa E-Z da taket begynte å lukke seg, og så var tingen i ansiktet hans i et øyeblikk.

"Y-E-S?" spurte den.

"Jeg vil snakke med sjefen din om å få Reiki og Hadz tilbake. De passer bedre til mine forsøk. For at forsøkene skal lykkes."

"Liker du meg ikke?" skrek skapningen med en stemme som negler på en tavle.

"Slutt! Vær så snill!"

"Det kommer ikke på tale å bringe de to idiotene tilbake," sa skapningen og snurret rundt som en hamster i et hjul.

"Kutt ut! Du gjør meg svimmel! Få meg ut herfra!"

"Ok", sa den, la armene i kors og blunket som kvinnen i den gamle tv-serien I Dream of Jeannie.

Siloen forsvant, mens E-Z og stolen hans ble liggende igjen på bakken.

"Ahhhh!" ropte han.

Så forsvant rullestolen hans.

Mens han fortsatte å falle, ristet han nevene mot skapningen over seg. Han stålsatte seg for fallet.

"Jeg heter forresten Eriel."

"Arrggghhhh!" utbrøt han.

Så satt han i rullestolen igjen og klamret seg fast for harde livet.

De fortsatte å falle.

KAPITTEL 18

CRASH!

Rett gjennom taket på huset hans. Rullestolen vippet forover og dyttet ham ned i sengen. Deretter rullet den ned på gulvet. Det gikk bra med dem begge. De var ikke verre tilredt.

Over ham reparerte hullet de hadde laget seg selv.

"Å, der er du!" sa Sam. "Velkommen hjem."

E-Z hadde ikke engang lagt merke til ham. Han hadde sovet tungt i stolen i hjørnet.

Sam strakte seg og gjespet. Så vaklet han gjennom rommet der det sto en mugge med vann. Han slukte et glass og tilbød nevøen en kopp.

"Hva med det onde vesenet Eriel!" sa Sam.

E-Z spyttet nesten ut vannet.

"Hvem? HVA?"

fortsatte Sam. "Den Eriel er det styggeste, mest motbydelige, forvokste flyvende vesenet jeg noensinne kunne ønske å møte!"

Han knyttet nevene. "Jeg håper du kan høre meg, uansett hvor du er! Jeg er ikke redd for deg!"

E-Z holdt på å miste munn og mæle.

Sam fortsatte. "Den tingen hadde meg inni en metallbeholder. Nå vet jeg hvorfor du hadde mareritt. Det var virkelig som en silo. Han sa at jeg måtte overlate vergemålet ditt til ham, ellers ville du bli skutt."

"Å, det," sa E-Z. "Jeg regner med at du så alt det knuste glasset. Det var en guttunge som prøvde å drepe meg."

"Jeg vet alt om det. Jeg så alt fra innsiden av siloen. Visste du at det var en storskjerm der inne? Og et bra lydanlegg også."

"Hva? Jeg var nettopp der, og Eriel sa ingenting til meg om deg eller om å overta vergemålet." Han gikk gjennom rommet og så opp i taket: "Er dette en test, Eriel? Hvis jeg sier noe, kommer du til å trekke tilbake tilbudet? Gi meg et tegn."

"Hvem snakker du til? Eriel er ikke her. Hvis han var det, ville vi kunne lukte stanken hans på mils avstand. Nei, vi er alene - selv om jeg løftet nevene mot ham. Jeg regnet ikke med at han ville høre meg."

"Han har sikkert øyne og ører overalt."

"Det sies at Gud har øyne og ører overalt. Hvis han finnes."

"Hva mer fortalte han deg om meg?"

"Han sa at det var meningen at du skulle dø sammen med foreldrene dine. Han og kollegene hans reddet deg - og nå må du fullføre en rekke prøver."

"Det stemmer. Jeg hadde taushetsplikt, så jeg lurer på hvorfor han ga deg denne informasjonen."

"Først prøvde han å mobbe meg, men du kom deg ut av knipa med gutten. Han satte meg av her i huset, og jeg kunne ikke finne deg noe sted."

"Ja, fordi han hadde meg i containeren."

"Han stakk meg inn og ut et par ganger, men jeg nektet å oppgi vergemålet ditt. Etter andre eller tredje gang sa han at du hadde bedt om at jeg skulle få vite alt, og..."

"Jeg la en plan for å spørre ham om det. Jeg fortalte ham ikke hva det var - men han, som de fleste andre i det siste, kan lese tankene mine."

"Hva mener du med alle andre?"

"Øh, før Eriel var det to wannabe-engler som het Hadz og Reiki."

"Å, han nevnte to idioter. Han sa at de ble degradert til å jobbe i diamantgruvene."

"Finnes det gruver i himmelen?"

"Jeg tviler på at den tingen var fra himmelen - hvis det finnes noen."

"Er det greit om vi går inn på kjøkkenet og tar en matbit?" spurte E-Z. De gikk langs korridoren, Sam satte på grillen og gjorde klar brød med ost og smør. "Mens du sov, gjorde jeg noen undersøkelser om Eriel. Det krevde litt graving å finne ham, men da jeg hadde snevret inn søket, fant jeg gull." Han vendte smørbrødene på tallerkener og bar dem til bordet.

"Takk, jeg gleder meg til å høre alt om det. Har du noe imot at jeg begynner med en gang?"

"Nei, vær så god." Sam så nevøen ta fire biter, og så var smørbrødet borte. Han rakte over sitt eget, for han følte seg ikke sulten. "Jeg begynte å søke på Eriel. Jeg fikk ikke opp noe. Så jeg skrev inn erkeengler, og da dukket navnet Uriel opp øverst på siden."

"Tror du det er det samme?" Han tok en bit til.

"Det var det jeg først trodde. Så fant jeg en liste over erkeengler og navnet Radueriel i jødisk mytologi. Da jeg sjekket beskrivelsen av ham, sto det at han kunne skape mindre engler med en ytring."

"Mener du som Hadz og Reiki? Vent litt, hvis han skapte dem, er det sannsynligvis derfor han kunne sende dem til gruvene."

"Akkurat det jeg tenkte. Basert på denne informasjonen tror jeg vi nå vet at Eriel, alias Radueriel, er en erkeengel."

E-Z nikket.

"Så jeg fortsatte å grave og fant dette. "En prins som ser inn i hemmelige steder og hemmelige mysterier. Også en stor og hellig engel av lys og herlighet."

"Jøss, han er en skikkelig tøffing!

"Han kan også skape noe ut av ingenting og manifestere det fra luften."

"Så jeg tolker det som at han kan forandre sitt eget og andres utseende."

"Det stemmer. Og jeg skrev ned noen ord." Han dyttet papiret over bordet. "Men ikke si dem høyt. Hvis du gjorde det, ville du tilkalle ham." Ordene på papiret var:

Rosh-Ah-Or.A.Ra-Du,EE,El.

"Lær deg ordene på dette papiret utenat, i tilfelle du noen gang trenger å påkalle ham til deg."

"Hvordan vet vi at de virker?"

"Bruk dem bare hvis du må. Det er ikke verdt å tilkalle ham hit - med mindre det er siste utvei."

"Enig." Mens han gjentok dem om og om igjen i tankene, følte han trøst i vissheten om at erkeengelen ikke leste tankene hans hele tiden.

"Eriel sa at jeg skulle hjelpe deg med prøvene. Jeg antar at den første du måtte gjøre, var å redde den lille jenta?"

"Så langt har jeg gjort flere. Den første, ja, den lille jenta. Den andre, jeg reddet et fly fra å styrte."

"Jøss! Jeg vil gjerne vite mer om hvordan du gjorde det. Jeg er overrasket over at du ikke var på nyhetene."

"Jo, men man kunne ikke se at det var meg. Den tredje gangen stoppet jeg en skytter på taket av en bygning i sentrum. Den fjerde var en annen skytter på et kjøpesenter med gisler, og den femte var gutten utenfor som prøvde å drepe meg."

Sam tok opp tallerkenene og satte dem i oppvaskmaskinen. "Jeg kan ikke få sagt hvor stolt jeg er av deg. Alt dette har skjedd uten at jeg ante noe som helst."

"Jeg hadde taushetsplikt. Hvis jeg fortalte det til noen, ville de..."

"Sørge for at du aldri fikk se foreldrene dine igjen - ja, han sa det. Det høres litt mistenkelig ut. Eriel er ikke den sentimentale typen, han var som en stor ball av sinne som bare ventet på et mål."

"Jeg såret ham da han trodde at jeg ikke likte ham."

Sam spottet. "Tenk deg at den tingen har følelser." Han reiste seg. "Vil du ha kaffe?"

"Jeg foretrekker kakao." Han gjespet. "Det har vært en veldig lang dag."

"Vi kan snakke mer om dette i morgen, men hva synes du om tidsfristen? Du har gjennomført fem forsøk på hvor mange dager?"

"De har vært tilfeldige. Jeg vet ikke noe om en fast tidsfrist."

"Eriel fortalte meg at du må fullføre tolv forsøk på tretti dager. Hvis du allerede har vært i gang i to uker, må de øke tempoet - mye."

"Det er første gang jeg hører det."

"Han sa at hvis du ikke fullfører dem i tide, vil du dø."

"Hva?"

"Og at alle du har reddet, vil gå til grunne. Sam stanset opp ved tanken på å miste ham nå når de nettopp hadde begynt. Livet hans ville bli tomt igjen, bare jobb, hjem, jobb, hjem. E-Z stirret på ham og ventet. "Unnskyld, jeg tenkte bare på hvor mye du betyr for meg. Men det var noe annet han fortalte meg. Han sa at du ville dø sammen med foreldrene dine. Det ville bety at alt vi har gjort, all tiden vi har tilbrakt sammen, ville forsvinne. Jeg sier ikke at jeg kan eller vil ta dine foreldres plass, men du skjønner vel hva jeg mener? Jeg er glad i deg, jenta mi!"

"Det samme gjelder deg", sa E-Z. Han hadde lyst til å klemme Sam, og Sam hadde lyst til å klemme ham, det kunne han se, men likevel ble de rørt. Han trakk pusten dypt: "Det var tøft sagt. Men det høres mer ut som Eriel."

"En ting til, han sa at sjelen din øker for hver gang du fullfører en prøve. Når du når tolv, vil den ha nådd optimal verdi. Sjelevaluta du kan bruke til å se og snakke med foreldrene dine igjen."

E-Zs stol rygget ut fra bordet i det ytterdøren blåste av hengslene og han skjøt av gårde mot himmelen.

"Arrgghhhhh!" skrek Sam bak ham. Han klamret seg til stolen og nevøens vinger som en egensindig drage.

"Hold deg fast!" sa E-Z. "Jeg tror Eriel roper."

De fløy videre.

KAPITTEL 19

"HOLD DEG FAST - vi går inn for landing." Rullestolen hans satte kursen nedover.

"Skulle ønske jeg også hadde sikkerhetsbelte!" utbrøt Sam og la armene rundt nevøens hals.

"Ikke vær redd, det blir en trygg landing."

"Hvis jeg ikke slipper taket før det! Arrgghhh!"

På vei nedover fikk E-Z øye på en sirkel av statuer. Da han ikke hadde noe annet å gjøre, telte han dem - det var hundre, med noe i midten. Merkelig, han hadde vært i sentrum mange ganger, men husket ikke denne gruppen av betongblokker. Hjulene på stolen landet, men Sam holdt seg fortsatt fast for harde livet.

"Det går bra nå", sa E-Z. "Du kan åpne øynene. "Du kan åpne øynene."

Det gjorde han. "Jeg skal drepe Eriel neste gang jeg ser ham!"

"Hysj. Det kan skje tidligere enn du tror." Det han hadde fått øye på i midten av statuene, var Eriel i menneskeskikkelse, men ikke i størrelse. Dessuten satt han i en rullestol som svevde som en magisk trone.

Håret hans var kullsvart og fløt over skuldrene og ned til midjen. Øynene var som kull og hudfargen som alabaster. Haken var dekket av skjeggstubber, som en skygge fra klokken seks, selv om klokken var nærmere tolv. Leppene var svært røde, som om han hadde brukt ny leppestift. Nesen så ut som en fotballspiller som hadde brukket den mer enn én gang. Av klær hadde han en hvit t-skjorte, svarte jeans og et par Jesus-sandaler på føttene.

E-Z snudde seg i en sirkel og så på de hundre og ti mennene igjen. Alle var kledd i moderne klær. De fleste hadde briller og dresser. Da skjønte han sannheten: Eriel hadde forvandlet hundre og ti levende, pustende menn til statuer.

Og det var ikke alt. Han innså at selv om de befant seg i det sentrale forretningsdistriktet, var det ingen av de vanlige lydene. På en vanlig dag ville bilene som sto fast i trafikken, tutet og eksosen fylte luften.

Stillheten var forstyrrende, men den friske, rene luften fikk ham til å puste dypere inn. Det roet ham ned. Han visste at det var roen før stormen.

Han så opp mot himmelen. Et passasjerfly hadde stanset midt i luften. Ved siden av sto fugler som hadde sluttet å fly. I bakgrunnen var det skyer. Ubevegelige. Stillestående.

Så skiftet alt over ham fra blått til svart.

Og den en gang så uhyggelige stillheten ble revet bort.

Det som erstattet den, var stønn. Stønn. Som om trerøtter ble trukket opp av jorden. Luften ble tykkere og slynget seg rundt strupene deres. Den stjal pusten deres.

Og under føttene deres begynte bakken å skjelve. Den brøt opp på vidt gap. Et jordskjelv. Det rev og slet. Det rev og slet.

Solen, månen og stjernene lyste alle sammen, men bare i et øyeblikk. Så brast de i tusen biter.

"Hvorfor forvandlet du menneskene til statuer? Og hvorfor prøver du å ødelegge verden?" spurte E-Z. "Og hvorfor svever du der oppe i en rullestol?"

"Å nei", ropte Sam og svingte knyttnevene i luften.

Eriel lo: "Det var på tide at du kom hit, protesjé. Hvordan våger du å snakke til meg og stille meg spørsmål? Jeg er den store og mektige, men jeg er ekte, ikke falsk som trollmannen fra OZ. Du eksisterer bare fordi jeg valgte å redde deg."

"Da Ophaniel snakket til meg i englebiblioteket, nevnte hun deg ikke engang."

Eriel lo og pekte med en beinete finger som strakte seg ned og berørte E-Zs nese. "Saken din ble gitt til meg etter at de to idiotene Hadz og Reiki ikke klarte å utføre sine plikter."

"Ikke rør meg!" Fingeren ble trukket tilbake. "Jeg spør deg igjen: Hva gjør du her på mitt område - og hvorfor sitter du i rullestol?"

"Alt vil bli forklart", sa Eriel. Han løftet opp føttene og smilte til dem. "Jeg liker disse skoene, de er veldig behagelige."

"Det er ikke sko, det er sandaler", sa Sam og gikk nærmere den svevende stolen.

"Vent, onkel Sam, hold deg bak meg."

Eriel kastet hodet bakover og lo. "'Truth's a dog must kennel' - det er et Shakespeare-sitat som betyr at onkelen din bør temmes."

"Hvorfor du!" ropte Sam og løftet neven i været.

" Det er vanskelig å slå en person som aldri gir opp' - det er et sitat fra Babe Ruth, en av de mest berømte baseballspillerne noensinne." E-Zs stol løftet seg fra bakken og fløy nærmere Eriel.

"Baseball er et balansespill", sa Eriel. "Det er et sitat fra forfatteren Stephen King." Han nølte, og så smilte han så stort at kinnene hans kunne kollapse da E-Zs stol falt som om den var laget av bly. "Ups", sa Eriel mens han brølte av latter.

Det tok ikke lang tid før E-Z fikk kontroll over stolen, og den steg som en heis. Han prøvde å få kontroll over situasjonen med vingene. Men det var det ikke tid til, for han hadde forvandlet seg til en snurrebass og snurret rundt og rundt.

"Arrgghhhhh!" ropte han og gravde neglene ned i stolens armlener. Snurringen stoppet, stolen falt ned igjen som en blyballong og stoppet.

Igjen prøvde han å få vingene til å fungere. De ville ikke samarbeide, og før han visste ordet av det, snurret han rundt igjen. Men denne gangen var det mot klokken.

"Hhhhgggggggrrraaa!" ropte han.

Eriel lo så høyt at jorden ristet.

Nedenfor plukket Sam opp steiner fra fortauet og kastet dem mot Eriel, som dukket unna de fleste av dem. En stor stein traff imidlertid skapningens nese. "Gi deg på noen på din egen alder!" ropte Sam.

Mens blodet rant nedover ansiktet hans, satte Eriel E-Zs onkel på plass.

"Neeeeej!" ropte E-Z mens han fortsatte å snurre rundt. Da han stoppet helt opp og ned, var det ikke til å ta feil av det han så nedenfor. Onkel Sam var nå en av statuene i en sirkel: der sto hundre og elleve menn. Han var så svimmel at han likevel kom på et sitat, og siden det var alt han hadde, ropte han det så høyt han kunne: "'Det er ikke over før det er over!

POP.

POP.

Hadz satte seg på den ene av tenåringens skuldre, Reiki på den andre.

"Det er et sitat fra Yogi Berra, og dette er fra meg og onkel Sam!"

I hendene holdt han nå verdens største balltre, en kopi av Babe Ruths 54 ouncer, og det blinket av diamantstøv. Han ante ikke hvor tungt det var da han slo til Eriel på rullestoltronen og sendte ham i luften. "Hils mannen i månen når du møter ham!", sang han.

I det fjerne sa Eriels ekkoaktige stemme: "Prøven er fullført!"

Hadz og Reiki applauderte. Det samme gjorde de elleve hundre mennene som hadde vendt tilbake til sine menneskelige skikkelser, inkludert onkel Sam.

"Du vet jo at han kommer tilbake", sa Hadz. "Og han kommer til å bli veldig sint!"

"Takk for hjelpen!" sa E-Z mens han og Sam fløy hjem.

Reiki og Hadz utslettet tankene til de hundre og ti, og fortsatte deretter arbeidet i gruvene i håp om at ingen skulle legge merke til at de hadde funnet ut hvordan de kunne rømme.

Eriel fortsatte å spinne ukontrollert mens han formulerte en plan for hevn.

EPILOGI

E TTER NOEN TRAVLE DAGER fikk E-Z endelig en god natts søvn. Han drømte om å spille baseball, og dagen etter kom Arden og PJ innom for å ta ham med på en kamp. "Jeg har ikke lyst til å spille i dag, men jeg blir med for moralens skyld", sa han.

"Klart det", svarte vennene hans.

Da de fikk E-Z inn på banen, insisterte de på at han skulle spille. De trengte ham til å kaste, og han gikk med på det. Da han skulle slå for første gang, ville han slå selv. Han tok favorittbat'et sitt og trillet frem til slagplaten. Det første kastet var høyt, og han bommet. Kastesonen hans var veldig innskrenket siden han satt ned.

"Strike one", ropte dommeren.

E-Z trillet bort fra platen. Han tok et par prøvesving til, og gikk så tilbake igjen. Ved neste kast traff han ballen, og den gikk ut.

"Strike two", ropte dommeren.

"No batter, no batter", skravlet gutta på banen.

Kasteren kastet en kurveball, og E-Z lente seg mot kastet og traff. Den fløy ut av banen. Over gjerdet. Ut av parken.

"Ta basene", sa dommeren. "Du fortjener det, gutt."

E-Z trillet rundt basene og hindret stolen i å fly. Da stolen traff home plate, samlet lagkameratene seg rundt ham og jublet. Han nøt det så lenge det varte.

Helt til han landet inne i metallbeholderen igjen - men denne gangen var han rullet sammen til en ball - og var uten stol. Som en nyfødt baby trakk han pusten dypt, for det var det eneste han kunne gjøre. Vent, babyer kunne snu seg selv. Han måtte bare konsentrere seg, fokusere.

Ja, han klarte det. Problemet var bare at han ikke hadde det noe bedre. Han lå fortsatt sammenrullet i mørket. Innesperret i et rom uten lys eller mulighet til å bevege seg i det hele tatt. Formen på metallbeholderen var faktisk annerledes denne gangen. Den var smalere i den ene enden, formet som en kule.

At han visste dette, hjalp ikke på klaustrofobien og angsten hans. Han lurte på hvor lenge han kunne fortsette å puste i dette trange rommet. Ikke lenge. Han ville snart gå tom for luft og dø. Han pustet dypt inn og prøvde å holde angstnivået nede.

Én ting var sikkert, Eriel kunne umulig få plass i denne greia sammen med ham. Med mindre han sprengte veggene på vidt gap - noe som kanskje ikke var så dumt.

E-Z banket på veggene og i taket. Han ropte. Skrek. Han husket telefonen sin. Kunne han nå den? Den var ikke der. Han hadde lagt den i sportsbagen for å følge regelen om at telefoner ikke er tillatt på banen.

Utenfor containeren var det urovekkende lyder. Skraping. Rotter? Nei, ikke rotter. Han kunne håndtere mange ting, men ikke rotter. "Slipp meg ut!" skrek han.

En motor startet. Et eldre kjøretøy, som en lastebil. Gulvet under ham begynte å riste og rasle mens kulen rullet fremover og spratt rundt.

Utenfor spratt containeren mot veggene. Inne i containeren var det så trangt at det ikke var mye bevegelse. Det var en fordel med å være fanget i en kule.

Kjøretøyet traff noe, og E-Zs hode traff toppen av tingen. Han skrek, men lyden døde hen. Metallbeholderen beveget seg igjen, sidelengs. Den traff noe og vendte tilbake til sin opprinnelige posisjon. Han hadde vondt i skulderen etter sammenstøtet.

E-Z lurte på om dette var en Eriel-oppgave, men bestemte seg for at det ikke kunne være det. Han begynte å tro at han hadde blitt kidnappet og ble holdt fanget. Men hvorfor nå?

"Hei!" ropte han da metallgjenstanden rullet rundt og landet på den flate bunnen - der rumpa hans var. Nå var vekten fordelt jevnere. Han satt godt. Eller så komfortabel som han kunne være under disse omstendighetene. Så han holdt seg helt i ro helt til kjøretøyet stoppet helt opp og han gikk over ende.

Han trakk pusten dypt, roet seg ned og sa ordene høyt, "Roch-Ah-Or, A, Ra-Du, EE, El."

Mens han ventet, spurte han: "Hvor er du, Eriel?

Roch-Ah-Or, A, Ra-Du, EE, El?"

"Du tilkalte meg?" sa Eriel. Stemmen hans var klar og tydelig, men han var ikke synlig.

"Ja, Eriel, jeg tror jeg har blitt kidnappet. Jeg er i en container. Kan du hjelpe meg?"

"Jeg vet alltid hvor du er," sa Eriel. "Spørsmålet du burde stille, er om jeg VIL hjelpe deg."

"Jeg visste ikke at du overvåket meg døgnet rundt!" utbrøt E-Z og ble sintere for hvert øyeblikk som gikk. Han tok noen dype åndedrag og roet seg ned. Han trengte Eriels hjelp, og erkeengelen hadde ikke tenkt å gjøre det lett for ham. "Jeg kan ikke se føreren av denne tingen, og jeg kan ikke strekke ut vingene mine. Og hvor er stolen min? Jeg går tom for luft her inne. Hvis du vil at jeg skal fullføre prøvene for deg, bør du få meg ut herfra, og det raskt."

"Først fornærmer du meg ved å stille spørsmål ved om jeg er en engel eller ikke, og så ber du meg om å hjelpe deg. Mennesker er veldig lunefulle skapninger."

"Jeg vet det. Jeg er lei for det. Vær så snill, hjelp meg."

"Har du vurdert," foreslo Eriel. "At dette ER en prøvelse? Noe du må overvinne selv?"

"Mener du at dette helt klart er en prøvelse?"

"Jeg sier ikke at det er det. Og jeg sier heller ikke at det ikke er det", sa Eriel og fniste.

E-Z var rasende. Han savnet Hadz og Reiki.

"Så trist at du fortsatt tenker på de to idiotene. Nå, E-Z, hvis det var en rettssak, hvordan ville du komme deg ut av den?"

"For det første stilte de opp for meg da du nesten drepte jorden. For det andre kan det ikke være en rettssak, for det er ingen jeg kan hjelpe."

Eriel lo. "Mener du at du ikke er noen?" Eriel tok en pause. "I dag redder du deg selv og bare deg selv. Bruk de verktøyene du har til rådighet." Han nølte og lo igjen. "Tenk utenfor metallbeholderen." Latteren hans var så høy inne i metallkulen at det gjorde vondt i ørene på E-Z. Han holdt seg for ørene. Så hørte han ikke Eriel mer.

E-Z lukket øynene og konsentrerte seg. Han bestemte seg for å knytte nevene og prøve å skyve veggene fra hverandre. Uansett hvor hardt han prøvde, ville de ikke rikke seg. Plan B var å tilkalle stolen sin, og det gjorde han. Han forestilte seg at den ikke var langt unna. Svevde den over ham og ventet på at E-Z skulle tilkalle den? Han konsentrerte seg så mye om å tilkalle stolen at han ikke la merke til at noen gikk utenfor. Fottrinn på fortauet. En mann, med stampende støvler. Mannen gikk rundt bilen og bakover. En nøkkel ble satt inn. Døren ble rullet opp.

"Han har rullet rundt her inne", sa mannen.

En latter. Ikke Eriels latter. En annen manns latter.

Så et skrik.

Så flere skrik.

Så løping. Løping.

Flere skrik.

Så bevegelse. Containeren beveger seg. Han blir løftet opp i rullestolen.

Så går det oppover, høyere og høyere. I sikkerhet.

"Takk", sa E-Z til stolen. "Kjør meg nå hjem til onkel Sam."

E-Z visste at onkel Sam kunne få ham ut av containeren. Han ville trenge en gigantisk boksåpner, men hvis det fantes en slik, ville onkel Sam finne den.

Rullestolen hans kjørte imidlertid i motsatt retning.

BOK TO:

DE TRE

KAPITTEL 1

L ANGT, LANGT BORTE FRA der E-Z Dickens bodde, danset en liten jente. Hun fikk ballettundervisning i et lite studio i det sentrale forretningsdistriktet i Nederland.

Hun var et pent barn med gyllent hår og en rekke fregner på nese og kinn. Det mest minneverdige ved henne var de hasselgrønne øynene. Fargen var nøyaktig den samme som bestemorens. Drømmen hennes var en dag å bli Nederlands mest berømte ballettdanser.

Den rosa tutuen hennes var laget av tyll. Det var et nettlignende, lett stoff som brukes av designere til profesjonelle dansere. Tutuen var designet og sydd til henne av barnepiken. Kostymet var et kunstverk i seg selv - så mye at alle barna i klassen ønsket seg et.

Hannah, Lias barnepike, fikk mange forespørsler fra andre foreldre om å sy den samme tutuen til døtrene sine. Hun sa bestemt til barna, foreldrene, lærerne og mange andre at hun ikke hadde tid til å påta seg det ekstra arbeidet. Selv om hun kunne ha trengt pengene.

Alt Hannah gjorde, gjorde hun fordi hun elsket menigheten sin, Lia. Lia, som hun kalte sin kleintje, som oversatt betyr den lille.

Balletttimen var nesten over, og Lia pakket bort skoene sine. Hun gned de ømme føttene sine.

Alle ballettdansere - selv sjuåringer som Lia - måtte trene minst tjue timer i uken.

Dette ekstraarbeidet, i tillegg til en full skolegang, krevde dedikasjon og engasjement. De barna som ikke klarte å henge med, ble raskt vist døren. Uansett hvor mye penger foreldrene tilbød seg å betale for å beholde dem i programmet.

Lia håpet en dag å møte sitt idol Igone de Jongh, Nederlands mest berømte ballettdanser gjennom tidene. Siden idolet hennes trakk seg tilbake, så Lia forestillingene hennes på TV.

Hannah passet Lia i ukedagene. Lias mor Samantha var på forretningsreise i ukedagene.

Utenfor dansestudioet setter Hannah og Lia seg inn i Volkswagen Golf. De skulle snart være hjemme.

"Har du noen lekser?" spurte Hannah.

Lia nikket.

"Goed," oversatt som bra. "Gå og sett i gang når jeg lager middag", sa Hannah.

"Oke", oversatt til ok, svarte Lia.

Lia gikk straks inn på rommet sitt og hengte opp ballettantrekket, før hun satte seg ved pulten.

På skolen lærte de om legenden om Heksetreet. Oppgaven var å tegne treet og skape noe magisk rundt det. Hun hadde tenkt å tegne et omriss med kritt. Deretter skulle hun bruke piperensere til røttene og glitter på bladene for å skape et magisk element.

Selv om hun hadde et naturlig talent for kunst, likte hun ikke å skape den. Hun foretrakk å danse. Hun klaget ikke eller avviste oppgaver hun ikke likte spesielt godt. Det lå ikke i hennes natur å være ulydig eller forstyrrende.

Selv om Lia bodde i Zumbert i Nederland, gikk hun på en internasjonal skole. Hun snakket utmerket engelsk. Zumbert var verdenskjent som Vincent Van Goghs fødested. Lia visste alt om Van Gogh siden hun og han hadde samme blod i årene.

Etter å ha gjort leksene åpnet hun datamaskinen. Hun gikk inn og spilte et spill. Det ville bare ta et øyeblikk å nå neste nivå. Hannah ville snart kalle henne ned til kveldsmat.

Ingen trenger å få vite det, sa en liten stemme i bakhodet hennes. Lia lyttet til stemmen, men for å være sikker på at ingen fikk vite det, lukket hun døren til soverommet.

Idet fingrene klikket over tastaturet, sluknet lyspæren over skrivebordet med et smell. Hun lukket laptopen og åpnet døren igjen. Hun kikket ned i gangen, der de ekstra halogenpærene lå. Nanny hadde et lager i lintøyskapet øverst i trappen. Lia trengte bare å stikke ut, hente en, komme tilbake og skifte pære selv. Da ville hun få mer tid til å spille spillet sitt.

Tilbake på rommet vurderte hun situasjonen. Hun måtte stå på skrivebordsstolen - som var på hjul. Hun dyttet den opp mot sengen for å sikre den. Ja, det ville fungere.

Stolen ble festet under lysarmaturen, og hun klatret opp på den. Med den nye lyspæren under haken skrudde hun ut den gamle. Den utbrente pæren kastet hun på sengen. Hun tok den andre lyspæren under haken og skrudde den inn.

KRAKK!

Den nye lyspæren eksploderte.

Glasskår, for det meste ørsmå, sprutet ut fra den. I ansiktet og øynene til den lille jenta.

Lia skrek ikke med en gang, for et blått lys fylte rommet og fikk tiden til å stå stille. Lyset omringet henne mens det beveget seg opp på høyde med ansiktet hennes.

SWISH!

Et lite englevesen dukket opp og undersøkte øynene til den lille jenta. Da hun bestemte seg for at de var så skadet at de ikke kunne repareres, hvisket hun: "Vil du være en av de tre?"

"Ja", sa Lia mens tiden stoppet opp.

Engelen, som het Haniel, ankom. Hun sang en beroligende vuggesang for Lia mens hun fjernet glasset.

På engelsk lød sangteksten slik:

"En sorgfull, trist liten jente satte seg ned

ved elvebredden.

Jenta gråt av sorg

Fordi begge foreldrene hennes var døde."

På nederlandsk var sangteksten:

"Asn d'oever van de snelle vliet

Eeen treurig meisje zat.

Het meisje huilde van verdriet

Omdat zij geen ouders meer had."

Heldigvis sov lille Lia, så hun lot seg ikke skremme av vuggevisens ord.

Da Haniel var ferdig med å behandle den verste delen av Lias sår, la hun hendene på hoftene og sluttet å synge. Oppgaven var nesten fullført, nå gjensto det bare å legge grunnlaget for protesjeens nye øyne.

Lias to små hender var rullet sammen til baller. Stramme, små knyttnever. Haniel lot vingene kjærtegne de lukkede fingrene og lirke dem opp.

Da Lias håndflater var åpne, tegnet engelen Haniel med pekefingeren formen av et øye på begge håndflatene. På fingrene tegnet hun én enkelt strek på hver, fra håndflaten og opp til enden av fingeren. Da hun var ferdig med oppgaven, kysset engelen Haniel Lia forsiktig på pannen, og med et

SUSJ!

idet hun forsvant.

Tiden startet på nytt, og vår tapre lille Lia skrek fortsatt ikke. Sjokk er en forsvarsmekanisme i kroppen, og når tiden stanser, stanser også smerten. Da Lia endelig skrek, kunne hun ikke slutte. Ikke da ambulansen kom. Eller da hun ble løftet ut på en båre og inn i bilen, mens sirenen stemte i i skrikene hennes. Eller da hun ble dyttet på en båre inn på sykehuset. Ikke da de lyste henne i ansiktet med et stort lys som hun kunne kjenne, men ikke se.

Hun sluttet å skrike da de bedøvde henne. Deretter brukte de den nyeste teknologien for å fjerne det gjenværende glasset. Men alle glassbitene var allerede fjernet. Kirurgene gikk videre og bandasjerte øynene hennes, før de tok henne med til rommet hennes for at hun skulle komme seg.

Etter operasjonen ankom Lias mor Samantha. Hun hadde tatt Red Eye-flyet fra London. Hun møtte kirurgen mens datteren sov videre.

"Jeg beklager, men hun kommer aldri til å se igjen", sa han.

Lias mor stakk knyttneven inn i munnen og kjempet mot trangen til å gråte.

Legen sa: "Hun kan lære seg punktskrift og gå på en skole for synshemmede. Hun er i en utmerket alder for å lære, og hun vil suge til seg kunnskap. I løpet av kort tid vil tegnspråk være en selvfølge for henne."

"Men datteren min vil bli ballettdanser. Har du noen gang sett eller hørt om en blind profesjonell danser?"

"Alicia Alonso var delvis blind. Hun lot seg ikke stoppe av det."

Lias mor klappet den sovende datteren på hånden. "Takk, jeg skal finne ut mer om henne på Internett. Sju år er altfor ungt til å bli tvunget til å gi opp en drøm."

"Jeg er enig. Nå må du også få deg litt søvn. Lia våkner snart, og du må være sterk for hennes skyld. Til når du forteller henne det. Si ifra hvis du vil at jeg også skal være her."

"Takk, doktor, jeg skal prøve å klare det selv først."

Da døren gikk igjen, tok Lias mor på merkene i datterens ansikt. Avtrykkene så ut som sinte regndråper. Så så hun på Lias sovende barnepike Hannah. Da hun gikk forbi henne for å hente vann, sparket hun med vilje til den venstre skoen hennes for å vekke henne. "Ut!" sa hun, mens Hannah gjespet.

I gangen lot Lias mor, Samantha, følelsene få fritt utløp uten å holde igjen. "Hvordan kunne du la dette skje med barnet mitt? Hvordan kunne du!? I det ene øyeblikket var jeg i et forretningsmøte - i det neste måtte jeg avbryte forretningsreisen min og ta det første flyet ut av London! Hva var det som skjedde? Hvordan kunne det skje?"

"Vi hadde nettopp kommet hjem fra ballett. Jeg holdt på å lage middag, og Lia var i ferd med å gjøre ferdig leksene sine. Lyspæren må ha brent ut. Hun hentet en ny fra skapet i gangen og prøvde å bytte den ut selv, og den eksploderte. Da hun skrek, var jeg der i løpet av sekunder, og ziekenwagen (ambulansen) kom på kort tid. Jeg har bedt for at det skal gå bra med øynene hennes, at hun skal klare seg."

"Du ber i søvne da, gjør du vel?" spurte Samantha uten å vente på svar. "Artsen (legene) sier at hun aldri kommer til å se igjen", sa Samantha med en uvennlig gift i stemmen.

$$***$$

I MELLOMTIDEN VAR LIA i en drøm der hun fløy sammen med en engel. Hun hadde armene rundt halsen hans mens hun la seg inntil brystet hans. Rullestolens bevegelser i luften vugget og trøstet henne.

Så snudde tankene hennes, og hun så ned på en metallbeholder ovenfra. Beholderen satt på setet til en rullestol med vinger. Den ble transportert til et sted hun ikke visste hvor var.

Hun holdt opp høyre hånd og deretter venstre, og med dem kunne hun se at det satt en engel/gutt inni den. Han hadde et vennlig ansikt, og øynene var blåere enn himmelen med gullflekker som fikk dem til å glitre selv om han befant seg i mørket. Håret var for det meste blondt, bortsett fra at det grånet litt ved tinningene. Men det merkeligste var en svart stripe på midten. Det fikk gutten til å se eldre ut.

Engelen/gutten i beholderen som satt på setet i rullestolen, fløy nærmere den lille jenta i drømmen. Hun rørte ved beholderen, og da hun gjorde det, kunne hun føle og høre hjerteslagene til engelen/gutten inni. Ikke bare det, hun kunne også lese tankene og følelsene hans.

Lia våknet og ropte: "Mor! Hannah! Kom fort!"

"Jeg er her, kjære", sa moren mens hun gikk tilbake til datterens seng.

Hannah tørket øynene og kom inn i rommet igjen.

"Det er ikke tid for deg, mor, til å legge skylden på Hannah. Dette var en ulykke. Dessuten trenger vi vår hjelp. Vær så snill å finne papir og blyanter til meg - NÅ."

"Hun fantaserer!" utbrøt Samantha. Hun sjekket temperaturen på datterens panne. Den så ut til å være bra.

Hannah hentet det hun hadde bedt om fra vesken, og la det i Lias hender.

Uten å nøle begynte Lia å tegne. Hun skrapte løs på papiret som en inspirert kunstner. Samantha og Hannah fulgte nysgjerrig med.

Det første bildet hun tegnet, forestilte en gutt inne i en kuleformet metallbeholder. Beholderen hvilte på setet til en rullestol, og rullestolen hadde vinger. Englevinger. Lia snudde siden og tegnet et nytt bilde av en gutt/en engel inni fra alle vinkler. Fra alle sider. Etter det første bildet tegnet hun manisk mange flere, og så kastet hun dem opp i luften.

Som om de ble tatt av et vindkast, danset bildene rundt i rommet, svevde opp, ned og rundt. Som om de var forhekset. Et av bildene jaget barnepiken, så hun løp skrikende ut av rommet.

Lia knyttet nevene hardt og mumlet noen uhørlige ord.

"Skal jeg ringe legen?" spurte den hysteriske moren. "Babyen min, å nei, den stakkars babyen min!"

svarte Hannah skjelvende mens hun så på Lia som hadde sovnet inn igjen.

De to kvinnene satt ved barnets seng. De så på at hun sov fredelig, helt til også de til slutt sovnet.

Lia kunne ikke se med de nøttebrune øynene hun var født med. De var erstattet av øyne i håndflatene hennes.

De nye øynene i håndflatene inneholdt alle de normale delene av et øye. Som pupillen, regnbuehinnen, senehinnen, hornhinnen og tårekanalen. Hvert håndflateøye hadde et øyelokk. Det øverste begynte der fingrene sluttet. Det nederste sluttet der håndleddet begynte.

Når det gjelder øyevippene, hadde hver finger en tatovert hårlinje. Fra toppen av øyelokket til der neglen begynte, og det samme gjaldt tommelen.

Det var bra, for ingen ung jente ville ha fingre med hår på.

Spesielt ikke en liten jente som Lia, som håpet å bli en stor ballettdanser en dag.

KAPITTEL 2

D A HUN VÅKNET, KLØDDE det veldig i håndflatene. Faktisk klødde de mer enn noen gang før. Det minnet henne om noe bestemoren hennes hadde sagt en gang. Bestemor sa at når det klødde i høyre hånd, betydde det at du ville få penger, og mye av dem. Hvis venstre hånd klødde, betydde det at du ville tape penger. Hun sa aldri hva som skjedde hvis begge håndflatene klødde samtidig.

Et glimt av engelen/gutten som var fanget i containeren, fikk henne tilbake til virkeligheten. Hun åpnet håndflatene og forberedte seg på å klø. I stedet ble hun sjokkert over å se seg selv reflektert i dem. Hun smilte, som om hun poserte for en selfie.

Hun var fortsatt ikke hundre prosent sikker på om hun drømte, og vendte begge håndflatene bort fra seg. Hensikten var å ta et panoramabilde av rommet.

Det var innredet som om hun befant seg i et akvarium. Klovnefisk og gullfisk var opptatt med å jage hverandres haler. Hun fortsatte å bevege hendene gjennom rommet til hun fant Hannah. Så fant hun moren sin. Hun skrek av glede.

Lias mor, Samantha, hoppet opp, og det samme gjorde Hannah.

"Hva er det, vennen?"

"Mamma? Jeg kan se deg."

"Selvsagt kan du det, vennen min."

"Tror du på meg?"

"Ja, selvfølgelig tror jeg på deg. Men si meg en ting, hvorfor tegnet du en rullestol med vinger? Rullestoler har ikke vinger."

Hun ser ikke de nye øynene mine, tenkte Lia. "Jeg er glad i deg, mamma, men noen rullestoler har vinger, og noen engler flyr i rullestoler med vinger."

"Glad i deg også, vennen min", svarte hun. "Hvilken gutt/engel? Har du hatt en drøm?"

"Det finnes en gutteengel", sa Lia.

"En gutt/engel? Hvor, baby?"

Lia åpnet håndflatene og tenkte på englegutten. Hun tenkte så hardt at hun kunne se ham, høre ham, føle hans tilstedeværelse i tankene. "Engelen/gutten kommer hit for å treffe meg", sa hun.

"Her, kjære?" spurte moren og kastet et blikk i retning barnepiken, som trakk på skuldrene.

"Ja, englegutten trenger min hjelp. Han har kommet helt fra Nord-Amerika for å besøke meg."

"Da du tegnet bildene," spurte Hannah, "tegnet du ut fra et minne om engelen/gutten?"

"Eller fra en drøm?", spurte moren.

"Det begynte som en drøm, men nå kan jeg se ham når jeg er våken også."

"Hvis du kan se meg, vennen, hva har jeg da på meg?"

"Jeg kan se deg, mamma, men ikke med mine gamle øyne. Men med mine nye. Du har på deg en rød kjole med perler rundt halsen."

En eldre pasient som gikk forbi rommet hennes, stoppet opp da han så et barn som holdt håndflatene åpne foran seg. Det er henne, tenkte han, og han trengte ikke å vente lenge for å få det bekreftet. For Lia merket at en annen person var til stede, og vendte venstre håndflate i retning døren. Den gamle mannen så håndflaten hennes blinke og gikk deretter ut av syne.

"Hun gjetter", foreslo Hannah og vendte Lias oppmerksomhet bort fra døråpningen.

En sykepleier kom inn, og Lia, som aldri hadde sett henne før, sa: "Hei, sykepleier Vinke."

"Har vi møttes før?" spurte sykepleier Heidi Vinke.

Lia fniste. "Nei, men jeg kan lese navneskiltet ditt."

"Hun sier at hun kan se med sine nye øyne", sa Lias mor.

"Så, så", svarte sykepleier Vinke og tok seg av moren i stedet for den lille jenta. Barnet hadde ikke noe imot at sykepleier Vinke tok moren med ut for å snakke med henne på tomannshånd.

"Det er normalt at datteren din bruker fantasien under slike omstendigheter, hun har jo mistet synet. Hun er en glad liten jente, selv om det har skjedd noe forferdelig med henne."

Samantha nikket, og de to gikk tilbake til Lia.

"Du må være trøtt, barnet mitt", sa sykepleier Vinke og tok pulsen på den lille jenta.

"Det er jeg ikke," sa Lia. "Jeg våknet nettopp, og jeg vil ikke sove igjen. Hvis jeg sover nå, kan jeg gå glipp av ham."

"Gå glipp av hvem?" spurte Vinke og la den lille jenta i seng.

"Jo, gutten/engelen", sa Lia. "Han nærmer seg nå. Nesten her - og han trenger min hjelp. Jeg gleder meg til å møte ham. Han har reist en lang, lang vei bare for å treffe meg."

"Så, så, barn," kurret Vinke. Hun presset en nål fylt med søvnfremkallende medisin inn i Lias arm.

Lia protesterte, men sovnet umiddelbart.

"God natt, natt, vennen", kurret moren.

D EN ELDRE MANNEN GIKK tilbake til rommet sitt og tok telefonen. Så forlangte han en ekstern linje.

"Hun er her", hvisket han i telefonen. "Jeg så henne med egne øyne - her på sykehuset, rett ved siden av rommet mitt."

Det ble stille, så et klikk i den andre enden. Den gamle mannen la seg i sengen. Han skrudde på fjernsynet med fjernkontrollen.

Favorittprogrammet hans: Nå eller Neverland (også kjent som Fear Factor) hadde akkurat begynt. Han ville se hva de gale tullingene skulle finne på i ukens episode.

KAPITTEL 3

E-Z FØLTE SEG IKKE lenger så alene, selv om han fortsatt satt trangt inne i sølvkulen. For i tankene snakket han med en liten jente.

Hun hadde kommet inn i tankene hans sammen med et lysglimt og et skrik. Hun hadde blitt skadet. Han så på mens engelen Haniel hjalp henne. Han hørte Haniel synge en sang for den lille jenta mens hun fjernet glasset.

Det neste som skjedde, var uventet. Engelen Haniel tegnet linjer på håndflaten og fingrene til den lille jenta. Haniel ga barnet en ny type syn. Og håndflateøyne.

Han skjønte med en gang at den lille jentas skjebne var knyttet til hans egen.

Til å begynne med kunne han se henne for seg, men han klarte ikke å kommunisere med henne. Det var som om han så på et fjernsynsprogram uten lyd. Men så, da barnet drømte, kom hun til ham og la hendene sine på kulen han var fanget i. Da visste han hva hun visste. Da visste han hva hun visste, og hun visste hva han visste, og de var forbundet.

De første ordene hun hadde sagt til ham, var: "Jeg liker ikke mørket."

E-Z hadde svart: "Ikke vær redd. Jeg er her. Mitt navn er E-Z. Og hva heter du?"

"Jeg heter Cecilia", svarte barnet. "Men vennene mine kaller meg Lia. Du kan kalle meg Lia. Jeg er syv år gammel. Hvor gammel er d u?"

E-Z hadde trodd at barnet var yngre. "Jeg er tretten," sa han. "Jeg er fra Nord-Amerika."

"Jeg bor i Nederland," sa Lia.

Begge var tause mens Lia brukte håndflateøynene sine til å se på ham inne i stålkulen.

"Hva gjør du der inne?" spurte hun.

E-Z tenkte seg om før han svarte. Han ville ikke skremme barnet med den sanne historien om at han var blitt kidnappet av en erkeengel for å bli satt på prøve. Han hadde lyst til å fortelle henne sannheten, men han var ikke sikker på om hun kunne takle den siden hun var så ung.

Han sa: "Jeg er ikke helt sikker på hvorfor jeg ble plassert her, men jeg tror jeg ble plassert her for å møte deg." Han nølte, klødde seg i hodet og spurte: "Kjenner du Eriel?"

Lia var smigret over at han kom for å treffe henne, men bekymret for at han ble transportert på en slik måte for hennes skyld. "Jeg er lei for det hvis du blir tvunget mot din vilje til å reise denne veien for å treffe meg. Og nei, det navnet er ikke kjent for meg."

E-Z var veldig nysgjerrig på Lia. Siden hun hadde sagt at hun var nederlender, var han svært imponert over hvor godt hun snakket engelsk.

"Jeg følte deg, men kunne ikke se deg før øynene, de nye øynene mine, vokste frem. Før det kunne jeg lese tankene dine. Kunne du lese mine? Og takk for engelsken min."

"Jeg så hva som skjedde med deg, ulykken. Jeg er veldig lei meg for at du ble skadet. Jeg kunne ikke hjelpe deg på grunn av denne greia." Han slo knyttnevene i veggen. Han holdt seg for ørene mens den dunkende lyden ga gjenklang. "Da du drømte, var du sammen med meg. Inne i hodet mitt."

Lia lukket høyre neve og lot den venstre stå åpen og berøre ytterveggen. Håndflaten blinket, åpnet seg og lukket seg, åpnet seg og lukket seg igjen. Hun sa ingenting, men stirret fremover som om hun var i transe.

E-Z bestemte seg nå for å fortelle henne historien sin.

"Foreldrene mine omkom i en bilulykke. Og jeg mistet følelsen i beina."

Der stoppet han opp. Han lurte på hvor mye han skulle fortelle henne.

Denne nølingen gjorde avgjørelsen for ham.

Hun sov tungt.

KAPITTEL 4

T ILBAKE PÅ SYKEHUSET VAR det en ny lege på vakt. Han så kort på Lias journal. Da han så at Cecelia fortsatt sov, hvisket han til moren.

"Vi må ta datteren din ned i andre etasje for en ny skanning."

"Haster det?" spurte moren til Lia. "Hun sover så fredelig, det ville være synd å vekke henne."

Legen, hvis navneskilt var dekket av kragen på legejakken, smilte. "Det er ingen grunn til å vekke henne. Vi kan skyve henne inn i maskinen mens hun sover. Noen pasienter, spesielt de yngre, foretrekker det på denne måten."

Samantha så på klokken. "Ja visst, jeg går ned med henne."

"Det er ikke nødvendig", sa legen. "Jeg har assistenter som kommer om et øyeblikk. Benytt tiden til å kjøpe deg et smørbrød eller en kopp kamillete - kona mi sverger til det. Det får henne til å slappe av og sove."

"Takk", sa Samantha da de to betjentene ankom. De to kraftige mennene i gateklær løftet Lia opp fra sengen og plasserte henne på en båre med hjul. Legen fant et teppe under båren og la det over Lia. "Vi holder henne varm og er straks tilbake. Glem ikke å benytte denne tiden til å unne deg en kopp te eller kaffe."

Mens Hannah sov videre, fulgte Samantha med på pleierne og legen som skjøv datteren hennes gjennom korridoren. Nå som hun sto ved heisen og ventet, fulgte hun nøyere med. Da heisdørene lukket seg, gikk hun bortover korridoren og ignorerte magefølelsen som gnagde i henne. Hun feide den bort, sa til seg selv at hun var sulten og gikk mot kafeteriaen. Det var veldig travelt. For det meste med ansatte i operasjonsklær.

Mens hun gjorde seg klar og nippet til teen sin, slo det henne at ingen av de ansatte gikk i vanlige klær.

"Unnskyld meg", sa hun til en av legene. "Hva er det i andre etasje? Er det der man tar røntgenbilder og skanner kroppen?"

Han ristet på hodet: "Andre etasje er fødeavdelingen."

Samantha reiste seg fra stolen og veltet den varme teen slik at hun sølte den i fanget. Hjelpere kom fra alle kanter da hun skrek.

"Datteren min!" ropte hun. "En lege med to assistenter tok nettopp med seg datteren min Lia på en båre. De sa at de skulle ta henne med til andre etasje for å ta noen prøver. Hvis andre etasje er en fødeavdeling, hvorfor skulle de da ha tatt henne med?

Utbruddet hennes tiltrakk seg for mye oppmerksomhet. Så legen hun først hadde henvendt seg til, lokket henne ut.

De gikk tilbake til Lias rom. Samantha forklarte alt i mer detalj. Det var bra at hun hadde sett på klokken, så hun kunne fortelle dem nøyaktig når det hele hadde skjedd.

"Dette er en alvorlig sak", sa doktor Brown. "Overlat det til meg. Vi har overvåkningskameraer over hele sykehuset. Kanskje du hørte feil om andre etasje? Kanskje hun er i syvende etasje og får en skanning akkurat nå. Overlat det til meg. Vent her, så kommer jeg tilbake til deg så snart som mulig."

Samantha satte seg ned og forklarte alt for Hannah. De delte tunfisksmørbrødet og anstrengte seg for ikke å bekymre seg.

$$***$$

Mens Lia sov videre, forlot mannen som egentlig ikke var lege, og turnuslegene som ikke var turnusleger, bygningen. De gikk til en ventende bil. Etterlot båren på parkeringsplassen.

Doktor Brown innkalte administratoren til et møte. Ved hjelp av videoovervåkningen ble de vitne til bortføringen av Lia. De varslet politiet og ga en beskrivelse av kjøretøyet. Dessverre fanget ikke kameraene opp registreringsnummeret.

"La oss vente litt", sa Helen Mitchell, sykehusadministratoren. Hun skulle gå av med pensjon om bare noen få dager. "Før vi oppdaterer moren til den lille jenta. Vi vil ikke bekymre henne."

"Det kan jeg ikke gjøre", sa doktor Brown.

"Politiet kan bringe barnet tilbake i løpet av kort tid."

"Jeg håper du har rett. Det er likevel bekymringsfullt. Forhåpentligvis kommer de ikke langt."

Telefonen ringte, det var politiet. De sendte ut en etterlysning på den lille jenta. De ba om et nyere bilde av henne.

"De vil ha et nytt bilde", sier Helen Mitchell.

"Den eneste måten å få et på er å spørre moren hennes", sa doktor Brown.

Helen nikket da Brown snudde seg for å gå.

"Si at vi skal fakse det over så fort som mulig."

"Jeg sender opp noen fra traumeteamet", sa Helen. Så til politiet på telefonen: "Hun er blind og bare sju år gammel. Hvorfor i all verden skulle disse tre mennene gå så langt for å fjerne henne fra sykehuset på denne måten?"

"Det vet jeg ikke", sa betjenten i den andre enden.

KAPITTEL 5

E-Z skjønte umiddelbart at det var noe som ikke stemte med hans nye venn Lia. Hun skulle egentlig sove i sykehussengen sin, men sengen var i bevegelse. Hva i all verden?

Han vurderte å vekke henne, men hva kunne hun gjøre selv om han gjorde det? Nei, det var best at hun sov videre - til han kunne finne henne og redde henne. Nå var hun opptatt med å drømme om seg selv i en ballettdans. Han hadde aldri lagt særlig merke til ballett før, men det virket som om denne lille jenta hadde talent. Og hun danset ved hjelp av øynene i hendene mens hun beveget seg over scenen.

E-Z forflyttet seg i tankene til stedet der hun befant seg uten særlig anstrengelse. Der lå hun og sov i baksetet på en bil i bevegelse. Hun så så fredelig ut, for hun var borte i tankene og holdt på med noe hun elsket - å danse.

Han utvidet synsfeltet og så tre hoder. Den som kjørte bilen, var av normal størrelse og statur. De to andre mennene så ut som fotballspillere.

"Få opp farten!" E-Z kommanderte stolen sin, men det hadde den allerede gjort.

Hvordan skulle han kunne hjelpe henne når han fremdeles var fanget inne i sølvkulen? Han måtte knuse den i småbiter - og helst før enn senere. Så langt hadde alle forsøk på å knuse den ikke fungert.

Han lurte på hvorfor mennene hadde tatt henne. Kjente de til kreftene hennes? Hvordan kunne de vite det? De fleste sykehus hadde overvåkningskameraer, kunne de ha overvåket henne? Men det ga ingen mening. Hun var en sju år gammel blind jente. Hva ville de henne?

Mens E-Z suste over himmelen, kunne han ikke la være å lure på hvorfor de hadde kidnappet henne. Hadde de tenkt å kreve løsepenger?

Hvis det var det de var ute etter, var det i alle fall mer logisk for ham. Bedre enn at de visste at hun var seende. Med spesielle krefter i tillegg. Det viktigste for ham var likevel å komme seg ut av kulen.

Han skrek. Som han hadde gjort mange ganger før: "HJELP!"

POP.

"Hallo", sa Hadz mens han satte seg på E-Zs skulder. "Hva pokker gjør du her inne? Dette stedet er for lite for deg." Hadz himlet med øynene.

E-Z var mer enn litt glad for å se Hadz. Han tok tak i den lille skapningen og klemte henne tett inntil brystet.

"Pass på vingene," sa Hadz.

E-Z slapp skapningen. "Takk for at du kom og svarte på min oppfordring. Jeg trenger din hjelp til å finne ut hvordan jeg skal komme meg ut av denne greia. Jeg vet at du har blitt fjernet fra saken min, men det er en liten jente som heter Lia, og hun er i fare og trenger meg. Du må hjelpe henne. Jeg er sikker på at Eriel vil forstå."

"Å, så du vil ikke være med på denne saken?" spurte Hadz.

"Nei, jeg vil ikke være her. Jeg vil ut, men hvordan?"

"Bare gjør det," sa Hadz.

"Jeg har prøvd alt. Sidene gir seg ikke. Jeg tilkalte Eriel for å få hjelp, men han sa at jeg måtte klare meg selv her."

"Ah, det ville han ikke like. Det er ikke meningen at jeg skal hjelpe, men en ting jeg kan si til deg, er: Tenk på omgivelsene."

"Det hjelper ikke", sa E-Z og prøvde å ikke miste besinnelsen helt. "Jeg ba stolen om å ta meg med til onkel Sam. Han ville helt sikkert få meg ut av denne greia. Men stolen ignorerte ønskene mine. Nå er en liten jente i trøbbel, og hun trenger min hjelp. Hvis jeg ikke kommer meg ut, kan jeg ikke hjelpe meg selv, og hvis jeg ikke kan hjelpe meg selv, kan jeg ikke hjelpe henne. Vær så snill, vær så snill. Fortell meg hvordan jeg kommer meg ut herfra. Zap meg ut eller noe."

Skapningen ristet på hodet og fløy opp til toppen av kulen. Berørte spissen. "Tenk på fysikken. Hvis du er inne i en kule, som denne tingen ligner på, må du være utskutt. Avfyrt. Ikke sant?"

E-Z vurderte alternativene. Han kunne be stolen om å slippe ham, slik at han ble kastet mot bakken. Bakken ville dempe fallet.

Ville kulen bli knust på vidt gap? Han bestemte seg for at det var verdt risikoen. "Ok", sa E-Z, "jeg må få stolen til å slippe meg."

Skapningen lo. "Du er morsom, E-Z. Hvis du skulle falle fra denne høyden, ville denne greia bli liggende i bakken. Forutsatt at den ikke eksploderte ved sammenstøtet. Og med deg i den." Hun lo igjen. "Eller at du ikke døde i fallet. Hvis du døde, kunne du ikke redde den lille jenta. Hvilken liten jente er det du snakker om, forresten?"

"Hun heter Cecelia, Lia, og hun er i Nederland, ikke langt fra der vi er nå."

Hadz kjente på tuppen av beholderen som E-Z ikke hadde sett, og som han heller ikke kunne ha nådd. Vesenet dyttet på den. Sylinderen løsnet og åpnet seg som en tulipan. Hadz hjalp E-Z ut av kulen, og snart satt han i stolen sin med skapningen på fanget. E-Zs vinger åpnet seg. Det føltes godt å strekke dem ut.

E-Z fløy over himmelen med sylinderen som han slapp ned i Nordsjøen.

Trioen, E-Z, stolen og Hadz, fløy i høy fart mot Nord-Holland der bilen kom kjørende.

"Takk", sa E-Z.

"Ingen årsak", svarte Hadz. "Jeg blir her i tilfelle du trenger meg."

"Fantastisk!"

KAPITTEL 6

E-Z VAR I FERD med å ta igjen bilen, som nå nærmet seg Zaandam. Han sjekket at Lia fortsatt lå og sov i baksetet. Hun drømte imidlertid ikke lenger, så han var bekymret for at hun snart ville våkne.

Rullestolen hans endret kurs, satte opp farten og siktet seg inn på bilen, for så å sveve over den. Den falske legen som kjørte, fikk øye på rullestolen bak dem i sidespeilet.

"Wat is dat vliegende contraptie?" spurte han. (Oversettelse: Hva er den flygende innretningen?"

De to bøllene snudde på hodet.

Den ene sa: "Ik weet het niet, maar versnel het!" (Oversettelse: Jeg vet det ikke, men få fart på den!"

Den andre kjeltringen lo og tok ut en pistol fra dashbordkasteren. (Oversatt: hanskerommet.) Han sjekket om det var kuler i den. Knipset den igjen og klikket av låsen.

E-Zs rullestol landet på taket av bilen med et smell.

Sjåføren bremset hardt, noe som fikk rullestolen til å skli fremover. Den gled nedover frontruten med fronten vendt forover og deretter over panseret.

E-Z løftet seg, svevde og snudde seg mot dem.

"Hva i?" ropte sjåføren da han mistet kontrollen over bilen og fikk den til å skli i sikksakk.

E-Z og rullestolen løftet seg opp, kjørte bakover og tok tak i støtfangeren på bilen slik at den stoppet helt opp.

Øyeblikkelig ble passasjersetet åpnet, og skudd ble avfyrt.

I baksetet snorket Lia i vei.

Gjerningsmannen med pistolen rullet ut av døren og gikk ned på kne for å avfyre et skudd mot E-Z.

Hadz dukket opp fra ingensteds og slo pistolen ut av hånden på kjeltringen. Deretter bandt hun hendene og føttene hans bak ryggen som om han var en kalv på rodeo.

Den andre kjeltringen gikk rett mot E-Z, som brukte beltet sitt som lasso. Gjerningsmannen falt omkull, slik at han enkelt kunne legge beltet rundt beina hans.

Fyren prøvde å hoppe unna, men kom ikke langt. Nå som han var stoppet, gikk de etter legen ved hjelp av stolens burmekanisme. Legen ble fanget og immobilisert.

Lia sov gjennom det hele, selv mens Hadz løftet henne ut av bilen og bar henne i sikkerhet.

E-Z plasserte de tre mennene side om side i baksetet på bilen.

"Hvem jobber dere for?", krevde han.

Hadz fløy bort: "De forstår ikke engelsk." Hun oversatte E-Zs spørsmål til mennene. Etter at den falske legen hadde svart, oversatte Hadz. "Han sier at de ikke vet hvem de jobber for."

"Det er latterlig. De kidnappet et barn fra sykehuset. Spør dem hvor de skulle ta henne da? Og hvordan fikk de vite om henne?"

Hadz oversatte. Den falske legen svarte igjen: "Vi fikk beskjed om å ta henne med til kaien, og at noen ville vente på henne der. Det er alt vi vet."

E-Z trodde ikke på dem, men Hadz bekreftet at de snakket sant. "Hva vil du gjøre med dem?" spurte hun.

"Kan du slette tankene deres? Og tankene til dem de er knyttet til. Disse tre er tannhjul i maskineriet. Vi vil slette tankene til personen i havnen. Slik at alle glemmer henne - for alltid."

"Ferdig", sa hun.

"Jøss, du er rask!"

E-Z og Hadz i stolen kom seg tilbake til sykehuset akkurat da Lia begynte å våkne. Hun beveget på hodet, kjente vinden blåse i håret og la seg inntil E-Zs bryst. Hun åpnet høyre håndflate og så på vennen sin, gutten/engelen. Hun lo og klemte ham hardt. Da hun la merke til det lille fe-lignende vesenet på skulderen til E-Z, brukte hun håndflatens øyne til å se på henne.

"Du er så liten og søt," sa hun.

"Hyggelig å treffe deg," sa Hadz. "Og takk skal du ha."

De fløy mot sykehuset.

"Du er i sikkerhet nå", sa E-Z.

"Og du er ikke i den greia lenger", sa Lia.

"Hadz hjalp meg ut", sa E-Z og viftet med vingene.

"Hvor fikk du tak i dem?" spurte Lia. "Kan jeg få noen?"

E-Z smilte. Han var usikker på hvor mye han skulle fortelle henne. Han var redd for hva Eriel ville si hvis han avslørte for mye. "Jeg fikk dem etter at foreldrene mine døde."

"Men hvorfor?" spurte lille Lia.

"Jeg begynte å redde folk", sa E-Z.

"Du mener at jeg ikke er den første personen du har reddet?"

"Nei, det er du ikke."

Hadz kremtet, noe som var et signal til E-Z om å slutte å snakke.

De fløy videre i stillhet. Den lille jenta klemte E-Zs bryst. Rullestolen visste hvor den skulle. Hadz følte seg nødvendig nok en gang.

E-Z var fortapt i tankene. Han lurte på om det å redde Lia hadde vært den største prøvelsen. Eller om det å komme seg ut av kulen hadde fullført oppgaven. Kanskje det var to for én! Hvor mange hadde det vært i så fall? Han måtte skrive dem ned for å holde styr på dem. Det var det han hadde gjort i dagboken sin, men i det siste hadde han ikke hatt så mye tid til å skrive ned ting.

"Jeg kan høre at du tenker", sa Lia. Hun hadde begge håndflatene åpne. Hun holdt øye med E-Z på utsiden mens hun lyttet til hva han tenkte på innsiden. "Jeg vil vite mer om disse forsøkene. Og jeg vil vite hvorfor jeg kan se med hendene i stedet for med øynene. Tror du denne Eriel vet det?"

POP

Hadz ventet ikke på svaret.

"Sykehuset ligger nedenfor", sa E-Z.

Stolen sank sakte ned, og de gikk inn i sykehuset. E-Z og stolens vinger forsvant. Han dyttet seg langs korridoren og fant Lias rom. Moren hennes ventet der.

"Arrester denne gutten", skrek Lias mor.

E-Z var forbløffet. Hvorfor ville hun at han skulle arresteres? Han hadde jo nettopp reddet datteren hennes.

"Men mamma", begynte Lia.

Politiet kom inn. De grep bak E-Z og satte håndjern på hendene hans.

Før de fikk lukket dem, skrek Lia. Så åpnet hun håndflatene og holdt dem ut foran seg. Fra håndflatene kom det et blendende hvitt lys som fikk alle i rommet, bortsett fra henne og E-Z, til å stoppe opp i tiden. Lille Lia stoppet tiden.

"Kult! Hvordan klarte du det?" utbrøt E-Z da håndjernene falt ned på gulvet med et klunk.

"Jeg vet ikke. Jeg ville beskytte deg. Redde deg." Hun stoppet opp og lyttet. "Det kommer noen, du må komme deg ut herfra. Jeg kan føle at det kommer noen andre, og du må være borte."

"Noen?" spurte E-Z. "Vet du hvem?"

"Jeg vet ikke. Alt jeg vet, er at det kommer noen andre, og at du må gå - umiddelbart."

"Kommer du til å klare deg? Kommer de til å gjøre deg noe?"

"Det går bra - de er ute etter deg, ikke meg. Kom deg ut herfra, nå."

"Når får jeg se deg igjen?" spurte E-Z mens han knuste sykehusvinduet og fløy ut og ventet på at hun skulle svare.

"Du kommer alltid til å se meg, E-Z. Vi er forbundet med hverandre. Vi er venner. Kom deg ut herfra, så ordner jeg resten." Hun sendte ham et kyss.

Lia la seg i sengen, trakk dynen opp til halsen og lot som om hun sov tungt før hun satte verden i bevegelse igjen.

"Hva har skjedd?" spurte moren.

Alt var bra igjen. Lia lå uskadd i sengen.

Verden fortsatte som før, mens E-Z fløy hjem igjen.

"Takk for hjelpen, Hadz", sa E-Z selv om hun var borte. På en eller annen måte visste han at uansett hvor hun var, kunne hun høre ham.

KAPITTEL 7

M ENS E-Z FLØY OVER himmelen, innså han at han var skrubbsulten. Under ham var Big Ben. Han bestemte seg for å lande og kjøpe seg litt engelsk Fish and Chips.

Da stolen kom ned, la han merke til en hvit varebil som kjørte raskt nedover veien. Den kjørte parallelt med en skole. Han så foreldre i biler og til fots som ventet på å hente barna sine.

Da varebilen svingte rundt hjørnet, økte farten.

Rullestolen hans slingret fremover og havnet bak kjøretøyet. Kjøringen ble stadig mer hensynsløs etter hvert som den nærmet seg skolen. Barn begynte å komme ut.

E-Z grep tak i bakenden av bilen. Han brukte alle kreftene sine på å få den til å stanse med et hvin.

Sjåføren tråkket på gassen i et forsøk på å kjøre unna. Uten hell. De kunne ikke se hva eller hvem som holdt dem tilbake.

E-Z brøt opp låsen på bagasjerommet, grep inn og trakk ut startkablene. Stolen slingret forover og landet på taket av bilen. E-Z brukte startkablene til å låse dørene til førerhuset. Sjåføren kunne ikke komme seg ut.

Lyden av sirener fylte luften.

E-Z satte seg i luften, og da han la merke til at flere mennesker tok bilder av ham med telefonene sine, fløy han høyere og høyere.

Magen knurret, og han husket fish and chips. Siden han ikke hadde noen britisk valuta, kunne han uansett ikke betale for dem, så han bega seg hjemover.

Han tenkte på onkelen som lurte på hvor han var, og begynte å legge igjen en beskjed: "Jeg er på vei hjem."

Klikk.

"Hvor er du?" spurte onkel Sam.

E-Z var glad for at det ikke var en beskjed!

"Jeg flyr akkurat over Storbritannia. Det er en fin dag å fly på, synes du ikke?"

"Hva? Hvordan?"

"Det er en lang historie, jeg forklarer når jeg er tilbake."

"Er du i et fly?"

"Nei, det er bare meg og stolen min."

Nedenfor kunne E-Z se at folk tok bilder av ham. Da han fikk øye på en 747 fra et lokalt flyselskap som kom mot ham, skjønte han at han var i trøbbel. Før han rakk å fly høyere, ble han fotografert og lagt ut på sosiale medier.

"Unnskyld Eriel", sa han og tok seg høyere opp. "Du vet ordtaket som sier at all publisitet er god publisitet? Vel..." E-Z lo. Hvis Eriel kunne se ham hver dag og hver time, hvorfor måtte han da tilkalle ham for å få hjelp? Det var noe som ikke stemte. Ikke selv om erkeenglene ville at han skulle fullføre prøvene.

Det gikk et kaldt gufs gjennom ham da himmelen forandret seg og svarte skyer virvlet og pulserte rundt ham. Han fløy videre og prøvde å øke tempoet, men så kom lynene, og han måtte unngå dem. Så husket han flyet. Han kunne se at det var i ferd med å lande, og at menneskene var uskadd. Han fortsatte hjemover.

Etter stormen kom stjernene frem. Stolen hans flakset med vingene mens E-Z tok seg en lur.

"E-Z?" sa Lia i hodet hans. "Er du der?"

Han rykket til, glemte at han satt i stolen og falt ut. Han begynte å falle, men vingene satte i gang, og snart var han tilbake i stolen igjen.

"Er alt i orden, lille venn?" spurte han.

"Ja. De tror det bare var en drøm, at jeg snakket til deg. At jeg tegnet bilder av deg. Mamma vet sannheten, men hun vil ikke innse det."

"Å, bekymrer det deg?"

"Nei. Kreftene mine øker. Jeg kan føle dem, og jeg vet at noe er på vei. Noe du kommer til å trenge min hjelp til. Jeg drar snart hjem. Jeg skal spørre mamma om vi kan besøke deg. Snart."

"Hva? Skal mamma ringe onkel Sam, så kan de snakke sammen?"

"Ja, det er en god idé. Mamma har sett bildene, og hun har møtt deg, men hun husker det ikke. Det er som om hjernen hennes er renset, eller som om minnene om deg sover."

"Er du sikker på at dette er det rette å gjøre?"

"Jeg er sikker. Jeg må være der du er. Jeg må hjelpe deg."

E-Z ble helt tom i hodet. Lia var borte.

Tenåringen tenkte på Lia da hun kom til Nord-Amerika. Hun var en liten jente, seende med hendene, ja, men hvordan kunne hun hjelpe ham? Hun hadde hjulpet ham med å flykte, men han var forvirret over hennes innblanding. Han ville ikke utsette henne for fare. Han ropte på Eriel igjen. Han fremkalte sangen, men ingenting skjedde.

Han betraktet landskapet og slapp å tenke på den lille jenta et øyeblikk. Han var nesten hjemme nå. Gudskjelov at stolen hans var modifisert og at han kunne reise F-A-S-T!

KAPITTEL 8

RETT FORAN SEG FIKK E-Z øye på kysten. Han sukket lettet til han la merke til en stor fugl som kom rett mot ham. Da den nærmet seg, skjønte han at det var en svane. Men ikke en svane av normal størrelse. Den var enorm, og det samme var vingespennet, som han anslo til over 150 cm. Det var den samme svanen som hadde snakket til ham tidligere. Og ikke bare det, han la også merke til et sterkt rødt lys som blinket på fuglens skulder.

Svanen snudde og landet tungt på skuldrene hans. Den hadde fått haik.

"Hallo der", sa E-Z og kikket opp på den vakre skapningen mens den stabiliserte seg.

"Hoo-hoo", sa svanen. Så ristet den på hodet, åpnet nebbet og sa: "Hei, E-Z."

"Jeg tror jeg skylder deg en takk," sa han.

"Ingen årsak. Og jeg håper du ikke har noe imot at jeg fikk sitte på", sa svanen og rufsete til fjærene.

"Ikke noe problem", svarte E-Z.

"Dette er mentoren min, Ariel", sa svanen.

WHOOPEE

En engel erstattet det røde lyset.

"Hei", sa hun og satte seg på E-Zs kne.

"Hyggelig å treffe deg", sa han.

"Hvordan kan jeg stå til tjeneste?" spurte han.

"Jeg håper at du og min venn svanen her kan danne et partnerskap."

"Hvordan det?" spurte han.

"Protesjeen min har vært gjennom mye. Han kan fortelle deg om detaljene når han føler seg klar, men nå må du hjelpe ham ved å la ham hjelpe deg med prøvene. Du kan trenge litt hjelp, ikke sant?"

"Så vidt jeg har forstått," sa han henvendt til Ariel. Så til svanen: "Ikke noe imot deg, kompis." Og så til Ariel: "Det eneste jeg har forstått, er at ingen kan hjelpe meg i prøvene. Det kom direkte fra Eriel og Ophaniel."

"Jeg har avklart det med dem. Så hvis det er den eneste innvendingen din," hun tok en pause og sa så

WHOOPEE

og så var hun borte.

Deretter fortsatte E-Z og svanen over Atlanterhavet og inn i Nord-Amerika. Han hadde alltid hatt lyst til å se Grand Canyon. Det fikk bli en annen gang. Svanen snorket og la seg inntil E-Zs hals.

E-Z stakk hånden ned i lommen og tok frem telefonen. Han tok en selfie med svanen. Han holdt telefonen i hånden og planla å ta opp svanen neste gang den snakket. Han trengte bevis på at han ikke var blitt gal.

Litt senere siktet E-Z seg inn på huset sitt. Det var skoledag, men han var altfor trøtt til å gå dit. Da stolen begynte å synke, våknet svanen. "Er vi fremme nå?"

"Ja, vi er hjemme hos meg", sa E-Z og trykket på opptaksknappen på telefonen. "Er det et sted du vil at jeg skal sette deg av?"

"Nei takk. Jeg skal bli hos deg", sa svanen mens den strakte hals for å ta en titt på huset han skulle bo i. "Du og jeg må finne ut hvor vi skal bo. "Du og jeg, vi må snakke sammen."

E-Z trykket på play, men det var helt stille. Svanen kunne ikke spilles inn. Merkelig.

De landet ved inngangsdøren. E-Z satte nøkkelen i låsen, men før han fikk åpnet den, var onkel Sam der. Han ga nevøen sin en stor klem og sa: "Velkommen hjem". Han klødde seg på haken og så litt bekymret ut da han så E-Zs følgesvenn, en usedvanlig stor svane.

"Godt å være tilbake", sa E-Z og gikk inn.

Svanen fulgte etter ham med svømmehudkledde føtter.

"Og hvem er den fjærkledde vennen din?" spurte onkel Sam.

E-Z innså at han ikke engang visste hva svanen het.

Svanen sa: "Alfred, jeg heter Alfred."

E-Z presenterte seg formelt.

Svanen spaserte nedover gangen, inn på E-Zs rom og fløy opp på sengen hans for å ta seg en velfortjent lur.

E-Z gikk inn på kjøkkenet med onkel Sam på hjul.

"Hva i all verden gjør den svanen her?" Han tok en pause og hentet melk fra kjøleskapet. Han skjenket opp et glass til nevøen. "Den kan ikke bli her. Vi må legge den i badekaret. Hvis den får plass. Det er den største svanen jeg noensinne har sett. Hvor fant du den, og hvorfor tok du den med hit?"

E-Z svelget ned melken. Han tørket bort melkebarten. "Jeg fant den ikke, den fant meg. Og den kan snakke. Den, han, var der da jeg reddet den lille jenta og da jeg reddet flyet. Han sier at vi må snakke sammen."

Onkel Sam gikk nedover gangen uten å svare. E-Z fulgte tett etter uten å si noe.

"Snakk!" krevde onkel Sam.

Svanen Alfred åpnet øynene, gjespet og sovnet igjen uten å gi fra seg en lyd.

"Snakk, sa jeg", sa onkel Sam og prøvde igjen.

Svanen Alfred åpnet nebbet og fnøs.

"Det går bra, Alfred", sa E-Z. "Det er onkel Sam. "Det er onkel Sam."

"Han forstår meg ikke. Og jeg tror ikke han noen gang kommer til å kunne det. Jeg er her for deg og bare for deg", sa svanen Alfred. Han fnøs, krøp ned i dynen og sovnet inn igjen.

Onkel Sam så på, mens svanen hadde vært livlig og sett intenst på E-Z.

Han og onkel Sam lukket døren på vei ut og gikk tilbake til kjøkkenet for å snakke sammen.

E-Z var så trøtt at han nesten ikke klarte å holde øynene åpne.

"Kan ikke dette vente til i morgen?", spurte han.

Sam ristet på hodet.

"Ok, da begynner vi. Først slo jeg en baseball ut av parken. Og jeg løp eller trillet rundt basene. Så ble jeg fanget i en kuleformet beholder uten noen vei ut. Så kunne jeg snakke med en liten jente i Nederland. Jeg dro dit for å redde henne. Hun heter Lia, og moren hennes kommer til å ringe deg. Jeg hindret et kjøretøy i å skade barn i London i England. Så møtte jeg trompetersvanen Alfred. Og nå er du oppdatert - kan jeg gå og legge meg?"

"Hva skal jeg si når hun ringer?", spurte Sam. spurte Sam. "Vi kjenner ikke engang disse menneskene, men vi skal liksom la dem bo her i huset sammen med oss. Vi og svanen Alfred?"

"Ja, vær så snill å gå med på det. Det er en plan i sving her, og jeg kjenner ikke alle detaljene ennå. Lia har krefter, øyne i håndflatene, og hun kan lese tankene mine og stoppe tiden. Svanen Alfred har også krefter, han kan lese tankene mine og snakke. Jeg tror vi tre er knyttet sammen på en eller annen måte, kanskje på grunn av prøvelsene. Jeg vet ikke helt. Hva som helst kan skje når Eriel spionerer på meg døgnet rundt", sa E-Z.

På vei inn i korridoren hørte de svaneføttene klapre mens den vralte av gårde. "Jeg er for sulten til å sove", sa svanen Alfred.

"Hva slags ting spiser du?"

"Mais er godt, ellers kan du slippe meg ut på baksiden, så henter jeg litt gress."

"Har vi noe mais?" spurte E-Z.

"Bare frossen", sa onkel Sam. "Men jeg kan kjøre kornene under varmt vann, så er de klare på et blunk."

"Hils og si takk til ham", sa svanen Alfred. "Det er veldig snilt av ham."

Onkel Sam la kornet på en tallerken, og Alfred spiste det han ble tilbudt. Men han var fortsatt sulten, og han trengte å tømme blæra, så han ba om å få gå ut likevel. Mens han var ute, ville han ta seg en tur på plenen.

E-Z og onkel Sam betraktet svanen i noen sekunder.

"Jeg håper ikke naboens chihuahua kommer på besøk", sa onkel Sam. "Den svanen er så stor at den kommer til å skremme vettet av ham."

E-Z lo. "Tenk hva den ville gjort hvis hunden kunne forstå den slik jeg kan?"

Svanen Alfred fant seg til rette. Han var sikker på at han ville trives her.

KAPITTEL 9

SENERE BA SVANEN ALFRED om å få snakke med E-Z på tomannshånd.

"Du kan si hva du vil her", sa E-Z. "Onkel Sam forstår deg ikke, husker du?"

"Ja, jeg vet det. Men det handler om folkeskikk. Man snakker ikke til en person når en annen er til stede, spesielt ikke når man er gjest i en annens hjem. Det ville være ganske uhøflig. Faktisk veldig uhøflig."

E-Z innså først nå at svanen Alfred snakket med britisk aksent.

"Kan du unnskylde meg?" spurte E-Z.

Onkel Sam nikket, og E-Z gikk inn på rommet sitt mens svanen Alfred fulgte etter.

"Ok", sa E-Z. "Fortell meg hvorfor Ariel sendte deg hit, og hva er det du har tenkt å gjøre for å hjelpe meg?"

Nå som E-Z lå i sengen sin, svevde svanen rundt mens han knadde i dynen og forsøkte å gjøre seg komfortabel.

"Du kan sove nederst i sengen", sa E-Z og kastet en pute dit.

"Takk", sa svanen Alfred. Han vralte opp på puten og banket på den med svømmeføttene sine til den lå godt. Så satte han seg på huk.

"Nå begynner vi", sa Alfred.

E-Z, som nå var ikledd pyjamas, lyttet til Alfred mens han fortalte sin historie.

"Jeg var en gang en mann."

E-Z gispet.

"Det er best at du ikke avbryter før jeg er ferdig", kjeftet svanen. "Ellers kommer historien min til å fortsette i det uendelige, og ingen av oss får sove."

"Beklager," sa E-Z.

Svanen fortsatte. "Jeg bodde sammen med min kone og to barn. Vi var utrolig lykkelige, helt til en storm blåste gjennom og rev ned huset vårt og drepte dem alle. Jeg overlevde, men ville ikke leve uten dem. Så kom en engel til meg, Ariel, som du har møtt, og hun sa at jeg kunne få se dem igjen hvis jeg gikk med på å hjelpe andre. Jeg liker å hjelpe andre, og det ville gi meg et formål. Dessuten hadde jeg ikke noe annet valg, så jeg gikk med på det."

"Har du prøvelser?" spurte E-Z. Han hadde feilaktig antatt at Alfreds historie var avsluttet.

"Historien min er ikke avsluttet ennå," sa svanen Alfred, ganske sur. Så fortsatte han. "Det er kjernen i historien min. Jeg har ingen prøvelser, for jeg er ikke en engel under opplæring. Vingene mine er ikke som vingene dine. Jeg er en svane, om enn en svane som er større enn vanlig. Rasen min heter Cygnus Falconeri, som også er kjent som kjempesvanen. Arten min ble utryddet for lenge siden. Formålet mitt var udefinert. Jeg ble sittende fast i mellomrommet og drev gjennom tiden fordi jeg gjorde en feil. Men jeg vil ikke snakke om det nå. Da jeg så deg redde den lille jenta, ringte jeg Ariel og spurte om jeg kunne hjelpe deg. Hun kjeftet på meg fordi jeg hadde rømt, og jeg ble sendt tilbake til mellomrommet. Jeg rømte derfra igjen og hjalp deg med flyet, og Ariel ba Ophaniel om å gi meg en ny sjanse. Nå har jeg et formål - å hjelpe deg."

"Og Ophaniel var enig? Men hva med Eriel?"

"Det gjorde de ikke til å begynne med. Det var fordi Hadz og Reiki anmeldte meg for å ha hjulpet deg ved å tilkalle fuglevennene mine. Da jeg hørte at de ble sendt til gruvene og rømte igjen, la Ariel frem saken min, og Ophaniel var enig. Jeg vet ikke noe om Eriel. Er han mentoren din?"

"Ja, han tok over for Hadz og Reiki. De kom og gikk, mens han sier at han alltid kan se hvor jeg er og hva jeg gjør."

"Det høres litt overdrevent ut. Men jeg vil gjerne møte ham en dag. Inntil videre er vi et team. Jeg kan hjelpe deg, slik at også jeg en dag kan være sammen med familien min igjen. Så der du går E-Z, går jeg."

E-Z hvilte hodet på puten og lukket øynene. Han var takknemlig for all hjelp. Svanen hadde tross alt hjulpet ham med flyet tidligere.

"Jeg skal ikke stå i veien for deg", sa svanen Alfred. "Jeg vet at du synes vi er et ulogisk par, og når Lia kommer, blir vi en enda mer ulogisk trio, men..."

"Vent", sa E-Z. "Vet du om Lia? Hvordan da?"

"Å ja, jeg vet alt om deg, og jeg vet alt om henne, og jeg vet mer. At vi tre er knyttet sammen. Forutbestemt til å jobbe sammen." Han strakte kjevene, som så ut som om han prøvde å gjespe. "Jeg er for trøtt til å snakke mer i kveld." Det tok ikke lang tid før svanen Alfred snorket i vei.

E-Z gikk gjennom alt han visste om svaner. Og det var ikke mye. I morgen tidlig skulle han gjøre noen undersøkelser om Alfreds art.

Han lurte på hva PJ og Arden ville synes om Alfred. Måtte han introdusere dem, eller kunne Alfred være en hemmelighet?

Han fluffet opp puten med knyttnevene og gjorde seg klar til å sove.

Det vekket Alfred, og han var sur.

"Må du gjøre det der?" spurte Alfred.

"Beklager", sa E-Z.

KAPITTEL 10

Neste morgen våknet E-Z av at onkel Sam banket på døren hans. "Våkn opp, E-Z! PJ og Arden er allerede på vei for å kjøre deg til skolen."

E-Z gjespet og strakte seg. Han kledde på seg og satte seg i stolen. Siden Alfred fortsatt sov, skulle han snike seg ut til ham etter skolen.

"Du kan ikke gå noe sted uten meg!" sa Alfred. Han ristet fjærene over hele kroppen og hoppet ned på gulvet.

"Du kan ikke bli med meg på skolen. Kjæledyr er ikke tillatt."

"E-Z, kom igjen, gutt!" ropte onkel Sam fra kjøkkenet. "Ellers går du glipp av frokosten."

E-Zs mage knurret da lukten av ristet brød steg i hans retning. "Jeg kommer!"

E-Z hadde ikke tid til å krangle, så han åpnet døren. Han gikk inn på kjøkkenet akkurat idet Arden og PJ ankom. En tuting utenfor gjorde ham oppmerksom på at de var der.

"Ok, ok!" ropte E-Z mens han tok et stykke ristet brød. Han banet seg vei langs korridoren med sin nye, nettfotete følgesvenn i hælene.

PJ gikk ut av bilen for å hjelpe E-Z inn og satte rullestolen hans i bagasjerommet. Idet han lukket det, fikk han øye på Alfred som forsøkte å komme seg inn i bilen.

"Den greia kommer ikke inn i bilen", ropte PJ.

Arden rullet ned vinduet.

"Hva pokker er det der? Gikk jeg glipp av et memo om at vi skulle ha Show and Tell i dag?" Han fniste.

"Er det en svane?" spurte moren til fru Handle PJ.

"Eller er denne tingen presidenten i fanklubben din?" spurte PJ med et smil.

Vel inne i bilen svarte E-Z. "Vi er for gamle til å vise og fortelle", lo han. "Svanen er mitt prosjekt. Et eksperiment, som en førerhund for en blind person. Han er min følgesvenn i rullestolen." Han spente Alfred fast i sikkerhetsbeltet.

PJ satte seg foran ved siden av moren.

Svanen Alfred sa: "Skal du ikke presentere meg?"

Mrs. Handle kjørte ut bilen, og de satte kursen mot skolen.

"Alfred", E-Z kastet et blikk på vennene sine, "dette er fru Handle. Og mine to bestevenner PJ og Arden. Alle sammen, dette er Alfred, trompetersvanen." E-Z la armene i kors.

Alfred sa: "Hoo-hoo." Til E-Z sa han: "Jeg er utrolig glad for å treffe deg. Du kan oversette for meg."

"Hvordan vet du hva han heter?" spurte PJ.

"Du er vel ikke i ferd med å bli, hva het han nå, han som kunne snakke med dyr, E-Z? Vær så snill å si at du ikke gjør det. Men det kan bli en skikkelig melkeku. Vi kan markedsføre talentet ditt. Stille spørsmål og legge ut svarene på vår egen YouTube-kanal. Vi kan kalle den E-Z Dickens, svanehviskeren."

"Glimrende idé!" sa PJ da moren stoppet ved et fotgjengerfelt. "For noen år siden ville vi sannsynligvis ha tjent millioner på nettet. I dag er det vanskelig å tjene penger på nettet. De har virkelig slått hardt ned på det."

"Ikke vær uhøflig," sa fru Handle mens hun kjørte videre.

"Personen han refererer til, er Doktor Dolittle", tilbød Alfred. "Det var en romanserie på tolv bøker skrevet av Hugh Lofting. Den første boken ble utgitt i 1920, og de andre fulgte helt frem til 1952. Hugh Lofting døde i 1947. Han var også britisk. Født og oppvokst i Berkshire."

"Jeg vet hvem de mener", sa E-Z til Alfred. "Og nei, det er jeg ikke."

Arden sa: "Jeg håper ikke svanefølgesvennen din stjeler alle jentene fra oss i dag. Du vet jo at jenter elsker fjærkledde ting."

Mrs. Handle kremtet.

"Jeg var litt av en damedreper i min tid", sa Alfred, etterfulgt av et nytt "Hoo-hoo!" som han rettet mot PJ og Arden.

PJ sa: "Svanefølgesvennen din får meg til å flire."

Arden spurte: "Hvilken fuglefilm vant en Oscar?"

PJ svarte: "Lord of the Wings."

Arden spurte: "Hvor investerer fugler pengene sine?"

PJ svarte: "På storkemarkedet!"

"Vennene dine har lett for å more seg", sa Alfred. "De er to tullebukker som er skåret over samme lest. Jeg skjønner hvorfor du liker dem. Jeg liker fru Handle. Hun er stille og en utmerket sjåfør."

E-Z lo.

"Jeg er glad for at du liker morgenhumoren," sa PJ.

"Det gjør jeg egentlig ikke", sa Alfred. "Dessuten er dere to noen skikkelige tullebukker."

Arden og PJ tok seg til hodet.

E-Z tok også en dobbelttakning av deres dobbelttakninger. "Hva?"

"Hørte dere ikke det?" sa de to unisont. "Svanen kan snakke - og med britisk aksent. Jentene kommer virkelig til å elske ham."

Fru Handle ristet på hodet. "Ikke spill dumme tiggere, dere to!"

E-Z så på svanen Alfred, som virket forvirret.

Alfred prøvde seg på en vits for å se om de virkelig forsto ham. "Hvorfor nynner kolibrier?" spurte han.

De tre guttene så på, og det var tydelig at både Arden og PJ nå forsto ham.

Alfred sa poenget: "Fordi de ikke kan ordene, selvfølgelig."

PJ og Arden lo, på en måte, men de var mest skremt.

"Hvordan kan det ha seg at de også forstår deg nå?" spurte E-Z. "Først kunne de ikke det, og nå kan de det. Jeg trodde du sa at det bare var meg. Og hvorfor kunne ikke onkel Sam forstå deg?"

Nå som de kunne forstå ham, følte Alfred seg usikker. Han hvisket til E-Z: "Jeg vet ærlig talt ikke. Med mindre det jeg er her for, også har noe med dem å gjøre."

"Og inkluderer ikke onkel Sam? Eller fru Handle?"

"Kanskje ikke", svarte Alfred.

"Og hvor fant du denne snakkende svanen?" spurte Arden.

"Og hvorfor tar du ham med på skolen?" spurte PJ.

Fru Handle fnyste. "Dere oppfører dere veldig tåpelig. E-Z sier at han er en ledsagersvane. Han kan ikke snakke."

"For det første er han ikke bare en svane, han er en Cygnus Falconeri. Også kjent som en kjempesvane og en art som har vært utryddet i århundrer."

"Jeg har ikke sett mange svaner i virkeligheten", sier Arden. "Men de jeg har sett på naturkanalen, virket ikke så store som ham. Føttene hans er enorme! Og hva skjer hvis han må, du vet, gå på do?"

"En gjennomsnittlig svane har en lengde fra nebb til hale på mellom 190 og 210 centimeter", sier Alfred. "Og hvis jeg gjør det, bruker jeg gresset - idrettsplassen burde gi meg god plass til å spise og gjøre fra meg hvis og når det er nødvendig."

"Mener du at du spiser gresset og deretter går på gresset?" sa PJ.

"Æsj!" sa Arden.

De var veldig nær skolen nå, så E-Z forklarte. "Jeg kan ikke gi deg noen detaljer, for jeg kjenner dem ikke. Det eneste jeg vet med sikkerhet, er at Alfred er her for å hjelpe meg, og at du kommer til å se mye til ham."

"Jeg tror ikke de kommer til å slippe ham inn på skolen," sa Arden.

"Det blir ikke noe problem, siden jeg er ledsageren din", sa Alfred.

PJ, Arden og Alfred lo da bilen stoppet utenfor skolen.

"Ring meg hvis du vil at jeg skal hente deg etter skolen", sa fru Handle.

"Takk", svarte de.

Etter at E-Zs stol var tatt ut av bagasjerommet, kjørte fru Handle bort fra fortauskanten.

Vennene hjalp ham opp i stolen, mens Alfred fløy opp og satte seg på skulderen hans. De gikk mot skolens inngangsparti, der rektor Pearson var i ferd med å geleide elevene inn.

"God morgen, gutter", sa han med et stort smil om munnen. Helt til han fikk øye på svanen Alfred. "Hva er det for noe?" spurte han.

"Det er en ledsagersvane", sa E-Z.

"En Cygnus Falconerie, for å være nøyaktig", sa Arden.

"Han er med oss", sa PJ.

Rektor Pearson la armene i kors. "Den tingen, Cygnus-falkonerien, kommer ikke inn hit!"

Alfred sa: "Det går bra, E-Z. La oss ikke lage en scene. Jeg er her når timene dine er over. Vi ses senere." Alfred fløy opp og landet på taket av bygningen. Han nyter utsikten før han flyr ned på fotballbanen. Det var nok av gress å gumle på. Når han var mett, skulle han finne et skyggefullt sted under et tre og ta seg en lur.

Rektor Pearson ristet på hodet og holdt opp døren for E-Z og vennene hans. Innenfor ringte den fem minutter lange varselklokken.

Denne skoledagen var begivenhetsløs for E-Z og vennene hans.

Eriel hadde fortsatt ikke sagt noe om noen nye forsøk.

KAPITTEL 11

Alfred fant seg til rette i sin nye hverdag. Barna på skolen ble kjent med ham - selv om det bare var E-Z og vennene hans som visste at han kunne snakke.

Denne dagen ventet Alfred på E-Z utenfor skolen og spurte: "Kan vi snakke sammen?".

E-Z så seg rundt; han ville fortsatt ikke at de andre elevene skulle høre ham snakke med en svane. Han hvisket: "Kan dette vente til vi kommer hjem?"

"Å, jeg skjønner", sa Alfred. "Du føler deg fortsatt usikker når vi snakker sammen. Det er forståelig, men barna elsker meg her. De står i kø for å klappe meg og mate meg. Dessuten, kommer ikke onkel Sam hjem? Jeg må snakke med deg alene."

"Siden han fortsatt ikke forstår deg, snakker du med meg alene, selv når vi er hjemme."

"Men dette er en sak som bekymrer meg, og det er ganske viktig", sa Alfred.

PJ kjørte opp på fortauskanten ved siden av dem. Arden spurte om de ville ha skyss hjem.

"Eh, folkens. Beklager, men jeg blir med Alfred hjem i dag. Han har noe viktig informasjon å gi meg."

PJ og Arden ristet på hodet. Arden sa: "Vi forventet å bli kastet over ende en dag på grunn av en jente - ikke en fugl." Han fniste.

"Og hva med spillet?" spurte Arden.

"I dag er i dag, og kampen er ikke før i morgen. Beklager, folkens." E-Z satte opp farten. Bilen krøp av gårde ved siden av ham, før den suste av gårde med hvinende dekk.

"Plonkers", sa Alfred.

"De mener det godt. Hva er det som er så viktig?"

"Har du hørt noe fra Lia i det siste? Jeg er bekymret for henne." Alfred gikk ved siden av E-Z og nappet hodet av en løvetann mens han gikk.

"Hvorfor bekymrer du deg? Ingen nyheter er jo gode nyheter, ikke sant?"

"Vel, jeg har faktisk hørt fra henne, og det har skjedd en, eh, vel, en forvirrende ny utvikling."

E-Z stoppet opp. "Fortell meg mer."

"Fortsett å gå", sa Alfred, som nå var i ferd med å nappe hodet av en tusenfryd. "Lia og moren er allerede på vei hit. De kommer i løpet av morgendagen."

"Hvorfor så travelt? Jeg mener, ja, det er en overraskelse. Vi visste at de ville komme snart. Hva er det som er så rart med det?"

"Det er ikke det som er forvirrende."

"Slutt å hale ut tiden og spytt ut!"

"Lia er ikke lenger sju år - hun er ti år nå."

"Hva? Det er umulig."

"Tror du hun ville lyve?"

"Nei, jeg tror ikke at hun ville lyve, men det gir absolutt ingen mening. Folk vokser ikke fra sju til ti år på noen uker."

"Hun sa at hun gikk og la seg. Neste morgen gikk hun inn på kjøkkenet for å spise frokost, og barnepiken begynte å skrike. Det var slik hun oppdaget at hun hadde blitt tre år eldre over natten."

"Jøss!" utbrøt E-Z.

"Og det er mer."

"Mer. Jeg kan ikke forestille meg noe mer."

"Hun klarte å overbevise moren om at hun ikke trengte å være her under hele besøket. Hun er en travel forretningskvinne. Det krevde ganske mye overtalelse. Lia sa at hun ville ha det bedre med tanke på Sams erfaring med deg og forsøkene. Moren hennes gikk med på det, på noen få betingelser."

"Som for eksempel?"

"At hun liker onkel Sam."

"Alle liker onkel Sam."

"Og at du forklarer henne hvordan datteren kan ha blitt så gammel over natten."

"Og hvordan skal jeg egentlig gjøre det?"

"For å være ærlig", sa Alfred, "har jeg ingen anelse. Det var derfor jeg ville snakke med deg under fire øyne. Onkel Sam vet jo at Lia kommer, ikke sant?"

E-Z nikket: "Jeg antar det, hvis de er på vei."

"Men han forventer en sju år gammel jente, når en tiåring dukker opp på dørstokken hans."

E-Z stoppet opp igjen. Onkel Sam. Han hadde ikke engang tenkt på at onkel Sam måtte forholde seg til en ti år gammel jente. "Jeg er ikke sikker på om jeg noen gang har nevnt Lias alder for ham!"

fortsatte Alfred. "Jeg har hørt om mennesker som eldes raskt. Det finnes en sykdom som heter Progeria. Den er genetisk betinget, ganske sjelden og ganske dødelig. De fleste barn blir ikke eldre enn tretten år, og Lia er allerede ti, så vi må finne ut av dette."

"Hva er det du sa?"

"Progeria."

"Ja, progeria, hvordan smitter det?" spurte E-Z.

"Jeg har forstått det slik at det skjer i løpet av de første par årene. Og barna blir vanligvis vanskapte."

"Lia er vansiret på grunn av glasset, ikke på grunn av en sykdom. Finnes det en kur?"

"Ingen kur. Men E-Z, det er noe annet. Det har noe med øynene i hendene hennes å gjøre. De er nye, og sykdommen er ny. For mye av en tilfeldighet, synes du ikke?"

E-Z tenkte over dette og bestemte seg for at Alfred hadde rett. Det var for mye av en tilfeldighet. Men hva skulle han gjøre med det? Skulle han ringe Eriel? "Kjenner du Eriel?"

Alfred satte ned tempoet, og det samme gjorde E-Z. De var nesten hjemme og måtte snakke ut om dette før de møtte onkel Sam. "Ja, jeg har hørt om ham. Men som du vet, er ikke Eriel min engel. Du har møtt mentoren min, Ariel, og hun er naturens engel, derfor er jeg i samme tilstand som en sjelden svane. Hun kan kanskje hjelpe, men da må vi vente til neste gang hun viser seg."

"Mener du at du ikke kan påkalle henne?"

Alfred nikket. "Kan du tilkalle Eriel etter eget ønske?"

E-Z lo. "Ikke akkurat etter eget ønske, men han er tilgjengelig. Men han er en plage og liker ikke å bli tilkalt eller påkalt." E-Z tenkte stille, og det gjorde Alfred også. Huset deres var i sikte nå, og onkel Sam var hjemme, for bilen hans sto parkert i oppkjørselen. "Jeg tror vi bør vente og se hva som skjer med Lia."

"Enig", sa Alfred mens han gikk bort fra stien og trakk litt gress opp av bakken og tygget på det. E-Z så på. "Jeg foretrekker å ikke spise for mye gress, jeg mener plengress. Det er det jeg spiser hele dagen når du er på skolen - bortsett fra de få blomstene jeg finner. Akkurat nå har jeg lyst på litt av det våte gresset som vokser under vann. Det er ferskere og saftigere."

"Det skjønner jeg godt", sier E-Z. "Jeg liker å spise salat når den er fersk og sprø. Jeg liker den ikke så godt når den kommer i poser og den eneste måten å få den ned på er å dynke den i salatdressing."

"Jeg savner menneskemat."

"Hva savner du mest?"

"Cheeseburgere og pommes frites, uten tvil. Og ketchup. Som jeg elsket den tykke, røde, klissete sausen som går på alt."

"Kanskje det ikke ville vært så ille på gress?" E-Z lo, men Alfred tenkte seg om.

"Jeg er villig til å gjøre et forsøk."

"La oss sette det opp på listen over ting du skal gjøre", sa E-Z.

"Hva er en "bucket list"?" spurte Alfred.

KAPITTEL 12

E-Z tenkte over Alfreds spørsmål. Alfred visste ikke hva en bucket list var ... og uttrykket ble skapt i 2007. I Nicholson/Freeman-filmen med samme navn. Han forklarte uten å gå for mye i detalj.

"Det er en veldig interessant idé", sa Alfred og plukket opp fjærene. "Men hva er poenget med å føre en huskeliste? Du husker vel alt du virkelig har lyst til å gjøre?"

"Vet du hva, Alfred, jeg er ikke helt sikker. Jeg antar at det har noe med alderen å gjøre. Å bli gammel og miste hukommelsen."

"Det høres fornuftig ut."

De fortsatte reisen og kom hjem. Da E-Z trillet opp rampen, hoppet Alfred på. Svanen basket med vingene for å hjelpe til med fremdriften. Da E-Z åpnet døren på toppen, hørte de en ukjent stemme.

"Å nei, de er her allerede!" sa Alfred.

"Du kunne ha advart meg!" svarte E-Z og la vesken på en krok på vei inn i stuen.

"Det ville jeg selvsagt ha gjort hvis jeg hadde visst det!"

Lia reiste seg.

For E-Z så ti år gamle Lia påfallende annerledes ut, helt til hun holdt opp de åpne håndflatene.

Lia skrek og løp bort til ham og ga ham en stor klem. Så klemte hun Alfred og sa at hun var utrolig glad for endelig å få treffe ham.

Lias mamma Samantha sto også og så datteren omfavne gutten som hadde reddet livet hennes. Engelen/gutten i rullestolen. Datteren hadde nevnt Alfred, men ikke at han var en kjempestor svane.

Onkel Sam reiste seg og sa: "Å, E-Z! Gudskjelov at du er hjemme!" Han gikk nærmere nevøen sin. Så foreslo han tafatt at de skulle gå ut på kjøkkenet og hente forfriskninger.

"Det går bra", sa Samantha.

Sam insisterte likevel på at de skulle gå inn på kjøkkenet.

"Øh", stammet E-Z. "Jeg vil gjerne ha noe å drikke. "Jeg vil gjerne ha noe å drikke."

Sam sukket.

"Ikke gjør deg noe bry for oss", sa Samantha.

"Det er ikke noe problem i det hele tatt", sa Sam og dyttet E-Zs stol mot stuedøren.

"Lia, du er veldig vakker," sa Alfred og bøyde hodet slik at hun kunne klappe ham.

"Takk", sa Lia og rødmet. Hun kastet et blikk i E-Zs retning da de forlot rommet, men han la ikke merke til det, for øynene hans var rettet mot onkelen.

På kjøkkenet parkerte Sam nevøen sin. Han åpnet kjøleskapet og lukket det igjen. Han gikk til skapet, åpnet døren og lukket den igjen.

"Hva er i veien?" spurte E-Z.

"Jeg ventet dem ikke så snart, og hva spiser og drikker folk fra Nederland egentlig? Jeg tror ikke jeg har noe passende i huset. Skal jeg gå ut og kjøpe noe spesielt?"

"De er mennesker akkurat som oss, de vil sikkert smake på det du har. Ikke tenk for mye på det."

"Hjelp meg litt, gutt. Hva skal vi servere? Ost og kjeks? Noe varmt, grillede ostesmørbrød? Vi har vann, juice og brus."

"Ok, vi tar ost og kjeks inntil videre. Så får vi se hvordan det går. Og et brett med diverse drikkevarer."

Sam sukket og la alt sammen på et brett. "Å, servietter!", sa han og tok ut en bunke fra skuffen.

"Er alt klart?" spurte E-Z.

"Takk, gutten min", sa Sam mens han tok opp brettet med mat og drikke. Han gikk inn i stuen, og nevøen fulgte etter ham. Sam satte alt på bordet, hoppet opp og sa: "Sidetallerkener!", forlot rommet og kom tilbake kort tid etter med de nevnte varene.

E-Z kastet et blikk i retning Lia mens han nippet til drinken sin. Han kunne fremdeles se henne som en liten jente, selv om hun ikke var det lenger. Håret hennes var lengre.

Lias mor så enda mer ubekvem ut enn onkel Sam. Hun fiklet med en kjeks uten å bite i den. Hun flyttet drikkeglasset frem og tilbake, men drakk ikke av det. Hun kikket i onkel Sams retning innimellom, men ikke lenge. Så sukket hun høyt og gikk tilbake til å fikle med maten.

"Hvordan var flyturen?" spurte E-Z.

"Det var lett som en plett sammenlignet med å fly med deg", sa Lia. Hun lo, og leskedrikken kom nesten ut av nesen hennes. Snart lo de alle sammen og følte seg mer avslappet.

Alfred pratet fritt, vel vitende om at bare Lia og E-Z kunne forstå ham. "Nå er vi sammen, De tre. Slik det var ment å være."

Lia og E-Z vekslet blikk.

Alfred fortsatte. "Jeg lurer stadig på hvorfor vi ble ført sammen. E-Z, du kan redde folk, du er superdupersterk, og du kan fly, og det kan stolen din også. Lia, kreftene dine ligger i synet ditt. Du kan lese tanker. Etter det E-Z har fortalt meg, har du lysets krefter og kan stoppe tiden.

"Jeg, jeg kan reise, fly på himmelen, og noen ganger kan jeg se når ting kommer til å skje før de skjer. Jeg kan også lese tanker, men ikke hele tiden. Dessuten elsker de fleste mennesker svaner. Noen sier at vi er engler. Noen mener til og med at svaner har evnen til å forvandle mennesker til engler. Jeg vet ikke om det er sant. Selv kan jeg hjelpe alle levende vesener med å helbrede seg selv."

Det siste var nytt for E-Z. Han ville vite mer.

Alfred sa: "Å overgi seg er det første skrittet."

E-Z og Lia var fortapt i tanker om Alfreds tilståelse.

"Hva gjør vi nå?" spurte Lia.

"Alle lag trenger en leder, en kaptein. Jeg nominerer E-Z", sier Alfred.

"Jeg støtter utnevnelsen", sa Lia.

Lia og Alfred hevet glassene sine for E-Z. Onkel Sam og Lias mor Samantha ble med på skålen. Selv om de ikke hadde noen anelse om hva de skulle skåle for.

E-Z takket dem alle sammen. Men inni seg lurte han på hvordan det hele skulle gå. Hvordan skulle han lede en liten jente og en trompetersvane? Hvordan skulle han holde dem trygge og utenfor fare?

Onkel Sam og Samantha tilbød seg å rydde opp, mens trioen gikk inn i stuen igjen.

"Det blir en fin anledning for dem til å bli litt bedre kjent med hverandre", sa Alfred.

"Ja, mor har aldri vært så nervøs før. I jobben sin møter hun mange mennesker, og hun snakker med dem, selv helt fremmede, som om hun alltid har kjent dem. Jeg tror det er en av hemmelighetene bak suksessen hennes. Men med Sam er hun stille som en mus og nervøs."

"Kanskje det er jetlag", foreslår E-Z.

Alfred lo. "Nei, de er tiltrukket av hverandre. Dere er begge for unge til å legge merke til det, men det var noe i luften."

"Er moren min virkelig forelsket i Sam?"

"Onkel Sam var også keitete, men han treffer ikke så mange jenter for tiden siden han jobber hjemmefra og bruker mesteparten av tiden sin på å hjelpe meg. Jeg stemmer for at vi skifter tema."

"Jeg også", sa Lia.

"Dere to er ikke morsomme."

"Jeg tror det er på tide at vi tilkaller Eriel," sa E-Z. "Han må være den som brakte oss hit. "Det må være han som førte oss sammen. Vi må få vite hva planen er. Vi må få vite hva som forventes av oss og når."

"Hvem er Eriel?" spurte Lia. "Jeg husker at du spurte meg tidligere om jeg kjente ham."

"Han er en erkeengel, og han har vært mentor for prøvene mine. I hvert fall de siste."

"Engelen min, hun som har gitt meg evnen til å se med hendene, heter Haniel. Hun er også en erkeengel. Hun er jordens omsorgsperson."

Dette overrasket E-Z. Hvis de alle arbeidet for hver sin engel, hvorfor ble de ført sammen? Var den ene engelen mektigere enn den andre? Hvem var sjefengelen? Hvem var underlagt hvem?

"Jeg vil gjerne vite hva som foregår," sa Alfred.

"Alt jeg vet," sa Lia, "er at jeg ble spurt om jeg ville være en av de tre etter ulykken. Og nå, voila, er vi her."

Onkel Sam og Samantha kom inn i rommet. De snakket sammen en stund til før Samantha, som var trøtt etter flyturen, gikk på rommet sitt. Onkel Sam gikk også på rommet sitt.

"La oss gå inn på rommet mitt og snakke", sa E-Z.

Lia og Alfred fulgte etter. Etter noen timers diskusjon innså trioen at de hadde mange spørsmål, men få svar. Lia gikk inn på rommet sitt, som hun delte med moren. Alfred sov på kanten av E-Zs seng. E-Z snorket i vei. I morgen var en ny dag - da skulle de finne ut av det.

KAPITTEL 13

NESTE MORGEN BAR LIA boller med frokostblanding ut i hagen. Solen var på vei opp på himmelen, det var en skyfri dag, og klokken nærmet seg 10.00. Alfred gumlet på gresset i nærheten av stien.

Lia ga E-Z skålen hans, satte seg under parasollen på terrassen og tok en skje cornflakes.

"Nordamerikanske cornflakes smaker annerledes enn de vi har i Nederland."

"Hva er forskjellen?" spurte E-Z.

"Alt smaker søtere her."

"Jeg har hørt at de bruker forskjellige oppskrifter i forskjellige land. Vil du ha noe annet?" Hun takket nei og ristet på hodet. "Jeg fikk ikke sove i natt", sa E-Z og tok en skje til med Captain Crunch.

"Unnskyld, snorket jeg for mye?" spurte Alfred mens han dyttet ansiktet ned i det duggvåte gresset.

"Nei, det gikk bra. Jeg hadde mye å tenke på. Jeg mener, vi er jo her alle sammen. De tre - og jeg har ikke hatt en rettssak på en stund... Siden Hadz og Reiki ble degradert, vet jeg ikke hva som foregår. Etter den siste kampen mot Eriel - som jeg forresten vant - har jeg ikke hørt noe fra Eriel. Det gjør meg nervøs. Jeg lurer på hva han finner på for å gjøre livet mitt surt."

Alfred vralte lenger bort i hagen, mens en enhjørning landet på gresset.

"Til tjeneste", sa Lille Dorrit.

Enhjørningen la seg inntil Lia, mens hun reiste seg og kysset den på pannen.

Over dem begynte en blå stripe av himmelskrift. Den stavet ordene:

FØLG MEG.

E-Zs stol reiste seg. "Kom igjen!" ropte han.

Lille Dorrit bøyde seg ned og lot Lia stige opp på henne.

Alfred slo med vingene og sluttet seg til de andre.

"Har dere noen anelse om hvor vi er på vei?" spurte Alfred.

"Alt jeg vet, er at vi må skynde oss! Vibrasjonene øker, så vi må være i nærheten."

"Se der fremme," ropte Lia. "Jeg tror det er behov for oss i fornøyelsesparken."

Umiddelbart var det åpenbart for E-Z at det var behov for dem. Berg- og dalbanen hadde sporet av. Vognene dinglet halvt på og halvt av skinnene. Og passasjerer i alle aldre skrek. En gutt hang så usikkert med beina over siden på vognen at det var tydelig at han ville falle først.

"Vi tar tak i gutten", sa Lia og satte i gang. Hun og Lille Dorrit gikk rett mot gutten. Han slapp taket, falt og landet trygt foran Lia på enhjørningen.

"Takk", sa gutten. "Er dette virkelig en enhjørning, eller drømmer jeg?"

"Det er virkelig en enhjørning," sa Lia. "Hun heter Lille Dorrit."

"Mamma har en bok med det navnet. Jeg tror den er skrevet av Charles Dickens."

"Det stemmer", sa Lia.

"Er det enhjørninger i Little Dorrit? I så fall må jeg lese den!"

"Det vet jeg ikke sikkert," sa Lia. "Men si fra hvis du finner ut av det."

E-Z tok tak i de overhengende bilene én etter én. Det tok litt tid å balansere den, den var litt som en slinky som vippet i én retning til å begynne med. Men erfaringen med flyet hjalp og inspirerte ham da han løftet vognene tilbake på sporet. Han holdt dem stødig til alle passasjerene var trygt inne.

Takket være hjelpen fra Alfred gikk denne prosessen knirkefritt. Ved hjelp av vingene, nebbet og sin størrelse klarte Alfred å løfte dem i sikkerhet.

"Går det bra med alle sammen?" ropte E-Z til rungende applaus fra alle passasjerene.

Oppgaven var fullført, og Alfred fløy opp til der Lia og de andre befant seg. Det var et utmerket sted å observere.

"Er det greit for oss å ta ned gutten nå?" spurte Lia.

E-Z ga henne tommelen opp.

Nedenfor ble det hentet inn en kran som skulle heises opp i forbindelse med en redningsaksjon. Den var langt fra klar ennå. Han så på arbeiderne som løp rundt i sine gule vernehjelmer.

E-Z plystret til fyren som betjente berg- og dalbanen om å starte den.

Berg- og dalbaneoperatøren startet motoren på nytt. Først tøffet vognene litt fremover, så stoppet de. Passasjerene skrek i frykt for at den skulle spore av igjen. Noen av dem holdt seg for nakken, som hadde fått seg en knekk under den første hendelsen.

E-Z plasserte rullestolen sin foran vognene for å observere at deres posisjon ikke endret seg. Han la merke til at det begynte å blåse opp, og passasjerenes hår ble feid rundt i vognene. En eldre mann mistet baseballcapsen sin fra LA Dodgers. Alle så på mens den falt til bakken.

"Prøv igjen", ropte E-Z og håpet på det beste, men tenkte ut en plan B for sikkerhets skyld.

Operatøren satte i gang motoren. Nok en gang beveget berg- og dalbanen seg fremover. Denne gangen litt lenger, men igjen rullet den til full stopp.

E-Z ropte ordrer til Lille Dorrit: "Legg Lia på bakken. Ta deretter noen kjettinglenker med kroker i begge ender og før dem opp til meg."

Enhjørningen nikket og steg ned til "oohs" og "ahhs" fra folkemengden som hadde samlet seg nedenfor. En mann forsøkte å ta tak i henne for å få sitte på, men hun dyttet ham vekk med nesen, og politiet rykket inn for å sperre av området.

"Her!", sa en bygningsarbeider. Han hadde hørt hva E-Z ba om. Han plasserte en del av lenken i munnen på Lille Dorrit og la resten rundt halsen hennes.

"Er det ikke for tungt?" spurte han, mens Lille Dorrit uten problemer lettet og fløy opp til Alfred som nå ventet ved E-Zs side.

Alfred brukte nebbet til å feste kroken foran på berg- og dalbanevognen. Han satte den på plass og festet den til E-Zs rullestol.

"Vennligst bli sittende," ropte E-Z. "Jeg skal få deg ned, sakte, men sikkert. Prøv å ikke bevege deg for mye, jeg vil at vekten skal være jevnt fordelt. På tre ruller vi", sa han. "Én, to, tre." Han trakk og ga alt han hadde, og bilen rullet i takt med ham. Det var lett å kjøre nedover, men når han kom opp, måtte han passe på at vognen ikke fikk for stor fart og kom ut av kurs igjen. Lille Dorrit og Alfred fløy ved siden av bilen, klare til å gripe inn hvis noe gikk galt.

Lia var både redd, nervøs og spent.

"Du klarer det, E-Z!" ropte hun og glemte at hun kunne si ordene i hodet, og at han ville høre dem.

"Takk", sa han og holdt et sakte og jevnt tempo. Selv om E-Z var sliten, måtte han fullføre oppgaven. Da bilen rundet hjørnet og stanset helt, kjørte den tilbake inn i tunnelen. Tilbake dit reisen først hadde begynt.

"Takk!" ropte operatøren.

Brannmenn, ambulansepersonell og sykepleiere gjorde seg klare til å ta imot de mange passasjerene. De gikk av samtidig.

"E-Z! E-Z! E-Z!" ropte folkemengden, med telefonene hevet for å filme hele hendelsen.

"Tror du at vi har tid til å kjøpe litt sukkerspinn?" spurte Lia.

"Og karamellmais?" sa Alfred. "Jeg er ikke sikker på om jeg vil like det, men jeg er villig til å prøve!"

"Klart det", sa E-Z, "jeg kjøper gjerne begge deler til deg! Kanskje jeg til og med kjøper en Candy Apple."

Idet han gikk for å gjøre innkjøpene, la han merke til at journalistene hadde ankommet. De var samlet rundt en svært høy mann med kullsvart hår. Mannen holdt en flosshatt foran seg og lignet Abraham Lincoln. Ved nærmere ettersyn skjønte han at det var Eriel i forkledning. Han gikk nærmere for å lytte.

"Ja, det er jeg som har samlet denne dynamiske trioen. Lederen heter E-Z Dickens og er tretten år gammel og en superstjerne. I tillegg til å være det mest erfarne medlemmet av The Three, er han også lederen. Som du sikkert har lagt merke til, klarer han nesten hva som helst. Han er en flott gutt!"

E-Z kjente at kinnene ble varme.

"Hva med jenta og enhjørningen?" ropte en reporter.

"Hun heter Lia, og dette var hennes første forsøk i superheltverdenen. Enhjørningen hennes heter Little Dorrit, og de to er et fantastisk team. Hun reddet den gutten", sa han og tok tak i gutten. Han plasserte ham foran kameraene.

Da alle øyne var rettet mot ham, avsluttet han setningen. "Med letthet. Lia og lille Dorrit er fantastiske tilskudd til teamet, og de vil være til stor hjelp for E-Z i alle hans fremtidige bestrebelser."

"Hvordan var det?" spurte en reporter gutten.

"Lia var veldig hyggelig", sa den unge gutten.

Den mørke figuren dyttet gutten bort. Han tørket støv av seg.

"Trompetersvanen heter Alfred. Dette var hans første mulighet til å hjelpe E-Z. Han var modig nok til å sette seg selv i fare. Alfred er et annet utmerket medlem av superheltteamet De tre. Du kommer til å se mye til dem i fremtiden." Han nølte: "Og jeg heter Eriel, i tilfelle du vil sitere meg i artikkelen din."

Nå skulle E-Z ønske at han ikke hadde gått med på å samle inn karnevalsgodterier. Han krøp til siden i håp om ikke å bli lagt merke til.

"Der er han!" ropte noen.

De andre som sto i køen bak ham, dyttet ham mot fronten av køen.

"Den går på huset", sa selgeren og ga ham en av alt.

"Takk", sa han mens han løftet av gårde.

"Det er ham! Gutten i rullestolen! Helten vår!" ropte noen under ham.

"Der er han, ta et bilde av ham."

"Kom tilbake og ta en selfie, er du snill!"

E-Z kastet et blikk mot der Eriel hadde vært, men nå som han var oppdaget, var det ingen som var interessert i ham. Før han visste ordet av det, var Eriel borte.

"La oss komme oss vekk herfra!" utbrøt E-Z og lurte på hvor de skulle gå. Hvis de dro hjem til ham, ville journalistene og fansen mest sannsynlig følge etter. På sett og vis savnet han den tiden da Hadz og Reiki hadde renset tankene til alle involverte - det gjorde ting enklere.

På veien tilbake kunne ikke E-Z la være å lure på hva Eriel holdt på med. Det var tross alt ikke meningen at noen skulle få vite om prøvelsene hans. Det var veldig rart - men han var for utmattet til å snakke om det med vennene sine. I stedet lurte han på hvorfor det ikke lenger var så viktig å holde prøvelsene skjult - og hvordan det kom til å forandre ting. Det var godt at vingene hans ikke brant lenger, og stolen hans virket ikke interessert i å drikke blod.

"Det var jo ganske enkelt", sa Alfred.

Lia lo: "Og det var ganske gøy å se deg i aksjon, E-Z."

"Hei, hva med meg, jeg hjalp også til!"

"Ja, det gjorde du," sa E-Z. "Og Lille Dorrit, takk skal du ha! Jeg hadde ikke klart det uten deg!"

Lille Dorrit lo. "Jeg er glad for at jeg kunne hjelpe til."

"Du var fantastisk!" sa Lia og strøk henne over halsen.

Men det var noe som plaget dem. Det var åpenbart at E-Z kunne ha gjort alt selv. Han trengte ikke hjelp.

Spesielt Alfred følte at han som trompetersvane gjorde alt han kunne. Men han var ikke til mye hjelp i en slik redningsaksjon. Ikke som om noen med hender kunne hjelpe. Han hadde gjort sitt beste, men var det nok? Var han det beste valget som medlem av De tre?

Lia tenkte at Lille Dorrit kunne ha landet under gutten og reddet ham uten at hun hadde vært på ryggen dens. Enhjørningen var smart og kunne ha fulgt E-Zs ledelse og instruksjoner. Det føltes som om hun hadde reist helt hit, og til hvilken nytte? Det ga egentlig ingen mening.

De dro hjem igjen. Selv om de hadde utrettet noe fantastisk sammen, var humøret lavt.

Lille Dorrit dro og dro dit hun bodde når det ikke var bruk for henne.

E-Z gikk straks til kontoret sitt og jobbet litt med boken sin. Han hadde hatt lyst til å oppdatere listen over prøvelser for å se hvor langt han var kommet. Han bestemte seg for å skrive dem inn igjen fra begynnelsen:

1/ reddet den lille jenta

2/ reddet flyet fra å styrte

3/ stoppet skytteren på taket

4/ stoppet jenta i butikken

5/ stoppet skytteren utenfor huset hans

6/ duellerte med Eriel

7/ kom seg ut av kulen

8/ reddet Lia

9/ satte en berg-og-dal-bane tilbake på sporet.

Han var ikke sikker på om det å redde onkel Sam var en prøvelse eller ikke. Hadz og Reiki hadde renset tankene hans. E-Zs magefølelse sa at det ikke hadde vært en prøvelse å redde onkel Sam.

Han lente seg tilbake i stolen. Han tenkte på den nært forestående tidsfristen. Han måtte fullføre tre forsøk til i løpet av en begrenset periode. På én måte ønsket han å bli ferdig med dem. På en annen side skremte det ham å være ferdig med det han hadde forpliktet seg til.

I mellomtiden bestemte Alfred seg for å ta en svømmetur ved innsjøen.

Lia og moren gikk en tur.

$$*\!*\!*$$

"S Å HVORDAN VAR DET?" spurte Samantha.

"Det var ekstremt spennende og skummelt på samme tid. E-Z er bemerkelsesverdig. Fryktløs", forklarte Lia.

"Og hva var ditt bidrag?"

De gikk rundt hjørnet og satte seg sammen på en parkbenk. Barn lekte, løp opp og ned og ropte. Både mor og datter husket hvordan Lia pleide å leke slik, bekymringsløst, da hun var sju år gammel. Nå som hun var ti år, hadde interessen for å leke avtatt betraktelig.

"Savner du det?" spurte Samantha.

Lia smilte. "Du vet alltid hva jeg tenker. Egentlig ikke, men en dag vil jeg gjerne prøve å danse igjen. For å se hvordan og om jeg kan tilpasse meg."

De satt sammen og så på uten å si noe.

"Når det gjelder mitt bidrag, var det en liten gutt som hang ned fra bilen, og uten Lille Dorrits hjelp kunne han ha falt."

"Kunne ha falt?"

"Ja, jeg tror E-Z ville ha reddet ham og tatt seg av resten hvis vi ikke hadde vært der. Han er vant til å klare prøvelsene på egen hånd."

"Tror du ikke at du og Alfred var nødvendige?"

"Jeg vet ikke om det hjalp at vi var der som moralsk støtte. Erkeenglene har gjort mye for å samle oss. Å fly oss helt fra Nederland, vårt hjemland. Etter denne rettssaken å dømme tror jeg ikke det er nødvendig."

Samantha tok datterens hånd i sin, og de reiste seg fra benken og vendte snuten hjemover.

"Jeg tror det er bra å ha et team, en backup, og jeg er sikker på at E-Z vet og setter pris på det. Han ser ikke ut til å være typen til å være en einstøing. Han spilte baseball, og det gjør han fortsatt etter det Sam har fortalt meg. Han vet at lag fungerer godt sammen og bygger på hver enkelt spillers styrker. Når det gjelder deg, ville jeg ikke bekymret meg for at du ikke var den viktigste faktoren i denne rettssaken. Og undervurder aldri verdien din."

"Takk, mamma", sa Lia da de rundet hjørnet og kom inn i gaten. "Nå skal vi snakke om Sam. Du liker ham veldig godt, ikke sant?"

Samantha smilte, men svarte ikke.

✱✱✱

Samtidig sjekket Sam hvordan det gikk med E-Z. "Er alt i orden?" spurte han og stakk hodet inn på nevøens kontor.

"Jeg vet ikke helt. Kan vi ta en prat?"

"Klart det, gutten min."

"Lukk døren, er du snill."

"Hva er det? Gikk ikke den første lagprøven bra?"

"Først vil jeg spørre deg om hva som skjer med deg og Lias mor."

Sam stusset med føttene og pusset brillene. "La oss ikke få dette til å handle om meg og Samantha. Det er en sak mellom oss."

"Så det er et USA, da?", smilte han.

"Bytt tema", sa Sam.

"Greit, som du vil. Når det gjelder rettssaken, gikk den bra, og ikke tenk stygt om meg. Jeg sier ikke dette fordi jeg er stor i kjeften, men jeg kunne ha gjennomført den uten de andre."

"Fortell meg nøyaktig hva som skjedde. Hva var oppgaven din? Og jeg må si at dette overrasker meg, siden du alltid har vært en lagspiller."

"Jeg vet det. Det er det som plager meg også. Det var i fornøyelsesparken. En berg-og-dal-bane kjørte av banen. Fronten hang ut over kanten, og passasjerene veltet over. Bare én var virkelig i fare - en guttunge som Lia fanget opp ved hjelp av enhjørningen Lille Dorrit."

"Høres ut som om redningen var nyttig."

"Det var det, for gutten hadde dårlig tid, men jeg var der og kunne ha reddet ham. Så satte jeg vognen på sporet igjen og hjalp de andre inn. Det var som om tiden sto stille for meg - så jeg kunne lett ha løst denne situasjonen uten noens hjelp."

"Det høres ut som om Alfred ikke var til mye hjelp for deg. Mener du at du kunne klart deg uten ham?"

E-Z kjørte fingrene gjennom det mørke håret. Den bustete følelsen fikk ham på en måte til å stresse ned.

"Alfred hjalp til. Men jeg lette etter måter han kunne hjelpe på. Han prøver så hardt. Vi vil så gjerne hjelpe, men ærlig talt er han smart nok til å vite at jeg har skapt arbeid for ham. Så han kunne hjelpe, og det føles ikke bra."

"Det er det lagspillere gjør. De passer på hverandre. Hjelper hverandre."

"Jeg vet det, men når liv står på spill, er det opp til meg å sørge for at ingen dør. Hvis jeg finner oppgaver til de andre for at de skal føle seg nødvendige, er det et handikap, ikke en hjelp." Han sukket dypt og klikket med fingrene over tastaturet. Skamfull unngikk han øyekontakt med onkelen.

Etter noen minutters stillhet gikk E-Z tilbake til arbeidet med boken sin og lot onkelen tenke seg om. Han gikk gjennom detaljene i dagens hendelser.

Som en debriefing. Han brøt ned ting. Tok rettssaken fra hverandre og satte den sammen igjen, fikk han en åpenbaring. Dette var noe han aldri hadde gjort før. Han kunne diskutere saken med teamet sitt. De kunne fortelle ham hvordan han gjorde det, komme med forslag slik at han kunne forbedre seg. Ja, det var mange fordeler med å være en av de tre. Han følte seg avslappet og lykkeligere med denne kunnskapen.

"Jeg synes du bør gi denne teamsituasjonen mer tid før du bestemmer deg for noe. Det må være en fordel for deg å vite at de har hver sine spesielle krefter som kan hjelpe deg. I denne situasjonen var det dine ferdigheter som var i høysetet. Det betyr ikke at det alltid vil være slik. Ting kan forandre seg til neste oppgave. Det er en grunn til at alt skjer."

"Du tenker på samme måte som jeg gjør nå. Alt er alltid bedre hvis man slipper å være alene om det. Det har du lært meg."

"Er det noen andre i dette huset som er sultne?" ropte Alfred mens han vralte bortover korridoren.

E-Z skjøv stolen sin bakover og svarte: "Jeg!"

Sam sa: "Hva sa du?"

"Å, Alfred spurte om noen er sultne."

"Jeg også!" ropte Sam.

"Jeg er det", sa Lia. "Hva blir det til middag?"

Samantha foreslo at de skulle bestille pizza. Alle jublet, bortsett fra Alfred. Han var ikke så glad i ost.

De tilbrakte kvelden sammen, fylte ansiktene og så på en serie om zombier.

"Det er vel ikke for skummelt for deg, Lia?" spurte E-Z,

"Den er for skummel for meg!" svarte Samantha. Sam la armen rundt henne, mens Lia fniste og holdt moren i hånden.

KAPITTEL 14

TIDLIG NESTE MORGEN VÅKNET Alfred av et skrik. Hvis du aldri har hørt en svane skrike før, er du heldig. Det var så høyt at alle våknet.

E-Z prøvde å roe ned Alfred. Svanen slo bare mer med vingene og lagde en forferdelig lyd. Det var som om han ble torturert. Enten det, eller så gikk verden under!

Onkel Sam kom for å sjekke hva som skjedde.

"Det er Alfred, men ikke vær redd. Jeg tar meg av dette", sa E-Z.

Snart kom Lia og Samantha for å undersøke saken. Lia overtalte Samantha til å sove videre.

Lia ble igjen for å hjelpe E-Z med å trøste Alfred. Alfred gikk straks til vinduet, åpnet det med nebbet og fløy ut i natten.

Over dem lyttet E-Z og Lia til Alfreds svømmeføtter som slo mot taket.

"Hva venter dere på?" ropte han. "Vi må dra - NÅ!"

Lia klatret ut av vinduet og stilte seg skjelvende på avsatsen. Hun ventet til E-Z hadde kommet seg opp i rullestolen og manøvrert den i svevende stilling.

"Vent, jeg tror enhjørningen endelig er på vei", sa Alfred. "Det er derfor jeg er her oppe. For å se om hun kommer."

Lille Dorrit landet, satte nesen under Lia og kastet henne opp på ryggen.

Så fløy de av gårde med Alfred i spissen.

"Senk farten!" ropte E-Z. Alfred ignorerte ham. Han fortsatte, økte høyden og farten. E-Zs stolvinger begynte å blafre, og det samme gjorde englevingene hans. Han måtte jobbe raskt for å holde Alfred innen synsvidde.

Lia grøsset. "Jeg skulle ønske jeg hadde hatt med meg en genser."

"Klem deg inntil halsen min," sa Lille Dorrit. "Jeg skal holde deg varm."

E-Z økte tempoet og nærmet seg, men så oppdaget han at Alfred sakket farten. Det var i hvert fall det han trodde. I stedet fikk han se et syn han aldri ville glemme. Alfred var frosset fast i luften, med vingene og føttene utstrakt. Som om han var modellert som en X.

Så begynte hele kroppen hans å skjelve, og det vokste til en skjelving. Det så ut som om han fikk støt. Og uttrykket av uutholdelig smerte i ansiktet hans fikk vennene til å felle en tåre.

"Hva er det som skjer med ham?" spurte Lia. "Jeg kan ikke se på det lenger. Jeg kan bare ikke", hulket hun.

"Det er som om han får sjokk. Hvem gjør noe sånt?" Da han sa det, visste han det. Bare Eriel kunne være så grusom. Eriel tilkalte dem. Hun brukte denne elektrosjokkteknikken for å få dem til å følge vennen Alfred. Men hva om han ikke overlevde sjokkene? Idet han sa dette, løsnet en håndfull av Alfreds fjær fra kroppen hans og svevde i luften. Han sluttet å skjelve og begynte å fly. Over skulderen sa han: "Kom igjen, følg med før den treffer meg igjen."

"Går det bra med deg?" spurte Lia.

"Det var den tredje, og det blir verre for hver gang. Vi må komme oss dit de vil ha oss, og det fort. Jeg vet ikke om jeg overlever en til - ikke verre enn den forrige. Det var en skikkelig smell."

De fløy videre og småpratet underveis.

"Beklager at jeg vekket alle sammen", sa Alfred nå som sjokkene hadde opphørt.

"Det var ikke din feil." sa E-Z. "Jeg er ganske sikker på at jeg vet hvem sin feil det er - og når vi treffer ham, skal jeg gi ham skylden."

"Hva mener du?" spurte Lia og la seg inntil halsen til Lille Dorrit. Det var så mørkt og kaldt at hun ikke klarte å slutte å skjelve.

Alfred sa: "Vi har blitt tilkalt ved å sende elektriske støt gjennom hele kroppen min. Det var som om fjærene mine brant innenfra og ut. Så uhøflig. Veldig uhøflig, og et øyeblikk trodde jeg at jeg var tilbake i mellomrommet igjen."

Hele svanekroppen hans skalv når han tenkte på det. "De som gjorde det, skal få som fortjent når jeg ser dem igjen!"

Alfred fortsatte å fly i takt med de andre. "Tidligere hvisket Ariel i øret mitt for å vekke meg. Så la vi en plan sammen. Hun gjorde det til og med når jeg var i en mellomtilstand. Hun har alltid vært mild og snill mot meg. Denne innkallingen var annerledes."

"Det høres ut som Eriels verk", innrømmet E-Z. "Han er ikke særlig taktfull. "Han er ikke særlig taktfull, og han kan være litt melodramatisk og ganske ufølsom. For ikke å snakke om at han har en syk sans for humor."

"Litt melodramatisk, det skraper ikke engang i overflaten", sa Alfred.

"Du må fortelle oss mer om dette mellomspillet en annen gang. Navnet høres søtt ut, men jeg har en følelse av at det er en selvmotsigelse", sa E-Z.

"Jeg liker ikke å snakke om det", svarte Alfred.

"Jeg gleder meg virkelig til å møte denne Eriel. IKKE." innrømmet Lia. "Det er som å glede seg til å møte Voldemort. Ryktet hans går foran ham."

"Ah, en Harry Potter-fan, altså?" sa Alfred.

"Definitivt", innrømmet Lia.

Stjernene på himmelen over dem sendte ut imaginær varme. Likevel frøs de uforberedt i nattluften.

"Er vi snart fremme?" spurte E-Z.

"Det vet jeg ikke helt sikkert", sa Alfred. "Sjokket sa ikke hvor vi ble tilkalt, og jeg kan ikke registrere noen vibrasjoner i luften. Det eneste som kan indikere at vi ikke gjør det som forventes av oss, er et nytt sjokk. Dessverre."

"Vi vil ikke at det skal skje. La oss øke tempoet."

"Men det ser ut til at vi nærmer oss." Alfred stoppet midt i luften med vingene helt utstrakt. "Å nei!" hvisket han og ventet på det nye sjokket. Han ventet og ventet, men ingenting skjedde. "Vi er vel nesten..."

Denne gangen var det ikke bare svanekroppen som ristet og skalv. Alfreds kropp rullet rundt og rundt igjen. Som om han gjorde saltomortaler på himmelen.

Mistede fjær fløy rundt ham og danset i vinden mens svanen gikk i fritt fall.

E-Z fløy under trompetersvanen og fanget ham. "Alfred? Alfred?" Den stakkars svanen hadde besvimt. "Eriel! Du der! Din store, hårete gribb!" ropte E-Z og løftet neven mot himmelen. "Du trenger ikke å drepe Alfred. Fortell oss hvor du er, så kommer vi, men bare hvis du går med på å slutte med de elektriske ladningene. Det er barbarisk. Han er en svane, for Guds skyld. Gi ham en sj anse."

"Det han sa", svarte Lia med de åpne håndflatene vendt mot himmelen.

Et øyeblikk svevde de, fortsatt på plass.

Så fikk rullestolen et støt. Så traff det enhjørningen Dorrit. Og alle falt i fritt fall.

Eriels latter fylte luften rundt dem. Verden var hans Sensurround, og han gjorde narr av De tre som ingen andre kunne. Eller ville gjøre det.

KAPITTEL 15

D E FORTSATTE Å STUPE en god stund. Ingen av dem hadde kontroll over sine spesielle krefter eller egenskaper.

De forventet nesten at kroppene deres ville bli splintret på fortauet nedenfor. Fortauet hevet seg for å ta imot dem.

Plutselig var det slutt på nedstigningen. Det var som om de alle var knyttet til en usynlig dukkefører.

Etter noen sekunder begynte bevegelsen igjen, men denne gangen var den forsiktig.

Den ledet dem til de trygt kunne slippes ned for føttene til erkeenglene Eriel, Ariel og Haniel.

"Har du hatt en fin tur?" spurte Eriel. Han brølte av latter. Følgesvennene hans så på uten å le eller si noe.

Alfred, som nå var våken, fløy og landet, etterfulgt av enhjørningen Lille Dorrit som bar Lia.

Enhjørningen bukket for de andre gjestene og trakk seg tilbake til den andre siden av rommet.

Eriel, den høyeste av de tre andre, sto med hendene i hoftene og sørget for at det ikke var noen tvil om hvem som bestemte.

Ariel, derimot, var alvelignende.

Haniel var statueaktig og utstrålte skjønnhet.

Eriel trådte frem og løftet seg opp fra bakken slik at han var over dem. Han brølte: "Det tok dere lang tid å komme hit! Når jeg i fremtiden beordrer deg hit, vil du være her i en fei!"

Haniel fløy nærmere Alfred. Hun tok ham på pannen. Så snudde hun seg mot E-Z og gjorde det samme. Hun smilte. "Hyggelig å møte dere begge." Hun snudde seg mot Lia. Lia åpnet håndflaten sin, og de to utvekslet fingerberøringer. Lia kastet seg i Haniels armer. Haniel slo vingene rundt henne og lot seg imponere av den ti år gamle jentas utseende.

Ariel flakset tett inntil E-Z. Hun blunket til ham og smilte til Lia. Hun fløy bort til Alfred og lindret smertene hans.

"Slutt å mase!" Eriel kommanderte med en stemme som dundret så høyt at E-Z fryktet at taket skulle gå i taket.

"Vent litt", sa Alfred og gikk med lyden av svømmehudføttene som klapret mot betonggulvet. "Jeg ble nesten drept av strøm, og jeg vil gjerne ha en unnskyldning."

Eriel åpnet vingene så mye de kunne. Han svevde over Alfred, som skalv, men holdt stand. Øynene deres låste seg fast.

E-Z følte at trompetersvanen Alfred enten var veldig modig eller veldig dum. Uansett trengte han hjelp.

E-Z rullet frem og plasserte stolen sin mellom dem. "Gjort er gjort." Han henvendte seg til Alfred: "Trekk deg tilbake." Alfred gjorde det. Så til Eriel: "Jeg vet at du er en bølle, og det du gjorde mot vennen vår, var utilgivelig og grusomt. Det er midt på natten, så kom til poenget - fortell oss hvorfor vi er her. Hva er den store nødsituasjonen?"

Eriel landet, og vingene foldet seg sammen bak kroppen. Han brølte: "Mine forsøk på å få tak i deg personlig, min protesjé, ble ikke besvart. Uansett hva jeg gjorde, snorkingen din hindret deg i å våkne. Jeg sendte Haniel etter Lia, men hun klarte ikke å vekke henne uten å forstyrre moren som sov ved siden av henne. Derfor tilkalte vi Alfred, som heller ikke reagerte på en stund. Mentoren hans prøvde som vanlig å nærme seg ham, men hviskingen hennes var ikke kraftig nok til å vekke ham."

"Jeg var bekymret for deg", sa Ariel.

"Jeg er lei for det", sa Alfred. "E-Zs seng er fantastisk komfortabel, og han snorker ganske høyt. Det er lenge siden jeg har sovet i en ordentlig seng igjen."

"HOLD KJEFT!" skrek Eriel.

Alfred trakk seg tilbake, mens E-Z flyttet stolen sin enda nærmere skapningen.

Eriel senket stemmen. "Haniel trodde du var død, svane. Derfor benyttet jeg anledningen til å evaluere den nyeste teknologien vår."

"Den hadde ikke blitt utført på mennesker før," innrømmet Haniel.

"Vi tenkte at det var best å prøve på noen som ikke var mennesker - Alfred, du passet som hånd i hanske, og det fungerte utmerket. Riktignok kom dere alle for sent, men dere kom hit. Som de sier, bedre sent enn aldri."

"Brukte du meg som forsøkskanin?" sa Alfred og svingte nakken frem og tilbake med nebbet på vidt gap mens han beveget seg over gulvet.

E-Z plasserte igjen rullestolen sin mellom dem. "Hold deg nede", sa han til Alfred.

Eriel, Haniel og Ariel dannet en halvsirkel rundt trioen.

"Du har rett, E-Z. Gjort er gjort. Det var bedre at de prøvde seg på meg enn på dere to. Sett i gang nå," forlangte Alfred.

"Ja, Eriel," sa E-Z, "jeg spør igjen, hvorfor er vi her?"

"For det første", brølte erkeengelen, "var planen at dere tre skulle danne en slags trio."

"Det har vi allerede funnet ut selv," sa Lia. Hun holdt håndflatene åpne slik at hun kunne se alle tre erkeenglene samtidig. Hun så seg også rundt i rommet innimellom for å ta inn omgivelsene. Det så kjent ut, med metallvegger som det rommet hun først hadde møtt E-Z i. Bare mye mer romslig.

E-Z så seg rundt og så på Lia. Han tenkte det samme. Jo mer han så på veggene, jo mer virket det som om de lukket seg rundt ham. Han følte seg kald og klaustrofobisk, selv om rommet var enormt. Han ønsket at rullestolen hans hadde en knapp som man kunne varme opp setet med, slik som i enkelte biler.

"Stille!" ropte Eriel. Siden alle var stille, virket det malplassert. De hadde selvfølgelig ikke tatt i betraktning at han også kunne lese tankene deres.

Alfred lo.

Eriel lukket avstanden mellom dem, og Alfred rygget tilbake. Eriel lukket avstanden igjen. Og så videre, helt til Alfred sto med ryggen mot veggen. Alfred tok til å flykte. Eriel løftet ham opp med sine klolignende føtter. Holdt ham over de andre.

"Eriel, vær så snill," sa Ariel. "Alfred er en god sjel."

Eriel satte ham ned og løftet nevene. Lyn fløy ut av dem og rikosjetterte mot metalltaket i containeren. Alle bortsett fra Eriel lekte kanon med de flygende elektriske ladningene. Eriel så på. Lo. Helt til han ble lei av underholdningen.

De tres selvtillit hadde blitt satt på prøve.

Eriel fanget de gjenværende lynene. Han gjorde et stort nummer ut av det mens han la dem i lommene sine.

"Nå," sa han med et lurt glis. "En ny prøve er på vei mot deg. I dag. En av dere kommer til å dø."

E-Z spratt opp i stolen. Alfred skrek et ufrivillig "Hoo-hoo!" og Lia skrek et lite jenteskrik.

Eriel fortsatte og ignorerte reaksjonene deres. "Dere er her for å velge. Hvem av dere skal dø i dag? Etter at dere har valgt, skal jeg forklare hvilke konsekvenser døden vil få for dere." Eriel fløy noen meter bort, og de to andre englene sto ved siden av ham, en på hver side.

Først beskrev Ariel Alfreds død:

"Jeg kan ikke fortelle deg noen detaljer om denne rettssaken. Det eneste jeg kan si, er at hvis du dør i dag, Alfred, vil du ikke oppfylle kontrakten din. Derfor vil du ikke få se familien din igjen, verken nå eller senere. Men din død vil være vakker. For som i livet er en svanes død alltid vakker. Majestetisk. For når en svane dør, blir den til en engel. Din forvandling ville være en ny begynnelse for deg. Ditt formål vil være å gjøre det bedre for både mennesker og dyr.

Du ville få et nytt navn og et nytt formål. Du ville bli verdsatt på alle måter. Og sjelen din ville vende tilbake til sitt evige hvilested."

Tårene rant nedover Alfreds trompetersvanekinn. Ariel trøstet ham ved å legge vingene sine rundt vingene hans.

For det andre fortalte Haniel om Lias død:

"Barn, du som snart blir kvinne, som Ariel, jeg kan ikke fortelle deg noe om hva som skal skje. Alt jeg kan si til deg, kjære Cecelia, også kjent som Lia, er at hvis du dør i dag, vil du ikke lenger være til. I noen som helst form. Din død vil være nettopp det, en død. Endelig. Det blir som det ville ha vært da lyspæren eksploderte, du ville ha dødd. Da ville det stakkars livet ditt vært over. Likevel er du her nå, og du har mye å tilby verden. Du har ikke engang skrapt i overflaten av de kreftene du har til rådighet. Men skulle du dø i dag, ville disse kreftene forbli ubrukte. Du ville gå ned i jorden, støv til støv. Bare et minne for dem som har kjent og elsket deg. Men sjelen din ville også vende tilbake til sitt evige hvilested."

Lia lukket hendene for å holde tårene tilbake. De falt også fra øynene. De gamle øynene hennes. Kroppen skalv når hun hulket. Hun var for overveldet av følelser til å snakke.

Lille Dorrit rykket inn og dyttet den lille jenta på skulderen. Haniel prøvde også å trøste henne ved å kysse henne på pannen.

Så begynte Eriel å fortelle E-Zs historie:

"E-Z, du har oppnådd mye siden foreldrene dine døde. Du har blitt utsatt for prøvelser. Av og til ofte uoverkommelige oppgaver for et menneske. Likevel har du klart å overvinne dem. Du har reddet liv. Du har ikke skuffet meg. Men vi føler..." Hun nølte og så seg om fra side til side. "Jeg føler spesielt at du har motarbeidet kreftene dine. Noen ganger har du til og med fornektet dem. Du har sløst bort tiden vi har gitt deg til å gjøre verden til et bedre sted."

E-Z åpnet munnen for å si noe.

"Stille!" skrek Eriel. "Ikke prøv å rettferdiggjøre deg selv. Vi har sett deg spille baseball og kaste bort tid med venner som om du hadde all verdens tid til å fullføre oppgavene dine. Nå er tiden ute. Hvis du dør i dag, vil prøvelsene dine være ufullstendige."

E-Z ante godt hva som kom til å skje nå, men han måtte vente på at Eriel skulle si det. Han måtte si ordene for at det skulle bli sant.

Som han antok, var Eriel ikke ferdig ennå. "Å etterlate oss med ufullstendige prøvelser som du ble reddet for. Det ville være utilgivelig. Hvis du døde i dag, ville du miste vingene dine. Det er bare begynnelsen. De prøvelsene du ikke hadde fått ennå, ville du aldri få. For du var den eneste som kunne fullføre oppgavene. Vårt eneste håp.

"Derfor ville de som du ville ha frelst, ikke bli frelst av noen, når som helst. De vil dø på grunn av deg. Alle du noensinne har reddet under dine prøvelser, vil dø.

"Det ville være som om du aldri hadde eksistert. Deres død ville være endelig. Fullstendig. Ingen mulighet til et liv etter døden for noen av dem. Det ville ikke engang være mulig å sende dem til mellomrommet. Din død ville skape kaos i verden. Som den dagen du og jeg duellerte. Husker du hvordan verden var den dagen? Slik ville jorden bli - hver eneste dag." Eriel snudde ryggen til. De så ham strekke ut vingene, som om han forberedte seg på å dra.

Alle var stille. De grublet over skjebnene sine.

Etter en stund brøt Eriel stillheten. "Ariel, Haniel og jeg forlater dere nå. Dere kan snakke sammen og bestemme dere. Men vær raske. Vi har ikke hele dagen på oss."

Erkeenglene forsvant gjennom taket.

KAPITTEL 16

Etter at erkeenglene hadde dratt, var De tre for lamslåtte til å si noe. Helt til E-Z brøt stillheten.

"Det gir ingen mening for meg at de bringer oss alle sammen hit. At de torturerer Alfred. Få oss hit. Så sier de at en av oss må dø. Og at vi må velge hvem av oss som skal dø. Det er barbarisk - selv for Eriel."

Lia gikk rundt med knyttede never. Hun var for sint til å snakke, og hun brydde seg ikke om å støte borti noe. Når hun gjorde det, sparket hun til det.

Alfred stemte i. "Jeg tror at hvis noen må dø, bør det være meg. Kreftene mine er ekstremt begrensede. Med tanke på hvor kompliserte prøvene er, er det mer enn sannsynlig at jeg blir forvandlet til svanesuppe. Som den siste prøven. Jeg vet at du hjalp meg, E-Z. Det var snilt av deg, men jeg visste at jeg var en belastning."

E-Z prøvde å avbryte, men Alfred bare fortsatte. "For ikke å nevne at jeg kunne komme i veien. Sette en av dere i fare. Jeg har levd et trist og ensomt liv siden familien min ble tatt fra meg. En dag er ensomheten overveldende. Å være medlem av De tre har hjulpet, men...

"Selv som svane kunne jeg tenke på dem. Huske dem, elske dem. Bare det å vite at de døde sammen og er et sted sammen, gir meg fred. Selv om jeg ikke er sammen med dem, men det vil jeg være i dag, hvis det er jeg som dør. Jeg er villig til å ta den risikoen. Dessuten vil ingen på jorden savne meg når jeg går bort."

"Vi vil savne deg!" sa Lia.

"Selvsagt vil vi savne deg!" E-Z var enig, mens han krysset gulvet og la merke til et bord som før hadde gått i ett med veggen. Han gikk nærmere og oppdaget en bunke papirer som han bladde gjennom.

"Jeg setter pris på omtanken", sa Alfred. "Hei, hva gjør du, E-Z? Hvor kommer det bordet fra?"

Lia holdt begge hendene foran seg slik at hun kunne se både E-Z og Alfred samtidig.

E-Z fortsatte å bla i sidene. Snart fløy de rundt i hele rommet. De snurret rundt i luften som om de hadde blitt fanget av en tornado.

De tre grupperte seg sammen og betraktet papirflommen. Så falt de med ett ned på fortauet.

Lia tok et av dem og leste det mens E-Z og Alfred så på.

"Hva er dette?" utbrøt hun. "Det står navnene våre. Den forteller historiene. Historiene våre. Om våre dødsfall."

"Det står at vi allerede er døde!" sa E-Z og leste en av papirene han hadde fått tak i.

"Å," sa Lia med en tåre rennende nedover kinnet. "Det står også at moren min er død, og det samme er onkel Sam."

E-Z ristet på hodet. "Det kan ikke være sant. Det er ikke sant. De lurer oss." Han så seg rundt. Noe i rommet hadde forandret seg. Veggene. De var nå røde. "Har vi gått inn i en annen dimensjon eller noe? Se på veggene? Er vi et annet sted, der fremtiden allerede er fortid?"

Alfred plukket opp en annen av de falne sidene. Den fortalte om konas og barnas død og om hans egen død. Og likevel, når han så på seg selv, kjente på seg selv, var han levende, med fjær: en trompetersvane. "Jeg vil ut," sa han.

Lia smilte. "Mener du ut av dette rommet, eller ut av dette livet? Jeg vil også ut, jeg mener ut av denne ekle metallbeholderen, men jeg vil ikke dø". Å se verden gjennom håndflatene mine er rart og kult på samme tid. Å kunne lese tanker er også kult. Men da jeg stoppet tiden, det var fantastisk. Tenk å kunne påkalle den kraften, for eksempel hvis noen var i fare, eller hvis det var en katastrofe. Tenk hvor mange liv som kunne reddes? Og nå er jeg ti år, og hvem vet hvilke andre krefter jeg har i vente."

"Gudelignende", sa E-Z. "Jeg vet hvordan du hadde det, Lia. Det følte jeg også da jeg reddet den første lille jenta, da jeg reddet de andre, og da jeg reddet deg."

De tre dannet en sirkel og tok hverandre i hendene mens de resiterte ordene: "Vi har makten. Ingen skal dø i dag. Uansett hva de sier." De snudde seg rundt og rundt og mantraet sitt nye mantra. Helt til de var klare til å kalle erkeenglene tilbake igjen.

KAPITTEL 17

Eriel ankom først, med hevede øyenbryn og en hånlig leppe. Deretter kom Ariel og Haniel. De to holdt seg bak ham i skyggen av de enorme vingene hans. Eriel la armene i kors, mens de to andre erkeenglene rykket opp. De svevde på hver sin side av skuldrene hans.

"Vi har bestemt oss," sa E-Z. "Ingen skal dø i dag."

Eriels latter dundret rundt i metallkabinettet. Han reiste seg opp i luften og la armene i kors over brystet. Ariel og Haniel forble tause, mens Eriels latter økte i tonehøyde, høy nok til å såre Alfreds ører.

Alfred besvimte, men kom seg raskt. Lia og E-Z hjalp ham opp. De holdt ham oppe til Lille Dorrit fløy over. Et øyeblikk senere satt Alfred høyt over dem på enhjørningen. Han sto ansikt til ansikt med Eriel.

"Takk, kompis," sa Alfred.

"Jeg er glad for å kunne hjelpe," sa Lille Dorrit.

"Nå holder det!" ropte Eriel og beveget seg høyere over dem. Han skremte dem med sin størrelse, sin sykelighet og sin dundrende stemme. "Tror dere at dere kan endre det som kommer til å skje? Jeg har fortalt dere hva som må skje, og dere har ikke noe annet valg enn å adlyde meg. Det var ikke en spørreundersøkelse. Heller ikke et demokrati. Det var en visshet. For det står skrevet .."

Så la han merke til at gulvet var dekket av papirer. Han fløy ned og plukket opp en. Så reiste han seg opp, slik at han sto ansikt til ansikt med Alfred. I hånden holdt han Alfreds historie.

"Jeg ser at du har lest fremtiden. Nå vet du sannheten, at du lever i et parallelt univers. Det som skjer her, får ringvirkninger i de andre universene. På steder der både fremtiden og fortiden finnes."

Lia slapp høyre hånd og holdt opp den venstre. Armene hennes var ikke sterke, for de var ennå ikke vant til at hun måtte holde dem oppe.

Eriel fløy gjennom rommet og satte seg i en rød sofa. De andre englene gjorde ham selskap, en på hver av armene. Eriel satt komfortabelt med vingene verken helt ut eller inn.

Etter at han hadde funnet seg til rette, fortsatte han. "I en av verdenene er dere alle tre allerede døde. Du har lest sannheten. I denne verdenen er det fortsatt håp. Håpet eksisterer på grunn av oss, det vil si meg, Ariel, Haniel og Ophaniel. Vi har valgt dere tre mennesker til å samarbeide med oss. Vi har gitt dere mål, og vi har hjulpet dere der og når vi kan. Mens vi er sammen med dere, er vi alene om å la deres eksistens fortsette. Det er bare vi som gir livet deres en mening. Hvis du nekter å følge den veien vi har valgt for deg, vil du heller ikke lenger eksistere her i verden. Du vil bli slettet, slik du aldri har vært og aldri vil bli."

E-Z knyttet nevene, og stolen veltet fremover. "I dokumentet, dokumentet om mitt andre liv, sto det at onkel Sam også var død. Han var ikke med i ulykken med foreldrene mine. Han er ikke en del av denne avtalen. Drepte du ham, Eriel, for å holde meg her?"

Uten å vente på svar svarte Lia. "I dokumentet mitt står det at moren min er død. Hvordan kan det være sant? Si at det ikke er sant!"

Alfred følte seg nå bedre og hoppet ned fra ryggen til Lille Dorrit. Han vralte nærmere sofaen og sto igjen ansikt til ansikt med Eriel.

E-Z så stolt på sin venn Alfred, den uredde trompetersvanen.

"Og i dokumentene er bønnene mine besvart. Jeg er allerede død. Jeg døde sammen med familien min, slik det skulle ha vært. Jeg ville heller ha vært død. Å ha dødd sammen med dem, i stedet for å bli reinkarnert som trompetersvane. Det var etter at Haniel reddet meg fra mellomtingene."

Eriel skjøv Alfred bort. "Å, ja, mellomtingene og mellomtingene. Jeg hadde glemt at du ble sendt dit. Du var ikke så glad i det, var du vel?"

Alfred beveget nakken og grimaserte med nebbet. Han blottet de små, spisse tennene som om han ville bite Eriel.

"Hold deg nede," sa E-Z mens han rullet opp til sofaen.

Alfred lukket nebbet. Lia rykket nærmere. Nå sto de tre sammen foran Eriel. De ventet på at erkeengelen skulle si noe, hva som helst. For en gangs skyld var de målløse.

E-Z benyttet anledningen til å få kontroll over situasjonen.

"I avisene sto det at onkel Sam hadde omkommet i ulykken med moren min, faren min og meg. Han var ikke i bilen sammen med oss, for at dette skulle ha skjedd, måtte han ha blitt plantet i bilen sammen med oss. Med hvilken hensikt? Forklar oss, dere såkalte erkeengler. Hvorfor vil dere forandre historien slik at den passer deres egne formål? Hvor er forresten Gud i alt dette? Jeg vil snakke med ham."

"Det vil jeg også!" utbrøt Lia.

"Jeg også!" Alfred stemte i.

Eriel la beina i kors og bredte ut vingene. Han la hånden på haken og svarte: "Gud har ingenting med oss eller dere å gjøre - ikke nå lenger." Han gjespet, som om denne oppgaven kjedet ham.

"Hva om jeg fortalte deg at huset ditt brenner i dette øyeblikk? Hva om jeg fortalte deg at verken onkel Sam eller moren din, Samantha Lia, ville overleve en dag til?"

"Din b-b-bastard!" utbrøt E-Z.

"Ditto!" sa Lia.

"Kom igjen nå," sa Eriel irettesettende. "Vi er alle venner her. Venner, ikke sant? Huset ditt kan stå i brann, hva som helst kan skje mens vi er her på dette stedet, suspendert i tid. Jo lenger du venter med å velge, jo mer kaos skaper du i verden." Han reiste seg og bredte ut vingene, noe som fikk trioen til å ta noen skritt tilbake.

"E-Z, du ville risikere livet for onkel Sam, ikke sant?" fortsatte han. Han nikket. "Selvsagt ville du det. Og Lia, du ville risikere livet for å redde livet til moren din, ikke sant?" Lia nikket.

"Og Alfred, min kjære lille trompetersvane. Min fjærkledde, fjærkledde venn. Hvem av de to ville du redde? Hvis du bare kunne redde én av dem?" Eriel smilte, stolt over rimene han hadde laget.

"Jeg ville reddet begge to," sa Alfred. "Jeg ville risikere livet eller dø i forsøket."

"Du har et merkelig dødsønske, min fjærkledde venn."

Alfred løp mot Eriel.

"D-o-u a-r-e n-o-t m-y f-r-i-e-n-d! Slutt å leke med oss. Du førte oss sammen. Hvorfor det? For å håne oss. For å få en liten jente til å gråte. Du er bare en stor bølle."

"Ja," sa Lia. "Slutt å mobbe oss."

"Det var det de sa," la E-Z til.

Eriel ble rasende og forvandlet seg fra svart til rød til svart til rød. Han fløy tvers gjennom rommet og slo nevene i bordet.

"Vil du høre sannheten? Du takler ikke sannheten!" Han smilte. "En liten sidebemerkning: Jeg elsker Jack Nicholsons prestasjon i A Few Good Men."

Det var én ting både Eriel og E-Z var enige om. Nicholsons opptreden i den filmen var feilfri.

"Slutt med melodramatikken og fortell oss hva dere vil ha fra oss."

"Det har vi allerede gjort", sa Eriel. "Jeg sa at en av dere må dø i dag. Jeg ba dere velge hvem. Det står skrevet at en av dere må dø. Dere må velge. Nå."

Alfred trådte frem med utstrakt svanehals. "Da blir det meg."

Alfred knelte, og kroppen skalv. Han senket hodet, som om han forventet at erkeengelen skulle hugge det av ham.

I stedet applauderte alle tre erkeenglene. De tumlet rundt i rommet. Skrek som om de var innleide klovner som opptrådte i en barnebursdag.

Etter noen minutter med fullstendig galskap stoppet erkeenglene.

"Det er gjort", sa Eriel.

Og så var de borte.

KAPITTEL 18

M ed E-Z i rullestolen, Lia på Little Dorrit og svanen Alfred svevde De tre fortsatt over himmelen. De fortsatte videre i noen kilometer, helt til de fikk øye på en enorm metallbro under seg.

En ung mann vaklet på kanten og ga alle tegn på at han skulle til å hoppe.

E-Z tok frem telefonen og gjorde seg klar til å ringe 911, mens Alfred uten å nøle fløy ned til mannen. Han la fra seg telefonen, og han og Lia fulgte etter.

Alfred svevde nær mannen, ute av stand til å snakke og bli forstått av ham, alt han kunne si var: "Hoo-hoo!"

"Hold deg unna meg!" ropte mannen og vinket bort stakkars Alfred, som bare prøvde å hjelpe til.

Mannen beveget seg nærmere kanten, sparket av seg skoene og så dem falle ned i elven under seg. Han så hvordan vannet tok dem med seg og trakk skoene under med sin sultne munn. Han ville se mer og tok av seg t-skjorten - som det ironisk nok sto "The End" foran på.

Den unge mannen så på mens favorittskjorten svaiet og danset på vei nedover. Mens vannet slukte den, begynte mannen å synge:

"Her går jeg rundt morbærbusken.

Morbærbusken, morbærbusken.

Her går jeg rundt morbærbusken,

på en solfylt morgen."

Alfred hørte ham synge. Han kjente godt til rimet. Han ventet på at mannen skulle synge et vers til. Han ville faktisk at han skulle synge mer. Men han var redd for å forstyrre ham. Mannen ville ikke forstå, selv om han prøvde å snakke med ham.

På dette tidspunktet ventet E-Z på et tegn fra Alfred. Endelig fikk han et - Alfred ba ham og Lia om ikke å komme nærmere.

Alfred ønsket at den unge mannen kunne forstå ham. Kunne han fange ham hvis han kom nærmere? Han beveget seg nærmere og bredte ut vingene til det fulle.

Den unge mannen så ham. "Svane," sa han. Så hoppet han.

Trompetersvanen var større enn en gjennomsnittlig svane. Men ikke stor nok til å fange en fullvoksen mann. Han prøvde likevel å avverge fallet. Han satte livet på spill for å redde ham. Men uansett hva han gjorde, falt mannen som en blyballong. Ned i den sultne elvemunningen.

Uten å tenke på seg selv stupte Alfred i etter ham. Ingen visste hvordan han hadde tenkt å bære mannen opp. Noen sier at det er tanken som teller. I dette tilfellet ble Alfred dratt under av mannens tyngde.

På dette tidspunktet svevde E-Z over vannet og ventet på at mannen eller Alfred skulle komme opp til overflaten slik at han kunne hjelpe dem. Verken Lia eller Lille Dorrit kunne svømme. Og E-Z kunne ikke hente dem med eller uten stolen sin.

Opprørt fløy han mot land og lette etter tegn til liv. Endelig så han det, noe som duppet på den andre siden. Han skyndte seg bort, bar mannen til der Lia ventet, og da han hadde hostet, gikk han for å se etter tegn til svanen Alfred.

Da så han ham. Halvt i og halvt utenfor vannet. Han vugget i takt med tidevannet.

"Alfred!" ropte han mens han løftet svanens hode og så straks at halsen var brukket. Trompetersvanen Alfred, vennen hans, fantes ikke lenger. Eriels gjerning var utført.

E-Z løftet svanens livløse kropp opp på rullestolen og holdt rundt den. Også han begynte å gråte.

Bak dem ropte mannen som Alfred hadde reddet,

"Jeg er ikke død! Det er meg, Alfred."

KAPITTEL 19

J ORDPAUSE.

Fugler stoppet midt i flyvningen. Det samme gjorde fly. Og andre flygende objekter som ballonger og droner. Kuler sluttet å avfyres etter at de hadde forlatt kammeret. Vannet sluttet å strømme over Niagarafallene. Insektene surret ikke lenger. Luften sto stille.

Ophaniel dukket opp sammen med Eriel, Ariel og Haniel. Med hendene på hoftene og haken stukket frem var det mer enn tydelig at hun var irritert.

I stedet for å si noe, snudde hun seg mot E-Z.

Han sto som forstenet med vidåpen munn. Det siste han hadde sagt, hadde vært "NOOOOOOOOOOOOOOOOOOOO!".

Nå så hun på Lia. Jenta hadde en tåre frosset fast på kinnet. Den hadde rent fra det gamle øyet hennes.

Tilbake til E-Z. Han bar på et lik. Liket av en død svane.

Nå til Alfred, som ikke lenger var en svane. Han hadde tatt form som en mann. En druknet mann.

Akkurat den mannen som skulle erstatte ham i De tre.

"Hva er galt med dette bildet?" spurte Ophaniel, herskeren over stjernenes måne.

Ingen våget å si noe.

"Eriel, det er du som bestemmer her. Først ødelegger du bonding-testen med E-Z og Sam ved å bli - unnskyld uttrykket - slått ut av parken.

"Nå har svanen Alfred, på grunn av dumheten din, tatt over en menneskekropp. Kroppen til den personen som jeg sa skulle være medlem av De tre.

"Du vet hva vi står overfor. Du forstår hva fremtiden bringer hvis vi ikke får orden på ting. Du vet det!"

Eriel bøyde seg for Ophaniels føtter og løftet seg fra bakken før han begynte å snakke. "Jeg uttalte ordene, det er gjort."

"Ja, du sa ordene, og så klarte du ikke å fullføre oppgaven, din idiot!"

Hun svevde nær den nye Alfred. "Jeg beklager, men dette kompliserer ting, selv for oss. Selv med våre krefter er det ikke så lett å få ham ut av denne menneskekroppen og tilbake i svaneform. Vi kan bli nødt til å sende ham tilbake til mellomtingene! Og det fortjener han ikke. Faktisk..."

Ariel fløy bort til Ophaniel og spurte: "Får jeg snakke?"

"Ja, hvis du vet noe om Alfred som kan hjelpe oss ut av dette rotet."

"Jeg kjenner Alfred bedre enn noen andre her. Han gikk med på å være den ene, å ofre seg selv. Han ville gjort det igjen uten å nøle - selv om han ikke fikk noe igjen for det. Det er et enormt offer for en levende skapning å ofre livet for å redde en annen. Det bør også tas i betraktning hvor mye Alfred har måttet lide, både i sin menneskelige tilværelse og som svane. Han er en eksepsjonell sjel, og han bør få en ny sjanse, og en tredje, og mer til!"

Eriel spottet: "Han burde vært borte, tilbake til mellomtingene i all evighet. Han er ikke verdig til..."

"Jeg ga deg ikke lov til å avbryte!" skrek Ophaniel. For at han ikke skulle avbryte i fremtiden, kneppet hun igjen leppene hans.

"Det er sant, det du sier, Ariel," sa Ophaniel. "Alfred samarbeider godt med både Lia og E-Z. Vi bør gi ham en ny sjanse. Vi bør gi ham en ny sjanse i denne nye kroppen. Det var ikke meningen at han skulle være i mellomrommet. Det var Hadz' og Reikis skyld. Vi ville ha forvist dem til gruvene med en gang. I stedet ga vi dem en ny sjanse med E-Z.

"Eriel sendte dem likevel til gruvene. Så alt er godt som ender godt. Kanskje Alfred fortjener en ny sjanse. La oss se hva som skjer, som menneskene sier, ta det som det kommer. Hvis det går bra. Hvis ikke, kan denne kroppen resirkuleres siden ånden allerede har forlatt bygningen."

"Takk," sa Ariel og bukket lavt for Ophaniel. "Tusen takk skal du ha. Jeg skal holde et øye med situasjonen. Jeg skal ikke la Alfred svikte deg."

Ophaniel nikket, løftet seg og sa ordene:

JORDEN FORTSETTER.

Tiden begynte å tikke, og verden gikk tilbake til slik den var før.

Ophaniel forsvant først, de tre andre ventet noen sekunder før de fulgte etter.

KAPITTEL 20

"ALDRI I LIVET!" UTBRØT E-Z og trillet nærmere den nye Alfred. "Alfred, er det deg? Kan det virkelig være deg?"

Lia trengte ikke å spørre, for hun visste det allerede. Hun løp bort til Alfred og slo armene rundt ham.

Alfred sa med sin engelske aksent: "Eriel må ha gjort et bytte-a-roo."

Alfred, som bare hadde på seg et par jeans, skalv. "Selv om jeg fryser, føles det godt å være tilbake i en kropp igjen." Han spente musklene og løp på stedet for å varme seg opp. Så slo han noen hjul over plenen mens E-Z og Lia sto og så på med åpen munn.

"For en skrytepave!" sa Lille Dorrit.

Alfred, som nettopp hadde lagt merke til henne, gikk bort og strøk hånden over pelsen hennes. Hun føltes så myk og varm at han la seg inntil henne.

"Dette er en ganske merkelig hendelse," sa E-Z og kom nærmere. "Jeg vet ikke helt hva jeg skal tro."

"Det vet ikke jeg heller," sa Alfred, "men kan vi snakke om det mens vi spiser? Jeg er skrubbsulten, og en cheeseburger med ketsjup og løk og en stor porsjon pommes frites ville gjort susen."

"Vent nå litt", sa E-Z. "Hvis du er denne fyren, denne fyren som vi ikke engang vet navnet på - hva om noen kjenner deg igjen?"

Alfred bøyde seg ned og tok seg på tærne. Han kjente huden i ansiktet. Håret. "Den broen krysser vi når vi kommer til den." Han smilte, løftet hodet i retning himmelen og sa: "Takk, Eriel, hvor enn du er."

Et fly over hodene deres skrev ordene på himmelen:

Nok en gang til bruddet, kjære venner.

"Det er en ganske merkelig frase å skrive på himmelen", bemerket Lia. "Vet noen av dere hva det betyr?"

E-Z ristet på hodet: "Jeg kan google det." Han tok frem telefonen.

"Det trengs ikke", sa Alfred. "Det er fra Shakespeare, tilskrevet kong Henrik. Bokstavelig talt betyr det: 'La oss prøve en gang til'. Jeg tror det ble sagt under en kamp. Så jeg antar at dette er en beskjed fra min Ariel om at jeg har fått en ny sjanse." Han fikk tårer i øynene.

E-Z var mistenksom til denne endringen i hendelsesforløpet. Han var glad for at Alfred fortsatt var sammen med dem, men han lurte på til hvilken pris. "Jeg er bekymret", innrømmet E-Z.

Lia sa at hun også var det.

"Ikke vær redd. Hvis Ariel sender meg denne meldingen, er hun på vår side. Dessuten ville ikke mannen i min kropp ha den lenger. Jeg prøvde å redde ham, men han hoppet likevel. Kanskje det er skjebnen at jeg skal hjelpe deg med prøvelsene dine, E-Z. Uansett hva det er, så tar jeg det. Jeg skal gi alt jeg har. Etter at jeg har fått på meg skjorte og sko."

"Jeg lurer på hva slags krefter du har nå, Alfred. Jeg mener, om du fortsatt har dem, eller om du har andre krefter. Eller ingen. Siden du er menneske igjen," spurte Lia.

Alfred klødde seg i det blonde hodet. "Øh, jeg vet ikke. Det eneste som trenger en kur her, er min tidligere svanekropp. Jeg vil ikke ta sjansen på å ende opp i den igjen hvis jeg kurerer den."

"Greit nok," sa Lia. "Men vi kan vel ikke la den gamle svanekroppen din ligge der? Vi må begrave den."

Da de så på den livløse kroppen, forsvant den i løse luften.

"Vel, da er problemet løst", sa E-Z.

"Jeg føler at jeg burde si noen ord når den gamle kroppen min går bort. Er det noen som har noe imot det?"

Både E-Z og Lia bøyde hodet.

Alfred deklamerte et utdrag fra diktet av Lord Alfred Tennyson med tittelen:

Den døende svanen:

Sletten var gressbevokst, vill og naken,

vid, vill og åpen for luften,

Som overalt hadde bygget opp

Et undertak av trist grått.

Med en indre stemme rant elven,

Nedover den fløt en døende svane,

Og høylytt klagde den.

Det var midt på dagen.

Den trette vinden fortsatte,

Og tok tak i sivtoppene mens den gikk.

De sto sammen i et øyeblikks stillhet.

Så sa Lia: "Nå skal du få på deg noen friske og tørre klær, så går vi alle sammen på hamburgerrestaurant. Jeg er sulten og tørst også."

E-Z ristet på hodet. "Litt mat hadde vært godt, men jeg er fortsatt mistenksom overfor Eriel. Det er noe som ikke stemmer."

"Vi finner ut av det - når vi har spist! Før meg til cheeseburgerhimmelen."

De satte seg i bevegelse langs strandpromenaden. De fortsatte å gå en stund. Før de innså at de hadde gått seg vill.

"Jeg er en utmerket navigatør", sa enhjørningen Lille Dorrit mens hun fløy ned for å hilse på dem. "Stig om bord, Alfred og Lia. E-Z, dere kan følge etter meg."

Alfred stakk hånden ned i bukselommen og tok opp en lommebok. I den lå det noen sedler og identifikasjonspapirene til den kroppen han nå befant seg i. Den unge mannen het David, James Parker og var 24 år gammel. Han holdt opp et førerkort.

"Fint bilde", sa Lia.

"Ja, jeg er ganske kjekk."

"Å, bror", sa E-Z og fortsatte videre.

Opp, opp i luften fløy Little Dorrits passasjerer. E-Z fulgte etter helt til han visste hvor han var. Han bestemte seg for å be om en GPS til rullestolen. Synd at de ikke hadde tenkt på det da de modifiserte den.

Etter nedstigningen ble det en rask tur innom en bruktbutikk. Alfred hadde nå på seg ny t-skjorte, jeans, joggesko og sokker. Deretter ble det en kort kø før matbestillingen begynte.

Lille Dorrit holdt seg unna, mens trioen kastet seg over maten. De var alle veldig sultne.

Alfred kom med kurrende lyder, for mange til at de kan beskrives i detalj. Da de var ferdige med å spise, kastet de søppelet i søppelkassene sine. Så bega de seg hjemover.

Da de nesten var fremme, ropte Alfred til E-Z: "Vi må snakke sammen!"

"Kan ikke dette vente til dere lander?" spurte Lille Dorrit. "Etter at jeg er ferdig her, har jeg steder å dra og folk å treffe."

"Så uhøflig", sa E-Z. "Vær så god, Alfred eller David eller hva du nå heter."

"Det var det jeg ville snakke med deg om", sa Alfred. "Hvordan skal du forklare forvandlingen min til onkel Sam og Samantha? Onkel Sam og Samantha, dette er trompetersvanen Alfred. Han heter nå David James Parker. Takket være kroppen han gikk inn i og nå bor i. Siden den unge mannen som tidligere eide kroppen, begikk selvmord. På Jones Street Bridge."

"Jøss", sa E-Z. "Det er hundre prosent sannheten slik vi kjenner den, men vi kan ikke fortelle dem sannheten."

"Moren min ville besvime hvis vi sa det. Hvorfor forteller vi dem ikke at svanen Alfred fløy sørover? For å få mer sol. Eller at han møtte en partner? Så kan vi presentere Alfred som D.J., som høres mye mer vennlig ut enn David James."

"Du er et geni", sier E-Z. "Men siden vennen min heter PJ, kan det bli litt forvirrende med en DJ og PJ. Hva synes du, Alfred? Har du noen preferanser?"

"Jeg liker ikke DJ. Det høres altfor vanlig ut. Jeg foretrekker å bli kalt Parker. Butleren Parker var en av favorittkarakterene mine i Thunderbirds."

"Da får det bli Parker," avsluttet E-Z da Lia skrek ut og Alfred besvimte - hjemmet deres var borte. Brent ned til grunnen.

KAPITTEL 21

"Å NEI!" ROPTE E-Z mens han løp mot de brennende restene. "Jeg må finne onkel Sam og Samantha. Jeg bare må."

Stolen hans svevde over ruinene; alt var forkullet og svart. Et uoversiktlig kaos av ødeleggelser uten tegn til menneskelig liv. Enkelte gjenstander var gjennomvåt av vann. Sporadiske røyksignaler steg opp her og der fra de slukkede glørne.

E-Z løftet nevene i været. "Kom hit, Eriel, din gigantiske..."

"Flygende idiot!" Parker avsluttet fornærmelsen.

Lia prøvde å roe ned alle sammen.

"Hvorfor måtte du gjøre det? Hvorfor måtte du gjøre det? Hvorfor?" ropte E-Z.

Lia falt ned på bakken. Hun hvilte hodet på E-Zs kne, og Parker omfavnet henne akkurat da en bil bråstoppet bak dem.

To dører fløy opp: Sam og Samantha.

De løp og klamret seg til hverandre, som om de aldri hadde forventet å se hverandre igjen. Alle felte en tåre eller to før de skilte lag. Da det gikk opp for dem at gruppeklemmen inkluderte en mann de ikke kjente.

Den fremmede var en høy mann som ikke ville hatt problemer med å få en plass i Raptors. Han var kledd fra topp til tå i en mørk svart nålestripet dress med matchende sko.

Jakkeknappene var knappet opp og avslørte en svart dress med skinnende stoff, muligens silke. De kullsvarte øynene og de forblåste lokkene sto i kontrast til den eføyaktige hudfargen. Han lignet en blanding av en begravelsesagent og en tryllekunstner.

Han rakte frem hånden: "Hei, jeg er Sams forsikringsmann."

Onkel Sam forklarte at han og Samantha hadde gått ut for å få seg noe å spise. Da han så uttrykket til E-Z, begrunnet han dette: "Hun hadde ikke fått sove på grunn av jetlag." Samantha og Sam vekslet blikk og nikket. "Samantha og jeg..."

"Å, mamma!"

E-Z sa: "Samantha og onkel Sam sitter i et tre - k-i-s-s-i-n-g."

"Slutt", sa Parker. "Du gjør dem flaue."

Alles øyne var rettet mot forsikringsmannen. Han het Reginald Oxworthy. Han snakket i telefonen. Han ropte. "Hva mener du med at han ikke er kvalifisert?"

"Å nei!" sa Sam.

"Han har vært kunde hos oss i årevis, først da han bodde i en annen delstat og siden flyttet hit. Han er dekket, det er jeg sikker på." Det ble en pause. "Vel, SE IGJEN!" Han knipset igjen telefonen. "Jeg beklager alt dette."

Sam gikk nærmere, og de andre fulgte etter. "Hva er egentlig problemet?"

"Å, ikke noe problem, for å si det sånn."

"Jeg syntes det hørtes ut som et problem", sa Samantha. De andre nikket.

Oxworthy kremtet. "Jeg ba dem sjekke retningslinjene dine igjen. Gi meg et..." Telefonen hans ringte. "Et øyeblikk", sa han og gikk bort fra dem. De fulgte ham som en gruppe fotballspillere i en klynge og lyttet til hvert eneste ord han sa. "Ja. Akkurat. Da har de bekreftet det. Ikke noe problem, sånt skjer."

Han smilte til Sam og ga ham tommelen opp. Han beveget seg bort fra følget og fortsatte samtalen.

De sto i en klump og så på det som var igjen av hjemmet deres. Et hjem som E-Z hadde bodd i hele sitt liv. Hva ville skje nå? Ville de bli nødt til å bygge opp igjen på dette stedet? Et nytt hus uten historie eller mening. Et nytt hus som aldri ville bli et hjem for ham. Det ville aldri bli et sted der foreldrenes spøkelser, hvis det fantes spøkelser, kunne komme på besøk.

Oxworthy gikk mot dem. "Vel, nå... Jeg beklager forsinkelsen. Men hotellreservasjonene deres er bekreftet. Vi kan sette i gang. Vi finner dere til rette når dere er klare."

"Takk", sa Sam. "Har du noen idé om hva som var årsaken til brannen?"

"Etter en foreløpig undersøkelse er de nitti prosent sikre på at eksplosjonen skyldtes en gasslekkasje. Men ikke tenk på det nå. Forsikringen din dekker alle kostnader for hotelloppholdet. Jeg har bestilt tre rom til deg. Det burde vel være tilstrekkelig?"

"Det burde være greit", sa Sam. "Takk, Reg."

"Forsikringen din dekker også utgifter til erstatningsartikler, nødvendighetsartikler og mat. Du trenger ikke å betale et øre på hotellet. Hvis du kjøper noe, sender du meg kvitteringer. Ta kopier, behold originalene. Jeg skal sørge for at du får pengene tilbake."

Sam og Oxworthy tok hverandre i hånden.

"Er det noen som trenger skyss til hotellet?" spurte Oxworthy, og Lia og Samantha satte seg i baksetet på den svarte Mercedesen hans.

E-Z og Parker satte seg inn i onkel Sams bil.

"Jeg tror ikke vi har blitt presentert for hverandre", sa onkel Sam og rakte ut hånden til Parker som satt i baksetet.

"Hyggelig å møte deg", sa Parker.

"Jaså, du er også britisk", sa onkel Sam. "Apropos det, hvor er Alfred?"

E-Z ristet på hodet. "Jeg forklarer i morgen tidlig. Og du kan fortsette det du hadde tenkt å fortelle oss om deg og Samantha."

"Greit nok", sa Sam og så i bakspeilet at Parker lå og sov. Han skrudde på bilen og kjørte av gårde.

"Vi har alle hatt en ganske begivenhetsrik dag", sa E-Z.

"Det sier du ikke."

Unnskyld, Eriel, for at jeg la skylden på deg, tenkte E-Z. Selv om en anelse i bakhodet hans antydet at juryen fortsatt ikke hadde tatt stilling til saken.

KAPITTEL 22

D A ALLE ANKOM HOTELLET, sjekket de inn på rommene sine, med en plan om å møtes senere til middag kl. 18.00. Onkel Sam hadde et rom for seg selv, men mellom hans og nevøens rom var det en tilstøtende dør. Parker sov også på E-Zs rom, mens Lia og moren delte et rom noen dører lenger ned.

Etter at de hadde funnet seg til rette, bestemte Lia og Samantha seg for å handle det mest nødvendige. Førsteprioritet var nye klær, ettersom alt de hadde tatt med seg, gikk tapt i brannen.

"Hva med passene våre?" spurte Lia.

"Det er bra at jeg alltid har dem med meg i vesken min."

"Puh!" De to gikk inn i en designerbutikk og begynte straks å prøve den nyeste nordamerikanske moten.

"Dette blir nok ekstra gøy siden forsikringsselskapet betaler for alt!" utbrøt Samantha gjennom veggen til datteren i det tilstøtende omkledningsrommet.

"Det er ikke noe vi elsker mer enn en shoppingtur!" sa Lia. "Jeg skal definitivt kjøpe dette, og dette og dette."

✳✳✳

Tilbake på hotellet lå Parker og snorket i sengen. E-Z gikk opp og ned i rommet og tenkte på datamaskinen han hadde mistet. Heldigvis hadde han ikke kommet så langt med romanen Tattoo Angel, men det han tenkte mest på, var foreldrenes ting. Han kunne ikke fatte at de var borte. Det hjalp ikke at han ikke hadde sett på dem på fryktelig lenge. Men hvorfor klandret han seg selv? Forsikringsfolkene sa at årsaken var en gasslekkasje. De sa at de var nitti prosent sikre. Hvorfor følte han hele tiden at alt var hans feil, fordi han kunne ha stoppet det, stoppet Eriel da han hadde sjansen?

Sam stakk hodet inn i rommet. "Er dere anstendige?"

Parker strakte på seg.

"Ja, vi har det bra. Kom inn."

"Jeg er på vei ned til butikken for å handle inn det mest nødvendige. Kan dere gi meg en liste over hva dere trenger, eller vil dere bli med?"

"Hvis det dreier seg om mat, er jeg med!" sa Alfred.

"Du er alltid sulten!"

"Hva skal jeg si, jeg har bare spist gress en god stund nå."

E-Z fanget Sams blikk og lot som om han røykte en imaginær sigarett.

Onkel Sam hånflirte og lurte på hvordan nevøen på tretten år kunne vite om slike ting. For å skifte samtaleemne låste de rommene sine og gikk nedover gangen.

"Hvor skal vi egentlig?" spurte E-Z.

"Det stemmer, det er ikke så ofte vi drar på shopping i byen. Det finnes et fantastisk kjøpesenter som jeg har hatt lyst til å besøke siden jeg flyttet hit. Det er ikke så langt unna, så jeg tenkte vi kunne slå av en prat på veien."

"Kan du fortelle oss hva som skjedde?" spurte Parker.

"Ja, hvordan ble du og Samantha sammen så raskt?" spurte E-Z.

"Hmmm", sa Sam.

"Jeg mente brannen", sa Parker og sendte E-Z et skjevt blikk over skulderen.

De ankom butikken. Parker og Sam gikk inn gjennom svingdørene, mens E-Z brukte døråpnerknappen for å komme inn.

Vel inne bøyde Parker seg ned for å snøre på seg skoene. E-Z dro ned en stilig dongerijakke fra kleshengeren og prøvde den på. Han stilte seg foran et speil for å sjekke passformen. "Denne ser ganske bra ut."

Sam kom bort for å vurdere situasjonen: "Enig, den sitter perfekt. Det ser ut som om den er som skapt for deg."

"Hva synes du, Alfred?"

Sam tok en dobbelttakning. Parker sa: "Kan du slutte å kalle meg Alfred! Hvem var egentlig denne Alfred?"

"Beklager, det er den britiske aksenten. Det hadde han også. Alfred var, vel, en venn av oss."

Sam gikk tilbake til å se på klær. Han fylte en kurv med undertøy og toalettsaker.

"Hva synes du, Parker?"

Han gikk over gulvet for å ta en nærmere titt. "Den passer bra. Jeg synes du skal kjøpe den. Men det blir synd når vingene dine ryker og den blir ødelagt."

Sam gikk forbi, og E-Z kastet jakken i kurven hans. "Jeg synes dere bør kjøpe noen nødvendighetsartikler også, som undertøy. Med mindre dere har tenkt å gå commando."

"Æsj!" utbrøt E-Z.

"Å, det uttrykket kjenner jeg til. Jeg er ganske sikker på at det stammer fra Storbritannia."

"Jeg skjønner hvorfor nevøen min kaller deg Alfred. Det er noe sånt han ville ha sagt."

E-Z stirret på Parker et øyeblikk. Så fulgte han etter onkelen på vei til kassen der han stoppet, prøvde en hatt og kastet den i kurven.

"Hvor ble det av Parker?" spurte han. Sam fortsatte å se på slipsenålene mens E-Z skannet butikken etter sin savnede venn.

Parker sto helt stille midt i gang fire med høyre arm opp og venstre arm ned. Ansiktsuttrykket hans var umiskjennelig zombie-aktig.

"Å, nei!" sa E-Z mens han trillet bort. "Parker", hvisket han. "Hva er i veien? Pass deg, ellers kommer noen til å forveksle deg med en utstillingsdukke."

Parker sto helt stille.

"Skjerp deg", sa E-Z og banket til Parker med stolen sin. Parkers kropp vippet og falt overende. E-Z grep tak i ham akkurat i tide og holdt ham opp i skjorten. Han forsøkte å rette vennen sin opp, så han ikke skulle se så stiv og mannekengaktig ut, men det var ingen enkel oppgave.

Onkel Sam skyndte seg bort for å hjelpe til. "Hva er det med Parker?"

"Jeg vet ikke. Vi må få ham ut herfra."

"Tar han narkotika? Han har et merkelig ansiktsuttrykk, som om han har sett et spøkelse eller noe."

"Nei, ikke noe dop, bortsett fra litt gress i ny og ne. Og spøkelser finnes ikke - for ikke å snakke om at det er dagtid. Kanskje jeg kan transportere ham på stolen min? Vi må få ham ut herfra før noen oppdager det og ringer politiet.

"Enig. Jeg vet ikke hvilken grunn de ville gi politiet hvis de ringte. Det er en fyr i butikken vår som imiterer en utstillingsdukke! Kom fort."

"Morsomt", sa E-Z. "Du går og sjekker ut, så blir jeg her. La oss finne ut hvordan vi kan få ham ut herfra uten å tiltrekke oss for mye oppmerksomhet."

Onkel Sam gikk for å betale, mens E-Z ble hos Parker. Kunder som kom opp midtgangen, hadde problemer med å komme inn og rundt dem. E-Z trillet stolen til venstre og deretter til høyre for å få plass til kundene.

Til slutt, da det var flere kunder på en gang, dyttet han Parker opp mot en vegg. Da var han i hvert fall ute av veien. Så satte han seg og ventet på Sam.

"Vi er her borte!" ropte E-Z da han fikk øye på ham.

"Hvorfor står han med ansiktet mot veggen? Og hva gjør dere helt her borte?"

"Det var mange kunder, og vi var i veien. Har du tenkt på hvordan vi kan få ham ut herfra?"

"Ja, jeg skal hente en av de flate vognene", sa Sam.

"Hvorfor ikke en vogn?" spurte E-Z. "Mindre iøynefallende."

"Vi får ham aldri inn i en vogn. Ikke med mindre du vil bruke vingene, løfte ham opp og slippe ham ned i den."

"Jeg må tenke meg om." Etter noen minutter innså han at det beste ville være å skaffe et lasteplan. "Ja, skaff et lasteplan, så kan jeg hjelpe deg med å legge ham i det. Når vi er ute av butikken, kan jeg fly ham tilbake til hotellet. Problemet er bare hva jeg skal gjøre med ham når jeg kommer frem."

"Det finner vi ut av når vi er ute av butikken." Sam gikk for å hente en vogn. I stedet kom han tilbake med et lasteplan. Det viste seg å være et bedre alternativ. De fikk Parker opp på den og kjørte tilbake til hotellet.

"La oss gå tilbake, sakte og rolig", sier E-Z. "Jeg trenger ikke å fly likevel. Vi tar det pent og rolig, går opp på rommet vårt og legger ham i sengen hans."

"Så leverer jeg tilbake lasteplanet, jeg måtte love å levere det tilbake personlig."

"Høres ut som en plan. Ups."

En gruppe handlende tok opp det meste av fortauet. De stanset for å slippe dem forbi, men fortsatte så videre og var snart tilbake ved hotellet.

Inne på hotellet fikk ikke lasteplanet plass i den vanlige heisen, så de måtte bruke serviceheisen. Det krevde litt overtalelse, det vil si bestikkelse av portvakten. Så snart pengene var overført, hjalp han dem til og med med å få lasteplanet ut av heisen. Han tilbød seg også å levere den tilbake til butikken når de var ferdige. Et tilbud som Sam høflig takket nei til.

Utenfor E-Z og Parkers rom åpnet heisen seg, og ut kom Lia og moren. Begge bar på mange vesker da de fikk øye på gutta og lasteplanet.

"Å, nei! Hva er det som har skjedd? spurte Lia.

"Jeg vet ikke", sa E-Z. "Han tok en rar sving."

"La oss få ham inn," sa Sam.

Etter at de hadde satt fra seg bagasjen, hjalp jentene E-Z og Sam med å få Parker opp på sengen.

"Kanskje han er forhekset?" foreslo Lia.

"Det er en merkelig slutning å komme med," sa Samantha. "Du har sett altfor mange repriser av Charmed."

Lia lo. "Ja, det var en av mine favoritter. Jeg mener den forrige versjonen, den med jenta fra Who's the Boss."

"Godt å vite at du også ser på den gamle kanalen i Nederland",
sa E-Z. Så flyttet han seg nærmere Parker. "Vent nå litt. Puster han
fortsatt?"

De ventet på at Parkers brystkasse skulle heve og senke seg. Det
skjedde ikke.

"Se etter hjerteslag - eller puls", foreslo Samantha.

"Det er hjerteslag", sa Sam. "Og han puster, men det er
sporadisk."

Samantha bøyde seg frem og kjente på Parkers panne. "Å, jøss,
han har feber!"

"Hent litt is!" ropte Sam og fulgte sin egen ordre og løp ut i
korridoren med isbøtta på slep.

"Burde vi ikke tilkalle en lege?" spurte Samantha.

KAPITTEL 23

"J eg er enig med mamma. Vi må ringe etter en ambulanse, eller kanskje hotellet har en lege som bor her", sier Lia.

E-Z grimaserte og ga Lia beskjeden - vi må bli kvitt onkel Sam og moren din.

Sam kom tilbake med en bøtte is. "Vi må få ham opp i badekaret." Han og Samantha begynte å løfte Parker.

"Vent!" sa Lia. "Sam og mamma, kan ikke dere to gå og hente massevis av is? Jeg mener, vi må jo fylle badekaret før vi legger ham i det, ikke sant?"

"Jeg tror de prøver å bli kvitt oss", sa Sam.

"Beklager", sa E-Z. "Kan du gi oss noen minutter til å prøve å finne ut av denne Parker-situasjonen?"

Samantha og Sam nikket og forlot rommet.

E-Z sa de magiske ordene som tilkalte Eriel:

Roch-Ah-Or, A, Ra-Du, EE, El.

Fortsatt dukket ikke erkeengelen opp. At han ble ignorert, irriterte E-Z grenseløst, nå som han visste at Eriel overvåket ham hele tiden.

Lia prøvde å få tak i Haniel, men fikk ikke noe svar.

E-Z og Lia visste ikke hva de skulle gjøre da Parkers hjerte begynte å slå saktere og nesten stoppet helt opp.

Uten å bli tilkalt eller med fanfare ankom Ariel. Hun fløy rett bort til Parker. Hun la hendene sine på pannen hans. De så tårene falle fra øynene hennes og lande på kinnene hans. Hun messet, sang en myk sang og ventet. Da han ikke beveget seg eller kom til bevissthet igjen, snudde hun seg for å gå. Men før hun gikk, beklaget hun seg: "Han er borte." Og sekunder senere var hun også borte.

Selv om de befant seg i 45. etasje, og selv om Alfred/Parker var død. Igjen. E-Z løftet ham opp fra sengen og bar ham bort til vinduet. Han kikket tilbake på Lia over skulderen.

Hun gråt mens han og Parker falt.

De falt og falt. Helt til E-Zs rullestolvinger kom ut. De fløy av gårde, han og Alfred, han og Parker. De var begge like. To for prisen av én.

Han begynte å få delirium mens han steg høyere og høyere. Metalldelene i stolen ble stadig varmere.

Han fryktet at de skulle selvantenne.

Han måtte ordne opp i dette. Han måtte rett og slett. Han måtte finne Eriel.

Rullestolen begynte å krampe, og E-Z og Alfred/Parker falt.

De landet uten stol i siloen, der E-Z klamret seg til vennens livløse kropp.

Det tok ikke lang tid før Eriel ankom, og svevende i luften foran dem ropte han: "Jeg sa jo at det ville skje. Jeg sa det, og han gikk med på det. Avtalen var i boks."

E-Z visste at dette var sant, men likevel... "Hvorfor ga du ham håp da, og hvorfor Shakespeare-sitatet om å gi ham en ny sjanse?"

Eriel så på den slappe kroppen som E-Z holdt i hånden. "Det var ikke mitt verk."

"Hvem må jeg snakke med, da?" spurte E-Z. "Før ham til meg. Gud, eller den som har ansvaret. Jeg krever å få se ham!"

KAPITTEL 24

ERIEL FNYSTE OG FORSVANT.

E-Z og Alfred/Parker ble igjen. Navnet Parker betydde ingenting og ingen for ham. Alfred var vennen hans, og nå som han var borte, kom han til å huske ham som Alfred og bare Alfred.

Han ventet på noe og ingenting på samme tid. E-Z holdt rundt sin døde venns skikkelse og ønsket ham tilbake til livet igjen.

"Vil du ha noe å drikke?" spurte stemmen i veggen.

"Jeg vil at vennen min skal bli levende igjen. Kan du vekke ham til live igjen? Kan du hjelpe meg med å redde ham?"

"Vennligst bli sittende."

PFFT.

Den beroligende duften av lavendel fylte luften. Han sovnet inn i en drømmeaktig tilstand der han gjenopplevde et minne, et minne som hadde forandret seg for å passe til hans nåværende situasjon.

Der var de, E-Zs mor og far, i god behold, men yngre. De var på vei hjem fra sykehuset i en bil han aldri hadde sett før. Faren Martin skyndte seg ut av førersetet for å hjelpe moren Laurel ut av bilen.

Sammen strakte de seg inn i baksetet og løftet ut et barnesete. De så kjærlig på babyen som lå og sov.

"Han er som storebroren sin", sa Martin.

"Ja, E-Z sovnet alltid i bilen", sa Laurel.

"Kom inn," kurret Martin.

"Og hils på storebroren din", sa Laurel, mens spedbarnet åpnet øynene et øyeblikk og sovnet igjen.

E-Z som hadde sett ut av vinduet, med onkel Sam ved siden av seg. Han ville ut og hilse på sin nye lillebror eller lillesøster.

"Vent til de kommer inn", sa onkel Sam.

"Ok", sa sju år gamle E-Z, med ansiktet presset mot vinduet med begge hendene.

Ytterdøren gikk opp. "Vi er hjemme!" ropte moren Laurel.

E-Z løp bort til inngangsdøren, der moren og faren omfavnet ham. De satte seg på huk for å presentere det nyeste medlemmet av familien Dickens.

"Den er så liten," sa E-Z.

"Det er en han", sa faren.

"Åh."

"Vil du holde ham?" spurte moren.

"Ok", sa E-Z og holdt armene slik at moren kunne legge lillebroren ned i den. "Men jeg vil ikke vekke ham. Har han noe imot det?"

"Nei, han våkner ikke", sa Laurel.

"Hvis han gjør det, er det fordi han vil møte storebroren sin."

"Har han et navn?" spurte E-Z og tok den nyfødte i armene og vugget hodet hans.

"Ikke ennå, vil du gi ham et navn?" spurte moren. "Bra, hold rundt halsen hans, akkurat slik... veldig bra. Hvordan visste du hvordan du skulle gjøre det? Du er en så flink storebror."

"Bra jobbet, kompis", sa faren.

E-Z så ned i ansiktet på ungen og sa: "Jeg synes han ser ut som en Alfred."

Tårene trillet nedover E-Zs kinn da to verdener kolliderte. I den ene holdt han lillebroren sin som het Alfred. I den andre vugget han Alfreds døde kropp i siloen.

"Ventetiden er nå sju minutter", sa stemmen i veggen.

"Sju minutter", gjentok E-Z.

Han tenkte på Alfred, på kreftene hans. På hvordan han kunne helbrede andre livsformer, inkludert mennesker. Han lurte på om Alfred hadde helbredet den unge mannen. Om han hadde gjort omkoblingen selv? Ville det ha vært mulig?

"Alfred," sa E-Z. "Alfred, kan du høre meg?" Han ristet i vennens kropp. "Alfred!" sa han om og om igjen i håp om at vennen kunne høre ham.

Mens klokken på veggen talte ned, dukket Ariel opp. "Du kan ikke behandle kroppen på denne måten. Det er en skam." Hun bredte ut vingene og gikk for å løfte Alfreds slappe kropp ut av armene til E-Z i den hensikt å ta den med seg.

"Nei!" sa E-Z. "Du skal ikke få ham."

Ariel ristet med vingene og deretter pekefingeren mot E-Z.

"Alfred har forlatt bygningen, du holder i skinnet, drakten som holdt ham. Alfred er der han skal være nå. La kroppen hans gå."

E-Z satte seg opp. Hvis Alfred var sammen med familien sin et sted, hvis det var sant, ja, da kunne han la ham gå. Inntil da holdt han fast.

"Hvor er han egentlig? Er han sammen med familien sin?"

Ariel flakset nær, utrolig nær, og satte seg nesten på E-Zs nese. "Det kan jeg ikke si."

"Da lar jeg ham ikke gå."

"Greit," sa Ariel. Hun pustet og forsvant.

Over ham i siloen dukket det opp to skikkelser, en mann og en kvinne. De beveget seg mot ham og svevde ned. Nærmere og nærmere.

Han gned seg i øynene. Drømte han igjen? Det var moren og faren hans. Martin og Laurel. Engler som kom for å hilse på ham. Han ristet på hodet. Det kunne ikke være dem. Det kunne ikke være dem. Han hadde drømt om dem - at de kom hjem med en lillebror. Nå var de her, sammen med ham i siloen. Så klart som dagen - men sov han fortsatt? Drømte han?

"E-Z", sa moren. "Denne personen, vennen din Alfred, er død. Du må gi slipp på ham og fortsette med arbeidet ditt. Du må fullføre prøvene, og klokken tikker. Du har snart ikke mer tid igjen."

E-Zs far Martin sa: "Det er den eneste måten vi alle kan være sammen igjen på."

"Men de løy for ham", sier E-Z. "De sa at han skulle få være sammen med familien sin. Han kan ikke være sammen med familien sin nå, ikke på denne måten. Hvordan vet jeg at de ikke lyver for meg om at de skal være sammen med deg? Hvordan vet jeg at du ikke er manipulert av Eriel for å få meg til å adlyde ham?"

"Hvem er Eriel?" spurte moren hans.

"Vi kjenner ikke Eriel," sa faren.

Dette ga ingen mening. Dette var Eriels sted. Det spilte ingen rolle om de kjente ham eller ikke, han var ansvarlig for at de var der. Han visste hvordan han skulle påvirke E-Zs følelser. Han visste hvordan han skulle få ham til å gjøre det han ville.

Hva var det egentlig han ville? Og hvorfor brukte han foreldrene sine for å oppnå det? Det var skamløst. I luften over ham svevde foreldrene hans og skrudde smilene av og på som om de var marionetter. Det var da han ble sikker på at de to spøkelsene, eller hva de nå var, ikke var foreldrene hans likevel. De var et utslag av fantasien hans, eller muligens av Eriels. Det han ikke skjønte, var hvorfor. Hvorfor ble han så grusomt og skamløst manipulert?

"Våkn opp, E-Z!"

Han var tilbake i sengen sin. I huset sitt.

Han snudde seg og sovnet videre ... og havnet tilbake i siloen - igjen.

KAPITTEL 25

Tre silolignende tingester svevde rundt i rommet som om de lekte "Følg lederen".

De var ikke siloer. De var autentiske evige hvilesteder kalt sjelefangere.

Hver gang et levende vesen gikk til grunne, forutsatt at kroppen det levde i var født med en sjel, ville det en dag leve videre. Sjelefangerne var mange, for mange til å kunne telles. De var langt flere enn vi mennesker kan fatte. Mer enn et googolplex, som er det største antallet vi kjenner til.

Da E-Z ankom, ble han som før plassert i sin ventende sjelefanger.

Alfred var den neste som ankom, fortsatt død, og kroppen hans ble plassert i sjelefangeren.

Lia ankom sist, fortsatt sovende, og ble lagt i sjelefangeren sin.

Det tok ikke lang tid før E-Z begynte å få klaustrofobi.

"Vil du ha noe å drikke?" spurte stemmen i veggen.

"Nei takk", sa han og trommet med fingrene på rullestolarmen da en engel dukket opp. En ny engel, en han ikke hadde sett før.

Denne engelen var en kvinne. Hun var kledd i en flagrende svart kjole og hatt - som om hun deltok i en eksamensseremoni. I det strenge ansiktet hadde hun et par briller. De lignet på dem Marilyn Monroe hadde på plakaten på kafeen. Forskjellen var at innfatningen pulserte av en rød væske som lignet blod.

"E-Z", sa hun med skjelvende høy stemme. Stemmen ga gjenklang. "Velkommen tilbake til sjelefangeren din."

"Sjelefanger?" sa han. "Er det det denne tingen heter? For meg ser det mer ut som en silo. Hva er egentlig en sjelefanger?"

"Det er et evig hvilested for sjeler", sa hun, som om hun hadde svart på det samme spørsmålet en million ganger før.

"Men er ikke det for når folk er døde? Jeg er ikke død." Han håpet virkelig at han ikke var død!

"Vent!" ropte hun.

Igjen ristet det i veggene når hun snakket. Og tennene hans vibrerte også. Så mye at han foretrakk å være ute i snøen fremfor å måtte høre henne si et ord til.

"Jeg sa ikke at det var tid for spørsmål og svar. Slik jeg ser det, har du gjennomført de fleste av prøvene dine med godt resultat. Alfred hjalp deg riktignok i prøve nummer to. Som du vet, er det ikke tillatt med uautorisert assistanse."

E-Z åpnet munnen for å forsvare Alfred, men lukket den igjen. Han ville ikke risikere at hun hevet stemmen igjen. Han skulle virkelig ønske at de skrudde opp varmen der inne. Men det var jo et sted for sjeler. Kanskje sjeler foretrekker kjølerom.

TIKK-TAKK.

Han fikk et teppe rundt skuldrene.

"Takk skal du ha."

"Du har rett i at når du dør, vil sjelen din hvile her. Eller ville ha hvilt her hvis vi hadde latt deg dø. Men vi holdt deg i live. Vi hadde gode grunner til å gjøre det. Men ting har forandret seg. Det har ikke fungert. Derfor vil vi gjerne oppheve den opprinnelige avtalen."

"Hva mener dere med det? Dere er ikke lite frekke! Å prøve å oppheve en avtale bare fordi jeg er et barn? Det finnes lover mot barnearbeid. Dessuten har jeg gjort alt jeg er blitt bedt om. Ja, jeg har måttet lære alt på sparket. Men jeg har gjort det i tykt og tynt. Jeg har holdt min del av avtalen, og det bør du også gjøre!"

"Ja, du har gjort det du har blitt bedt om. Det er det som er problemet - du mangler initiativ."

"Mangler initiativ!" utbrøt E-Z mens han slo nevene ned i armlenene på rullestolen. "Avtalen var at du skulle sende meg prøvelser, og jeg skulle finne ut hvordan jeg skulle overvinne dem. Jeg har reddet liv. Du kan ikke endre reglene halvveis i spillet."

"Det stemmer, det var den opprinnelige avtalen. Så gikk det galt med Hadz og Reiki - de glemte blant annet å slette hjerner - og Eriel måtte blande seg inn."

"Han sendte meg prøver, og jeg fullførte dem. Jeg slo ham til og med i en duell."

"Ja, det gjorde du. Jeg ba ham vurdere båndene mellom deg og onkel Sam."

"For å vurdere oss?"

"Ja. Det er ikke meningen at en erkeengel skal SKAPE prøvelser for en engel under opplæring. På grunn av din, vel, mangel på initiativ, måtte Eriel involvere seg mer enn han burde."

"Vent nå litt! Så du sier at det var meningen at jeg skulle gå ut og finne mine egne prøvelser? Hvorfor er det ingen som har fortalt meg om disse kravene?"

"Vi håpet at du skulle finne ut av det selv. Det har vært ledetråder. Antydninger om det store bildet. Fellesnevnere. Vi håpet at du hadde andre å diskutere prøvene med. Forsøkene du allerede har gjennomført. At dere ville finne problemet. Komme til samme konklusjon.

Hjelpe oss. Kanskje til og med overvinne det - uten at vi trenger å forklare det for deg. Vi ga dere alle muligheter, men dere gjorde det ikke. Så vi går en annen vei."

"Fellestrekk? Jeg vet kanskje hva du mener."

"Hvis du finner ut av det og velger superheltalternativet... Det ville fungere. Så lenge alt var krystallklart. Du hadde hele bildet. Kjente risikoen."

"Så vi vil fortsatt være et team? Hvorfor sier du det ikke rett ut? Gjør det enkelt for meg?"

"Selv om kameratene dine tidligere fikk krefter som du ikke hadde, brukte du dem ikke. I stedet satt dere tre og kastet bort tiden og ventet på at alt skulle skje.

Syntes dere ikke det var rart da Eriel dukket opp i fornøyelsesparken? Han hevet profilene til De tre. Det er ikke jobben til en erkeengel. Det er din jobb."

Han ristet på hodet. "Jeg var ikke hundre prosent sikker på at det var Eriel, før han identifiserte seg på slutten. Før det hadde jeg mine mistanker. Hvem ellers ville kledd seg som Abraham Lincoln?

"Dessuten trodde jeg at det ikke var meningen at noen skulle få vite det. Frem til da trodde jeg at forsøkene var hemmeligheter. Jeg var redd for å bryte avtalen med deg. Ophaniel sa at hvis jeg fortalte det til noen, ville jeg miste sjansen til å treffe foreldrene mine igjen. Jeg fulgte reglene som var satt opp for meg. Jeg tror ikke du forstår begrepet fair play."

"Dette er ikke en lek. Erkeengler kan gjøre hva vi vil!" utbrøt hun og beveget seg nærmere der E-Z satt. Hun stakk haken frem. "Vi bestemte oss for at du passet bedre til superheltleken enn til engleleken. Det var da du fikk hjelp i PR-avdelingen. For å oppmuntre deg til å finne dine egne folk å hjelpe. Gud vet at jorden er full av dem. Hva var det Shakespeare kalte dem, de som jamrer og spyr i sykepleierens armer."

"Jeg har ikke lest Shakespeare, men jeg er i slekt med Charles Dickens. Ikke at det er relevant. Men ok, du vil altså at jeg skal fortsette som superhelt med Alfred, hvis han lever, og med Lia ved min side. Vi kan lett få masse støtte og publisitet fra media.

"Jeg er fortsatt forpliktet til deg. Hvis du gir oss frie tøyler, er det bare fantasien som setter grenser. Vi kjenner mange ungdommer på skolen og i sportsbransjen. Vi kan opprette en superhelt-hotline og en nettside. Vi kan bruke sosiale medier til å komme i kontakt med folk fra hele verden. Folk vil stå i kø for at vi skal hjelpe dem. Det blir en helt ny verden."

"Ah, endelig snakker han om initiativ ... men kjære gutt, det er altfor lite og for sent. Som jeg sa tidligere, vi vil ikke lenger være forpliktet overfor deg. Du er ikke lenger bundet til oss. Du har ikke lenger noen gjeld å betale."

"Men..."

"Dere har alle tre bevist at dere bare gjør dette for deres egen skyld. Da englene først foreslo at dere kunne hjelpe oss, representere oss her på jorden, hadde vi en plan. Det var det samme med Alfred. Så kom Lia. Siden da har vi hatt en viss suksess med dere to. Vi inkluderte henne i trioen, men nå er dere overflødige."

"Vi redder folk, vi hjelper folk."

"Ikke si det. Hvis jeg ga deg sjansen til å være sammen med foreldrene dine i dag, her og nå. Du ville kastet inn håndkleet. Du ville dratt uten å tenke på de livene du kunne ha reddet hvis forsøkene hadde fortsatt.

"Det samme med Alfred, antar jeg - hvis han overlever. Han ville ha dratt ut på en prestekrageåker med familien sin uten å blunke. Og apropos øyne, hvis Lia hadde fått synet tilbake, ville hun også ha dratt.

"Etter nøye overveielse innså vi at ingen av dere er forpliktet til noe annet enn dere selv, og derfor har vi gått videre til plan B."

"Vent nå litt. La oss definere arbeid." Han googlet det og ble glad for å finne ut at han hadde fire streker. "Ifølge en ordbok på nettet: å utføre arbeid eller plikter regelmessig mot lønn. Jeg jobbet for deg uten betaling. Bortsett fra et løfte om kompensasjon. Vi hadde en muntlig avtale.

"Jeg er ikke sikker på detaljene i avtalen med Alfred eller Lia, men jeg vedder på at englene deres tilbød dem lignende insentiver. Jeg holdt min del av avtalen, og du bør holde din. Jeg er tretten år gammel og," han googlet det. "Ja, som jeg trodde, ifølge det amerikanske arbeidsdepartementet er fjorten år minstealder for å jobbe."

Hun lo og justerte brillene på nytt. Han la merke til at hun hadde blod på hendene. Hun tørket dem av på det svarte plagget sitt. "Tidlige lover gjelder ikke for engler eller erkeengler. Men det er naivt av deg å tro det." Hun tok en pause. "Vi er klare til å tilby deg to alternativer. Alternativ nummer én: Du blir her i sjelefangeren din resten av livet."

"Hva?"

Sjelefangerens grunnvoller skalv. Tanken på å bli levende begravd i denne metallbeholderen gjorde ham kvalm.

"Det livet du kommer til å leve, for de dagene du puster, vil du tilbringe som lovet av de idiotiske erkeenglene. Sammen med foreldrene dine. Det vil si at du kommer til å gjenoppleve livet ditt med foreldrene dine fra den dagen du ble født til det øyeblikket de døde. Du vil aldri havne i rullestol, og de vil aldri dø." Hun tok en pause. "Nå kan du snakke."

"Mener du at jeg kommer til å gjenoppleve livet mitt med foreldrene mine, hver eneste dag vi hadde sammen, i all evighet, om og om igjen?"

"Ja."

"Hva er alternativ nummer to?"

"Kan du ikke gjette?" spurte hun med et tannløst smil.

Smilet hennes var så oppriktig at han måtte se bort.

Han ventet.

"Alternativ to betyr at du drar tilbake og lever livet ditt med onkel Sam." Hun nølte og rykket nærmere, så E-Z. Han frøs allerede, og nå gjorde hun ham enda kaldere for hvert vingeslag. Han dekket seg til med teppet. Hun fortsatte. "Som du kanskje allerede har gjettet, vil du aldri bli gjenforent med foreldrene dine med noen av alternativene. Vi ville gjenskape fortiden. Det ville være som om du levde i et teaterstykke eller en tv-serie."

"Hva! Det var ikke det jeg gikk med på!" utbrøt E-Z. "Mener du at Hadz. Reiki, Eriel og Ophaniel løy for meg?"

"Løgn er et sterkt ord, men ja. Se på omgivelsene dine. Sjelene deponeres i individuelle rom. Et rom er forberedt på forhånd for hver sjel."

"Så du sier at foreldrene mine befinner seg i hvert sitt rom?"

"Ja, sjelene deres er det."

"Og hva skjer så med dem?"

"Jo, de svever rundt i himmelen."

"Det var trist. Jeg har alltid trodd at foreldrene mine ville være sammen, et eller annet sted. Jeg vet at det var det eneste som ga Alfred en slags trøst. At kona og barna hans var sammen et sted. Ingen liker å tenke på at deres kjære skal dø alene. For ikke å snakke om å tilbringe evigheten i en metallbeholder som driver fra sted til sted."

"Menneskelig sentimentalitet. Sjeler eksisterer bare. De lever og puster ikke, de spiser ikke, og de føler seg ikke for varme eller for kalde. Mennesker forstår ikke det konseptet."

Han hånte.

"Jeg mener ikke å fornærme arten deres. Men når en kropp dør, er det som blir igjen, sjelen, et vanskelig konsept å forstå. Menneskehjernen er rett og slett for liten til å forstå universets kompleksitet. Derfor skapes religiøse doktriner. Skrevet i lekmannsspråk. Lett å lære bort og følge uten bevis."

"Siden sjeler er mer verdifulle enn mennesker som meg, hvordan kan jeg da leve resten av livet i en av disse beholderne?"

"Vi har gjort tilpasninger, både nå og tidligere. Du hadde ingen problemer med å eksistere her inne da vi tok deg inn, hadde du vel?"

"Bortsett fra klaustrofobien", sa han. "Og de gangene de måtte roe meg ned med lavendelsprayen."

"Ah, ja. Om klaustrofobien kommer tilbake, avhenger selvsagt av hvilket alternativ du velger. Hvis du velger alternativ nummer én, vil miljøet opprettholde deg på alle måter til sjelen din er klar. Deretter kan du kvitte deg med din jordiske form. Mennesker tilpasser seg, og du blir vant til det. Dessuten vil du være sammen med foreldrene dine og gjenoppleve minner. Det vil få tiden til å gå. Nå, si hva du vil!"

"Vent, hva med vingene mine og stolens vinger? Hva vil skje med dem?" Han nølte: "Hva med kreftene til Alfred og Lia? Hvis vi velger alternativ nummer én, vil vi da bli som før? Før du og de andre erkeenglene blandet dere inn i livene våre, mener jeg?"

"Vi kommer selvsagt ikke til å rive av dere vingene, min kjære gutt, eller fjerne noen av kreftene dere allerede har fått. Vi er erkeengler, ikke sadister."

"Godt å vite, så vi kan fortsette å være superhelter."

"Det kan dere, men da må dere skape deres egen publisitet - for når vi er ute, er vi ute for godt."

"Vennligst bli sittende," sa stemmen i veggen, selv om E-Z ikke hadde noe valg.

Erkeengelen sa ingenting. I stedet distraherte hun seg selv ved å pusse brillene og sette dem på igjen.

"En ting til", spurte E-Z, "angående Alfred."

"Bare fortsett, men skynd deg. Et annet konsept som mennesker ikke forstår, er at det finnes tid i hele universet. Jeg har andre steder å være og andre erkeengler å besøke."

"Greit, jeg skal gjøre det. Alfred er nå i en annen menneskekropp. Hvis sjelen forblir i kroppen, er det da to sjeler der inne? Venter sjelefangeren på to sjeler?"

Engelen snudde ryggen til ham. Hun kremtet før hun sa: "Jeg, vi, håpet at du ikke ville stille det spørsmålet. Du er smartere enn vi trodde." Hun lukket øynene og nikket: "Mhmmm." Øynene forble lukket. E-Z så etter om hun hadde ørepropper, for det virket som om hun lyttet til noen. Eller kanskje han bare innbilte seg det. Hun nikket. "Enig", sa hun.

"Er det noen andre her inne sammen med oss?" spurte han.

En ny stemme drønnet rundt ham. Hvorfor hadde alle erkeengler så høye stemmer?

"Jeg er Raziel, hemmelighetenes vokter. E-Z Dickens, du må lytte til mine ord. For når de først er sagt, skal du ikke huske dem. Heller ikke at jeg var her. Sjelefangere og deres formål angår ikke deg. Du har gått over streken, og det tolererer vi ikke! Vi har sjenerøst nok gitt deg to alternativer. Bestem deg NÅ, ellers vil min lærde venn ta avgjørelsen for deg."

E-Z begynte å snakke, men så ble han helt tom i hodet. Hva var det de snakket om?

Erkeengelen lukket øynene igjen, mumlet ordene "Takk", og Raziels stemme sa ikke noe mer.

✳✳✳

Det var som om tiden hadde hoppet baklengs. "Forventer du at jeg skal bestemme meg med en gang, uten å gi meg tid til å tenke meg om? Uten å snakke med onkel Sam eller vennene mine? Apropos det, hva med Alfred, ble han fortalt at han skulle gjenforenes med familien sin? Og Lia, hun ble fortalt at hun skulle få synet tilbake."

"Siden Alfred er borte, vil din avgjørelse - om han overlever på jorden eller ikke - være hans avgjørelse. Hans førstevalg vil være det samme som ditt. Ville han ønske å gjenoppleve livet sitt med familien sin flere ganger? Kanskje drømmer han allerede om dem når han er borte. På den annen side vet man aldri hva sinnet kan finne på. Han kan befinne seg i en loop av mareritt, og det er bare du som kan redde ham og familien hans ved å ta det rette valget for ham."

"Mener du at han aldri kommer ut av det? Helt sikkert?"

"Det kan jeg ikke si. Alt jeg vet, er at sjelefangeren ikke er klar til å hente sjelen hans ... ennå."

"Og Lia?"

"Menneskeøynene hennes er borte i dette livet, akkurat som beina dine. Hun kan gjenoppleve tiden som seende, men hun foretrekker kanskje at du velger for henne også. Hun har tross alt ikke hatt tid til å vokse opp og modnes som et vanlig barn. Hun har allerede mistet tre år av livet sitt, og vi er ikke sikre på om denne aldringsepisoden er et engangstilfelle, eller om det vil skje igjen."

"Du mener at dere heller ikke vet hva som kommer til å skje med henne?"

"Nei, det vet vi ikke. Dessuten sover hun fortsatt."

"Jeg kan ikke bestemme dette for oss alle tre på en bestemt tid. Det er en stor avgjørelse, og jeg trenger tid."

"Da skal du få det." En klokke dukket opp og telte ned fra seksti minutter. "Tiden din begynner nå. Gi meg svaret ditt før den når null. Ellers blir alt vi har diskutert, ugyldig. Og dere vil finne dere selv tilbake på hotellet med liket av vennen deres." Hun slo med vingene og steg høyere og høyere.

"Vent, før du går", ropte han.

"Hva er det nå?"

"Finnes det andre, jeg mener andre barn som oss?"

"Det har vært hyggelig å kjenne deg", sa hun.

"Følelsen er definitivt ikke gjensidig," svarte han.

KAPITTEL 26

Mens minuttene gikk, gikk E-Z gjennom alt han nettopp hadde blitt fortalt. Han skulle ønske siloen var bred nok til at han kunne bevege seg mer. Han satt i hvert fall godt i rullestolen. Sammen var de som en dynamisk duo.

"Vil du ha noe å spise?" spurte stemmen fra veggen.

"Ja visst", sa han. "Et eple, litt popcorn - gjerne med ostesmak - og en flaske vann."

"Kommer straks", sa stemmen, mens et metallbord kom inn gjennom en spalte i veggen som han ikke hadde lagt merke til før. Det ble stående foran ham. Fra åpningen kom det ut en krok som først bar vannflasken. Så kom en annen krok med et glass. En tredje krok fulgte etter med et eple. Kroken polerte eplet med et håndkle før det ble satt ned. Så dukket det opp en fjerde krok med en bolle popcorn.

"Takk", sa han mens de fire gripende krokene vinket og forsvant inn i veggen igjen.

"Ingen årsak."

"Er det mulig å få tak i datamaskinen min? Den ble ødelagt i brannen. Jeg vil gjerne kunne lage en liste over de tingene jeg trenger for å ta denne avgjørelsen."

"Ja visst. Bare gi meg et øyeblikk eller to."

Mens han spiste opp eplet og betraktet popcornet, dukket den bærbare datamaskinen hans opp fra en annen luke på motsatt vegg. Kroken holdt den oppe og ventet på at E-Z skulle flytte de andre gjenstandene for å få plass til den. Da han ikke gjorde det, dukket det opp kroker fra den andre siden. En av dem plukket opp eplekjernen og forsvant inn i veggen igjen. En annen helte resten av vannet i glasset. Deretter tok han den tomme flasken tilbake gjennom spalten i veggen. Siden han ville beholde popcornet og vannglasset, fjernet han dem fra bordet. Kroken satte fra seg den bærbare datamaskinen og gikk tilbake gjennom sporet i veggen.

E-Z syntes krokene var et kult tilbehør. Han kunne lett selge dem til en stor svensk kjede.

Nå som alle krokene var borte, løftet han lokket på den bærbare datamaskinen og klikket den på. Først sjekket han Tattoo Angel-filen, og alt var fortsatt der! Han var så lykkelig at han ville ha grått hvis ikke klokken hadde tikket i vei.

"Tusen takk", sa han og stappet en håndfull ostepopcorn i munnen. Så begynte han å skrive. Han bestemte seg for å tenke på seg selv i tredje omgang. Først skulle han skrive ned fordeler og ulemper ved Alfred. Han visste med en gang at Alfred ikke ville ha noe imot å gjenoppleve fortiden sin med familien gjentatte ganger. Han ville ha valgt det alternativet med en gang.

"Det virket likevel som om det ikke var et alternativ som familien hans ville ha ønsket at han skulle velge. Da ville han gjenoppleve det som allerede var, i stedet for å gå videre. I livet er det meningen at man skal gå videre. Å fortsette å lære og vokse.

Jo mer han tenkte på det, jo mer innså han at det ville være som å se livshistorien sin i reprise. Forestill deg livet ditt døgnet rundt i en permanent loop. Aldri vite når det ville ta slutt. Eller om det noen gang ville ta slutt. Det kunne bli et helt annet helvete. Et helvete han ikke orket å tenke på.

Bortsett fra hvis han var sikker på at Alfred alltid ville være i koma. Som erkeengelen hadde hentydet til. I så fall ville han slippe mareritt og mareritt ved å ta dette valget. Alfred ville være sammen med familien sin for alltid. Selv om det ikke var ekte, kunne det være nok. Ville han velge det?

Han kastet et blikk på klokka, femti minutter igjen. Han begynte å tenke på Lias sak. Drømmen hennes om å bli en berømt ballerina hadde gått i vasken. Ville hun ønske å gjenoppleve barndommen, vel vitende om at drømmen aldri ville gå i oppfyllelse? For henne ville det være verdt å ta en sjanse for fremtiden. Øynene i håndflatene gjorde henne spesiell, unik ... og hun var sympatisk. Hun kunne til og med være den nyeste versjonen av en wonder woman, hvis hun klarte å utnytte alle kr eftene.

"E-Z?" sa Lia. "Jeg hører at du tenker, men hvor er du?"

Å nei, nå som hun var våken, måtte han forklare henne alt, og det ville ta tid, og tiden var i ferd med å renne ut. Han måtte gjøre det raskt. "Hør her, Lia," begynte han, "jeg har en lang historie å fortelle deg, ikke stopp meg før den er ferdig. Vi har ikke mye tid igjen." Han forklarte alt, og det tok ham ti minutter. Ytterligere ti minutter var gått. Førti minutter gjensto.

"Ok, E-Z, du tenker på deg selv, så tenker jeg på meg selv. Vi tar fem minutter, så snakker vi sammen igjen. Tiden begynner nå."

"God plan."

Fem minutter senere viste klokken 35 minutter igjen. E-Z spurte Lia om hun hadde bestemt seg.

"Det har jeg," sa hun. "Hva med deg?"

"Jeg også", sa han. "Du først, på fem minutter eller mindre hvis du kan."

"Det er en ganske enkel avgjørelse for meg, E-Z. Jeg vil ikke bli i denne greia og leve livet mitt her. Når sjelefangeren tar meg med hit når jeg er død, er det greit. Det er greit. Men jeg vil ikke være tvangsinnesperret i dette rommet. Ikke når jeg kan være der ute og kjenne varmen fra solskinnet, lytte til fuglene og ha vinden i håret. For ikke å snakke om å tilbringe tid med mamma, onkel Sam og forhåpentligvis deg. Livet er for kort til å sløses bort, og jeg liker de nye øynene mine mesteparten av tiden." Hun lo.

"Det er jeg enig i, og hvis jeg var deg, ville jeg gjort det samme."

"Takk, E-Z. Hvor lang tid er det igjen nå?"

"Tjuefem minutter til", bekreftet han. "Nå skal du høre hva jeg tenker om forhåpentligvis mindre enn fem minutter. Jeg har ikke noe imot å være her inne, det er ikke så mye annerledes enn der ute.

Jeg har lært at det ikke er verdens undergang å sitte i rullestol. Jeg har faktisk blitt ganske vant til det. Jeg kan gjøre ting jeg gjorde før, som å spille baseball, og jeg er ikke helt elendig til det. De spiller til og med baseball i Paralympics.

"Foreldrene mine ville ikke ønsket at jeg skulle kaste bort livet mitt på å leve i fortiden. Det ville ikke onkel Sam heller. Jeg er ikke villig til å gi opp alt, bare fordi de tåpelige erkeenglene kom med noen upassende løfter. Så jeg er enig med deg. Vi skal ut av disse sjelefanger-greiene. Vi skal leve livene våre til vi er ferdige med å leve. Og så kan den komme og fange oss. Mange år senere, etter at vi forhåpentligvis har bidratt til menneskeheten og levd gode liv. Vi kan finne andre som oss. Vi kan opprette en superhelt-hotline og samarbeide over hele verden. Vi kan bruke kreftene våre til å gjøre verden til et bedre sted. Vi kunne leve livene våre fullt ut, skape inspirerende liv som vi kunne være stolte av, og det ville familiene våre også være."

"Bravo!" utbrøt Lia. "Men finnes det andre som oss?"

"Jeg spurte engelen som forklarte meg alt, men hun svarte ikke. Det får meg til å tro at det finnes." Han kastet et blikk på klokken. "Bare tjueen minutter igjen."

"Hva med Alfred? Kommer han noen gang til å våkne?"

"Engelen sa at hun ikke visste, det er det bare sjelefangeren som vet... men hun sa at han kanskje har mareritt. Hvis det er en sjanse for at han lever i et helvete, er det best vi lar ham gå. Er alternativ nummer én, at han gjenopplever livet med familien i loop, det beste for ham?"

"Jeg er ikke enig. Ingen av oss vet med sikkerhet når sjelefangeren kommer etter oss. Alfred har ikke lyst til å kaste bort tiden her inne fordi onde drømmer kan finne ham. Ikke når det er en sjanse for at han kan hjelpe noen eller inspirere noen. Vi kom hit sammen, og vi bør dra herfra sammen. Sånn er det etter min mening."

Fjorten minutter og tikker.

Hun hadde angripet Alfreds problem på en unik måte. Hadde hun rett? Ville Alfred virkelig ønske å gi opp familien sin i dette scenariet for en ukjent fremtid? Lever vi ikke alle i en ukjent verden? Vi endrer kurs, dukker og dykker. Vi åpner vinduer og lukker dører. Vi lar følelsene våre lede oss på avveie og tilbake igjen. Alt handler om å leve. Ja, Lia hadde rett. Det var avgjort.

Åtte minutter igjen på klokken.

"Jeg tror du har rett, Lia. Det er alt for én og én for alle", sa E-Z. "Erkeengelen sa at jeg måtte si ordene før tiden gikk ut. Da ville vi alle være tilbake på hotellet... som om dette Soul Catcher-intermezzoet aldri hadde skjedd."

"Tror du at vi fortsatt vil huske det med sjelefangerne? Det er viktig for oss å lære av denne opplevelsen. Selv om vi ikke delte den. Husk at det rokker ved alt vi vet om himmelen og livet etter døden."

Fem minutter igjen.

"Det gjør det, men la oss diskutere dette på den andre siden." Han knyttet nevene mens klokken tikket ned til fire minutter. "Vi har bestemt oss!" ropte han. "Få oss tre ut av disse sjelefangerne - NÅ!"

Veggene i E-Zs silo begynte å riste. "Går det bra, Lia?" ropte han. Hun svarte ikke. Det virket som om bakken under føttene hans ristet og rumlet. Så begynte den å rotere, først med klokken, så mot klokken, så med klokken.

Magen vred seg inni ham. Han spydde ut ostepopcorn og tygget røde eplebiter overalt.

De var de eneste suvenirene sjelefangeren ville ha av ham. Forhåpentligvis i fryktelig lang tid.

Takksigelser

Kjære lesere,

Takk for at dere har lest den første og andre boken i E-Z Dickens-serien. Jeg håper dere liker de nye karakterene og er spente på hva som skjer videre. Bok tre og fire er snart på vei!

Nok en gang vil jeg rette en stor takk til mine betalesere, korrekturlesere og redaktører. Rådene og oppmuntringene deres har holdt meg på sporet med dette prosjektet, og innspillene deres ble/er alltid verdsatt.

Takk også til familie og venner for at dere alltid stiller opp for meg.

Og som alltid: Happy Reading!

Cathy

Om forfatteren

Cathy McGough bor og skriver i Ontario, Canada, sammen med
sin mann
sammen med mann, sønn, to katter og en hund.
Hvis du vil sende en e-post til Cathy, kan du nå henne her:
cathy@cathymcgough.com
Cathy elsker å høre fra leserne sine.

Også av:

SKJØNNLITTERATUR

YA

E-Z Dickens Superhelt bok tre: RØDT ROM

E-Z Dickens Superhelt bok fire: PÅ IS

NON-FICTION

103 innsamlingsidéer for frivillige foreldre i skoler og lag
Schools and Teams (3. PLASS BESTE REFERANSE 2016
METAMORPH PUBLISHING)

www.ingramcontent.com/pod-product-compliance
Lightning Source LLC
Chambersburg PA
CBHW051309300726
48976CB00002B/331